Harper Collins | ya!

Umwelthinweis:
Dieses Buch wurde auf chlor- und säurefreiem Papier gedruckt.

Cat Jordan

Der Sommer, der uns trennte

Roman

Aus dem Amerikanischen von
Ivonne Senn

Harper Collins | ya!

HarperCollins YA!®
Band 200013
1. Auflage: September 2016

HarperCollins YA!® Bücher
erscheinen in der HarperCollins Germany GmbH,
Valentinskamp 24, 20354 Hamburg
Geschäftsführer: Thomas Beckmann

Titel der nordamerikanischen Originalausgabe:
The Leaving Season

Erschienen bei:Harper Teen, New York

Published by arrangement with
Harper Teen, an imprint of HarperCollins Publishers, LLC.

Konzeption/Reihengestaltung: fredebold&partner GmbH, Köln
Cover-/Umschlaggestaltung: Formlabor, Hamburg
Redaktion: Mareike Müller
Titelabbildung: Trevillion
Satz: GGP Media GmbH, Pößneck
Druck und Bindearbeiten: GGP Media GmbH, Pößneck
Printed in Germany
Dieses Buch wurde auf FSC®-zertifiziertem Papier gedruckt.
ISBN 978-3-95967-037-1

www.harpercollins.de

Für P, der zuerst „Ich liebe dich“ gesagt hat.

1. KAPITEL

Nate nannte es eine Schattenbox.

„Ein Schatten ist eine Erinnerung“, hatte er mir einst erzählt. „Das, was von einem Menschen übrig bleibt, nachdem er gegangen ist, oder von einem Ort, an dem man sich nicht mehr aufhält.“

Die Schachtel war für geliebte Objekte, Erinnerungen, Kuriositäten, die speziellen Dinge, an denen man festhalten und an die man sich für immer und immer erinnern wollte. Nate hatte ungefähr ein Dutzend davon. Alle aus Holz gefertigt, ein paar mit Intarsien aus Perlmutt, andere fein geschnitzt, einige so glatt geschmirgelt, dass ich mein Spiegelbild darin sehen konnte. Er hatte sie an den verschiedensten Orten aufgetrieben, und jede war etwas ganz Besonderes für ihn.

Die kleine Kiste, die ich ihm für seine Reise gekauft hatte, war die erste, die er je von mir bekommen hatte, was irgendwie verrückt war, wenn ich genauer darüber nachdenke. In all den Jahren, die wir zusammen waren, hatte ich ihm nie eine geschenkt. Nicht, weil ich es nicht versucht hätte; ich habe nur nie die richtige gefunden. Aber diese Schattenbox war perfekt, und das wusste ich so genau, weil Nate sie selbst ausgesucht hatte.

Vor etwa einem Jahr fuhren wir von Sunset Bay zurück, wo wir ein Wochenende im Sommerhaus seiner Familie verbracht hatten – schwimmen, wandern und Strandgut sammeln und … nun ja, nichts von alldem tun. Der Souvenirladen neben der Tankstelle in Tenmile hatte ungefähr die Größe eines Besenschranks und war vom Boden bis zur Decke mit einem oder zwei Stücken von *allem* gefüllt. Nate hätte das ganze Wochenende darin verbringen und jedes Regal ganz genau durchstöbern können.

Das Einzige, was er wollte, war jedoch eine rechteckige Holzkiste mit verschnörkelter Schnitzerei und Weinlaub und wilden

Tieren auf dem Deckel sowie einem vergoldeten Verschluss und ebenfalls vergoldeten Scharnieren. Sie war ungefähr zwanzig Zentimeter lang und zehn Zentimeter breit – die Größe und Tiefe von zwei schönen Taschenbüchern. Im Inneren war sie mit dem feinsten Samt ausgeschlagen, den ich je berührt hatte.

Nate liebte sie. „Ich habe das Gefühl, dass alles, was ich da reintue, nicht nur ewig halten, sondern auch Glück bringen wird, weißt du?"

Wenn ich sie mir hätte leisten können, hätte ich sie sofort gekauft.

Eine Woche später beschloss Nate, zwischen Highschool und College ein Jahr auszusetzen und sich Global Outreach anzuschließen, einer Non-Profit-Organisation, die sich um Impfungen für unterprivilegierte Kinder in Zentralamerika kümmerte. Ich wusste, dass ich ihm die perfekte Schattenbox schenken – und sie mit *unseren* Erinnerungen füllen musste, damit er sie mitnehmen konnte. Ein Jahr lang legte ich jeden Tag etwas in die Kiste – eine kleine Nachricht, ein Objekt, eine Erinnerung –, das für uns stand.

Erstes Date? Check.

Erster Kuss? Check. (Notiz: *Nicht* am gleichen Tag.)

Es gab Namen und Daten und Orte und Glasperlen und einen flachen Flitschstein, einen kleinen abgefahrenen Knoten aus rotem und grünem Garn. Ich lächelte, als ich an die fusseligen Fäden dachte. Weihnachten vor zwei Jahren, als Stricken kurz mal angesagt war, hatte ich Nate einen Pullover gemacht. Er hatte ein unmögliches Muster aus roten Schneeflocken auf einem neongrünen Hintergrund und in meiner Vorstellung wesentlich besser ausgesehen als in echt. Ich war so sicher gewesen, dass er an ihm richtig gut aussehen würde, aber als der Pullover fertig war, musste ich feststellen, dass er für jemanden gestrickt war, der mindestens zehn Zentimeter größer und ungefähr zehn Kilo schwerer war als Nate.

Ich war am Boden zerstört, als ich sah, wie er an ihm herabhing, aber Nate liebte ihn und trug ihn mit Stolz.

„Am liebsten hättet ihr doch auch so einen von eurer Freundin“, erklärte er, die Arme fest um meine Schultern geschlungen, seinen Basketballkollegen. „Ihr seid doch nur neidisch.“ Er war so überzeugend und unerschütterlich, dass mir ganz warm wurde ums Herz.

Bevor ich den Deckel der Schattenbox zuklappte, legte ich noch ein letztes Stück hinein. Unter dem Samtfutter gab es ein Geheimfach. Nate würde die Kiste komplett leeren müssen, damit er es finden konnte – wenn er es denn finden würde.

Ich stellte ihn mir am Ende seines Jahres in Honduras vor, voller Vorfreude auf zu Hause und mich, die Schachtel endlich leer nach dreihundertfünfundsechzig Tagen. Er würde die Falten im Samt sehen und seine Finger dazwischenschieben. Neugierig würde er so lange herumtasten, bis er den doppelten Boden entdeckte. Er würde überrascht lächeln, und dann … würde er weinen?

„Oh Middie, ich liebe dich“, würde er sagen.

Und genau das wollte ich. Denn ich liebte ihn auch. Für immer und bis in alle Ewigkeit.

„Middie! Komm rein, komm rein!“ Nates Mutter musste das aufgeregte Getöse im Haus übertönen, um sich verständlich zu machen. „Du siehst so hübsch aus!“ Sie hielt mich auf Armeslänge von sich und ließ ihren Blick von meinem französischen Zopf zu meinen griechischen Sandalen wandern. „Ich liebe dieses Kleid!“

Mrs. Bingham musste es wissen: Sie war so modisch, wie man es in Roseburg, Oregon, nur sein konnte, wo die meisten Frauen den Katalog von L. L. Bean als Bibel des guten Geschmacks betrachteten. Für Nates Abschiedsparty trug sie ein dunkelrotes Sommerkleid mit pinkfarbenen Säumen und einem weichen Gürtel um die Taille, der zeigte, was für eine tolle Figur sie nach vier Kindern immer noch hatte. Sie war barfuß, wie so oft im Sommer, und ihre Zehen waren in der gleichen tiefroten Farbe lackiert, die ihr Kleid hatte. Sie sah umwerfend aus, und es war nicht schwer zu erkennen, woher Nate sein gutes Aussehen und die goldbraunen Strähnen in seinen Haaren hatte.

„Oh, das hier? Danke!“ In Wahrheit hatte ich mich mit der Auswahl des Kleides stundenlang gequält. Es war aus blassblauer Baumwolle mit aufgenähten Blumen auf dem Rock und einem gesmokten Oberteil. Sehr klassisch. Ich war froh, dass es Nates Mom gefiel, denn sie und Nate hatten einen ähnlichen Geschmack.

„Komm, sag allen Hallo.“ Sie hakte sich bei mir unter und führte mich aus dem Flur mit der hohen Decke in das Wohnzimmer, wo die gesamten Binghams – Cousinen und Kinder und Babys und Tanten und Onkel – sich versammelt hatten. In den zehn Jahren, die ich die Familie kannte – fünf davon als *die Freundin* –, hatte ich ausreichend Gelegenheit gehabt, jeden von ihnen kennenzulernen.

Doch es gab eine, die kannte ich noch nicht. „Das ist meine Großtante Pamela aus Eugene“, stellte Mrs. Bingham mir eine ältere Frau in praktischen Khakihosen und einem orangefarbenen Strickoberteil vor. Sie trug in beiden Ohren Hörgeräte.

„Auntie Pam, das ist Nates Freundin“, sagte Mrs. Bingham ein wenig lauter.

Die Frau lächelte unsicher. „Hallo.“

„Ich bin Meredith Daniels …“

„Middie Daniels“, meinte Nates Mom und schaute mich dann an. „Hoppla. Tut mir leid, Süße.“

„Oh, ist schon in Ordnung.“ Middie war seit meiner Kindheit mein Spitzname. Ich war das mittlere Kind zwischen meiner zwanzigjährigen Schwester Allison und der neunjährigen Emma. Es störte mich nicht im Geringsten, von meiner Familie und Nate so genannt zu werden – auch wenn ich schon seit einer ganzen Weile versuchte, Meredith zu sein.

Tante Pamela beugte sich zu Nates Mom. „Sie ist die Eine, oder nicht?“, sagte sie laut genug, dass das gesamte Universum es hören konnte. „Die, die er heiraten wird?“

Oh mein Gott. Meine Wangen wurden ganz heiß, so peinlich war es mir, dass alle sich zu mir umdrehten. Mrs. Bingham rettete die Situation elegant. „Tantchen, bis dahin ist noch viel Zeit, aber wir alle lieben unsere Middie!“

Das waren die letzten Worte, die ich hörte, als ich aus dem Wohnzimmer in die zum Glück menschenleere Küche flüchtete. *Oh mein Gott, oh mein Gott.* Es war eine Sache, wenn Nate und ich über die Zukunft sprachen, allerdings eine ganz andere, seine Mutter und seine Großtante darüber reden zu hören.

Ich ließ ein wenig Wasser in die Spüle laufen, wobei ich darauf achtete, nicht den Aufschnitt und die Sandwiches nass zu spritzen, die Mrs. Bingham kunstvoll auf einer Servierplatte auf der Arbeitsfläche arrangiert hatte, und wusch mir die Hände. Das kalte Wasser beruhigte meinen rasenden Puls.

Wieso war ich eigentlich so nervös? Tante Pamelas Ausrutscher machte mir nicht wirklich etwas aus, genauso wenig, wie Middie genannt zu werden, oder dass ich einen Monat gebraucht hatte, um das Kleid auszusuchen.

Es war Nate. Es war Nate, der nicht am Lewis & Clark College studieren würde, das nur drei Stunden mit dem Auto entfernt lag, sondern ein Jahr von mir getrennt verbringen würde – in Zentralamerika, in einem winzigen Dorf ohne sauberes Wasser und Internetanschluss, ohne verlässliche Telefon- oder Busverbindungen.

Was, wenn ihm etwas passierte?

Sei nicht albern, Middie. Ich hörte Nates Stimme in meinem Kopf, die die Frage beantwortete, die ich schon tausend Mal gestellt hatte: *Global Outreach ist nicht irgendeine Hinterwäldlerorganisation. Und ich wohne in Oregon. Ich habe viel Zeit in der Wildnis verbracht. Ich komme schon klar.*

Das wusste ich. Und trotzdem …

Ich öffnete meine Handtasche und befühlte die Schattenbox darin. Sie war in Recyclingpapier eingewickelt und hatte eine Schleife, die ich aus dem Cartoon aus der Sonntagszeitung gebastelt hatte. Nate war sehr umweltbewusst, das gefiel ihm bestimmt.

Durch das Fenster sah ich seine Zwillingsschwestern und seinen jüngeren Bruder im Garten mit ihren Cousinen spielen. Die Mädchen waren auf den Schaukeln, die Jungs waren am Basketballkorb, aber Nate konnte ich nirgendwo entdecken. Ich schloss die Augen und lauschte nach seiner Stimme, stellte mir vor, wo er sich aufhalten könnte. Ich kannte jede Ecke und jeden Winkel dieses Hauses, jede knarrende Stufe der Holztreppe, jedes Kreischen der Wasserrohre. Ich wusste, welche Türen in der Sommerhitze in ihren Rahmen aufquollen und an welchen man besonders fest ziehen musste, um sie im Winter zu schließen. Ich wusste, dass das Badezimmer der Jungen im ersten Stock immer nach Katzenstreu roch, obwohl die Binghams keine Katzen hatten, und ich wusste auch, dass die seitliche Veranda der schlimmste Ort war, um rumzumachen, weil die Geräusche das ganze Haus erfüllten.

Es war tröstlich, diese Dinge zu wissen. Es gab mir das Gefühl, hierher zu gehören, als wenn ich einen besonderen Platz in dieser Familie hätte. Natürlich hatte ich auch meine eigene Familie – und ich liebte sie –, doch Nates Familie war anders, genau wie Nate selbst anders war. Er war … wie die Schattenbox in meiner Handtasche. Perfekt.

Ich spürte Hände an meinen Augen und schrie unwillkürlich auf. „Nate!“ Ich drehte mich um und lehnte mich mit dem Rücken gegen die Spüle, während Nate sich an meinem Hals entlangküsste. Er schlang seine Arme um meine Taille und drückte seine Brust an meine.

Oh Gott! Wie ich das vermissen werde, wenn er weg ist, dachte ich, während wir uns küssten. Vor fünf Jahren hatten wir uns das erste Mal unbeholfen auf den Mund geküsst, nachdem wir mit einer Gruppe von Freunden von der Junior-High Schlittschuhlaufen gewesen waren. Und auch wenn wir darüber längst hinausgewachsen waren – Nate zu küssen, war für mich immer noch so aufregend wie damals. Ich hoffte, dass es bei uns immer so bleiben würde.

Als er mich schließlich losließ, kribbelten meine Lippen, als hätte ich einen kleinen Elektroschock verpasst bekommen. Ich strich mit den Fingern darüber. Nate war ein guter Küsser, aber mal ehrlich, was *war* das?

Er bemerkte meine Verwirrung und lachte. „Das kribbelt, hm?“ Seine Stimme war rau, und er zog eine dunkle Augenbraue hoch.

„Äh, ja …“ Ich lachte und spürte, wie ich errötete.

„Lippenbalsam“, meinte er. „Den haben mir Cassidy und Chelsea für meine Reise gegeben. Er schmeckt nach Zimt und soll angeblich einen Lichtschutzfaktor von einer Million oder so haben.“ Er schüttelte grinsend den Kopf.

„Süßes Geschenk!“

Sein Lächeln wurde kaum merklich schwächer, aber ich kannte ihn so gut, dass ich die winzige Veränderung sofort bemerkte, und mir war klar, dass er daran dachte, wie sehr er seine Schwestern vermissen würde. „Ich glaube, ihnen hat vor allem gefallen, dass die Verpackung violett ist.“

Ich nahm seine Hände und hielt sie fest. Er hatte Schwielen an den Fingerspitzen vom Basketball, und seine Hände waren rau, weil er den ganzen Sommer mit seinem Vater Bäume gefällt hatte. „Sie wollten sich um ihren großen Bruder kümmern“, entgegnete ich.

Erneut lachte er. „Du weißt, dass sie darauf hoffen, endlich mein Zimmer zu kriegen. Chelsea hat bereits Pläne geschmiedet, wie sie es umdekorieren will. Pink spielt da eine ziemlich große Rolle.“

Ich legte meinen Kopf an Nates Brust und lauschte dem steten Rhythmus seines Herzens. Er würde für ein ganzes Jahr fortgehen. Ich wünschte, ich könnte seine Ruhe einfangen und in mich aufnehmen.

Ein Jahr … Ich spürte, wie mir der Atem stockte und die Tränen in den Augen brannten. *Nicht weinen, Meredith Daniels! Nicht jetzt. Noch nicht!* Ich fächelte mir mit der flachen Hand etwas Luft zu und schaute einen Moment zu Boden, bevor ich wieder Nates Blick auffing. „Wie hast du es eigentlich geschafft, dich so leise an mich ranzuschleichen?“

Er grinste und zeigte auf seine Füße. „Neue Turnschuhe.“

Es waren ganz leichte Laufschuhe aus blauem Nylon mit hellgelben Streifen und grüner Sohle.

„Ein weiteres Geschenk von den Zwillingen?“

„Nein, die hat Scotty ausgesucht. Mein kleiner Bruder hat Geschmack.“

„Ja, hab ich, oder?“

Wir drehten uns beide zur Seitentür, wo Nates elfjähriger Bruder stand. Sein übergroßes Trikot und die langen Shorts waren schwarz, rot und weiß – die Farben der Portland Trail Blazers. Er war ein Mini-Nate mit genau den gleichen goldbraunen Strähnen in den zerzausten Haaren und den Sommersprossen, die bei Nate weniger geworden waren.

Scotty verdrehte die Augen, sowie er unsere Umarmung bemerkte. „Ihr zwei! Macht das nicht in der Nähe des Essens.

Mein Gott!“ Um seinen Worten noch etwas mehr Nachdruck zu verleihen, ließ er einen Basketball einmal auf dem Küchenfußboden aufprallen.

„Was sollen wir nicht machen? Das hier?“ Nate fasste mich mit beiden Händen und gab laute Kussgeräusche von sich.

„Nate, du hast gesagt, du wirfst mit uns ein paar Körbe!“, protestierte Scotty.

„Das tue ich auch noch.“

Scotty dribbelte mit dem Basketball herum, und es klang wie ein Echo von Nates Herzschlag.

„Scotty, nimm den mit nach draußen, bitte, und lass Nate in Ruhe“, sagte Mrs. Bingham, als sie in der nüchternen, effizienten Art, die ich so oft an Nate gesehen hatte, in die Küche rauschte. Sie nahm die Platte mit den Sandwiches und hob sie über unsere Köpfe.

„Hey, Mom, wir gehen mit Rocky spazieren, okay?“, rief Nate ihr hinterher.

Ich war überhaupt nicht dafür angezogen, mit dem Hund im Wald herumzulaufen, aber als ich ihn anschaute, grinste er nur.

Oh, so ein Spaziergang. Ich lächelte und wandte den Blick ab.

„Meinetwegen.“

„Aber Nate!“, jammerte Scotty. „Du hast es versprochen!“

„Scott, was habe ich dir gerade gesagt?“, fragte seine Mutter. „Zisch ab.“

Scotty stöhnte und stapfte wütend nach draußen in den Garten. Nate lächelte und griff nach meiner Hand. „Komm, wir gehen mit dem Hund spazieren“, flüsterte er.

Meine Finger kribbelten auch ohne magischen Balsam unter seiner Berührung.

„Äh, ihr zwei?“, meinte Mrs. Bingham. „Habt ihr nicht etwas vergessen?“

Wir schauten uns beide in der Küche um, und mir fiel auf, dass meine Handtasche noch neben der Spüle lag. Die Schattenbox! Schnell warf ich mir den Träger über die Schulter. „Danke, Mrs. Bingham."

Sie lächelte wissend und nickte in Richtung der seitlichen Veranda, wo ein älterer Hund im Sonnenlicht lag. „Ich meinte Rocky."

Nate klatschte in die Hände, und der Hund erhob sich langsam mit zitternden Beinen. „Komm, Rocky. Komm, mein Junge." Es tat mir jedes Mal in der Seele weh, wenn ich miterlebte, wie Nate versuchte, mit seinem Hund zu spielen. Und Rocky war Nates Hund, daran gab es keinen Zweifel. Sie hatten beinahe das gleiche Alter. Rocky war gerettet worden, als Nate ein kleiner Junge war, direkt vor der Geburt von Scotty. Er hatte immer zu Nates Füßen geschlafen, ihn jeden Tag nach der Schule oder dem Training freudig begrüßt, jedes Kommando von ihm ausgeführt, egal, wie schwer es ihm irgendwann fiel, sich zu bewegen.

So sentimental, wie Nate war, überraschte es mich immer wieder, dass er sich nicht genauso fühlte wie ich: traurig. „Wenn ich Rocky anschaue, sehe ich den Welpen, der er mal war", hatte er mir einmal erzählt. „Ich sehe ihn nie als alten Hund."

Was einem eigentlich alles verrät, was man über Nate wissen muss.

Kaum hatten wir das Haus verlassen, wurden wir beinahe von den rotblonden Zwillingen Chelsea und Cassidy überrannt, die von ihren Schaukeln sprangen und auf Nate zuliefen. Er war ein bisschen wie ein Rockgott oder Superheld in diesen Tagen.

„Nate, schubs uns an! Schubs uns an!", riefen sie im Chor.

Nate drückte meine Hand und flüsterte: „Nur einmal, okay?"

Ich schob meine Ungeduld beiseite. Sie mussten schließlich auch ein Jahr auf Nate verzichten. Es war nur richtig, etwas großzügig zu sein.

Nate schubste die Mädchen mit beiden Händen so fest an, wie er konnte, und schickte sie hoch in die Luft. Sie kreischten vor Vergnügen, während ihre Cousinen darum bettelten, auch mal dranzukommen.

„Nate! Nate! Nate!"

Es war wie ein Hindernisparcours aus kleinen Kindern. Ich biss die Zähne zusammen und akzeptierte es einfach, wie es war. Während ich dastand und wartete, spürte ich eine kalte Nase, die gegen meine Hand stieß. Ich schaute hinunter und entdeckte Rocky, der mich aus großen Augen um etwas Aufmerksamkeit anflehte. Er sah so aus, als ob er lächelte, als ich begann, ihn zu kraulen.

Endlich, nachdem jedes Kind einmal geschaukelt hatte, täuschte Nate Erschöpfung vor und ließ sich gegen mich fallen. „Komm, lass uns abhauen, bevor sie merken, dass ich das nur spiele."

Er fasste mich an der Hand, und gemeinsam liefen wir zum Rand des Grundstücks der Binghams, wo ein Holzzaun den Wald vom Garten trennte. Ein paar Douglaskiefern ragten majestätisch über uns auf, als wollten sie uns im Wald willkommen heißen.

Das war das Schöne daran, in einer Holzfällerstadt im Nordwesten der USA aufzuwachsen: Wir kannten unsere Bäume. Fichten, Pinien, Hemlocktannen – jede hatte eine eigene Persönlichkeit. Für mich waren die Fichten immer schützende Wächter gewesen – immergrüne Wachen, die auf uns aufpassten.

Ja, ich weiß, ziemlich kitschig.

Nate führte mich tiefer in den Wald zu einer Lichtung an einem Bach, der von den Bergen kommend an seinem und an meinem Haus vorbeifloss. An einem Sommertag wie heute glitzerte das Wasser, als wäre es aus Diamanten gemacht. Rocky trank gierig davon, bevor er sich an einer sonnigen Stelle auf den Waldboden fallen ließ.

Nate setzte sich auf einen alten Baumstumpf und zog mich auf seinen Schoß.

„Vorsichtig mit meinem Kleid!“, rief ich, da ich beinahe auf ihn fiel. „Das ist ganz neu.“

„Für mich?“

„Ja – na ja, für deine Party.“

„Ah, das wäre nicht nötig gewesen.“ Vorsichtig zupfte er mein Kleid zurecht, sodass es nicht mit dem Waldboden in Berührung kam. „Du hättest nichts anziehen brauchen, und ich wäre genauso glücklich gewesen.“

Ich lachte, als er mich kitzelte. „Ja, das kann ich mir vorstellen!“ Im Gegenzug hielt ich mich mit beiden Händen an seinem Nacken fest und steckte ihm die Zunge ins Ohr – nicht auf romantische Weise, sondern einfach nur nass und eklig. Wie die Eidechse aus dem Disneyfilm über Rapunzel, die er so lustig fand.

Sofort zuckte er zurück. „Igitt. Mach das nicht noch mal.“ Er wischte sich mit dem Ärmel über das Ohr.

„Wie wäre es stattdessen hiermit?“ Ich beugte mich vor und gab ihm einen sanften Kuss. Er erwiderte ihn. Es war ein Kuss, der sagte: *Wir sind allein, und das gefällt mir.*

Keine Kinder. Keine Eltern, die stören. Keine Hunde, die betteln – zumindest nicht dieser hier, der glücklich neben dem Bach lag. Die einzigen Geräusche hier im Wald waren das Gluckern des Wassers, das Zwitschern einiger Sperlinge, das Rauschen in den Baumwipfeln.

Nate löste sich von meinen Lippen und vergrub sein Gesicht unter meinem Zopf an meinem Hals. „Oh Middie, ich weiß gar nicht, wie ich es so lange ohne dich aushalten soll.“

Ich atmete aus. „Ich auch nicht. Ich werde so … einsam sein."

„Du?", fragte er. „Nein. Du hast ausreichend zu tun, während ich weg bin." Mit einem Finger zeichnete er die Linie von meinem Kinn zu meinem Ohr entlang und spielte dann mit meinem Ohrring, einer langen, herzförmigen Perle an einem goldenen Reif.

„Was denn zum Beispiel?"

„Zum Beispiel … ich weiß nicht. Dich fürs College bewerben? Deinen Abschluss machen? Es ist schließlich dein letztes Jahr an der Highschool."

„Und?"

„Und … wir haben Pläne. Du musst es auf die Lewis & Clark schaffen, damit wir zusammen sein können, wenn ich wieder da bin, weißt du noch?"

Ich lächelte. „Ja, das tue ich."

„Wenn ich zurück bin, beginnen wir mit dem Rest unseres gemeinsamen Lebens." Er nahm meine Hand und küsste meine Fingerspitzen, eine nach der anderen. „College, Verlobung, Medizinstudium, Heirat, Familie …"

Ein Schauer überlief mich, als er beim letzten Wort meinen kleinen Finger küsste. Familie. Unsere Familie. Seine und meine. Es fühlte sich so weit weg an von da, wo wir gerade waren …

„Das wäre schön." Sanft schnippte ich mit den Fingern. Er küsste mich erneut, und mir wurde in seinen Armen ganz schwindelig. College, Verlobung, Medizinstudium, Heirat, Familie … dachte ich.

Doch erst einmal musste er zu mir zurückkommen.

Die Schattenbox schien ein Loch in meine Handtasche zu brennen. Kaum dass wir den Kuss unterbrachen, um Luft zu holen, griff ich hinter mich und holte sie heraus.

„Ta-da!"

Er wirkte überrascht. „Was ist das?"

„Du glaubst doch nicht, dass ich vergessen hätte, dir ein Abschiedsgeschenk zu besorgen, oder?"

„Äh, nein, aber …"

„Von deinem Bruder hast du Turnschuhe bekommen …"

„Er hat sie ausgesucht, aber nicht selbst gekauft."

„Und die Zwillinge haben dir einen Lippenbalsam geschenkt …"

„Ich glaube, Cassidy hat ihn in Moms Handtasche gefunden."

„Und deine Eltern schenken dir eine große Party …"

„Sie sind meine Eltern, da gehört sich das so."

„Nate! *Ich* schenke dir etwas", meinte ich und drückte ihm das Kästchen in die Hand.

Verlegen lächelte er. „Okay." Er nahm das Päckchen und drehte es in seinen Händen, um jeden Zentimeter zu untersuchen.

Warum riss er es nicht einfach auf? Manchmal war es zum Verrücktwerden, wie geduldig er war!

Er grinste mich an. „Du hasst das, oder?"

„Was?"

„Dass ich immer ewig brauche, um ein Geschenk zu öffnen."

„Och …" Ich versuchte, lässig mit den Schultern zu zucken, aber er kannte mich zu gut. „Mach es einfach auf, okay?"

Vorsichtig löste er die Schleife und knibbelte den Tesafilm mit unglaublicher Ruhe ab. Dann grinste er. „Ich will das vielleicht noch mal verwenden."

„Oh mein Gott, ich bringe dich um!" Ich entriss ihm das Papier, knüllte es zusammen und warf es Rocky hin. Der Hund schnüffelte einmal daran und legte sich wieder schlafen.

Als Nate sah, was sich unter dem Papier verbarg, atmete er scharf ein. „Middie … die Kiste. Du … du hast mir die Kiste gekauft?"

Ich lächelte stolz und verschränkte die Hände im Schoß. „Ja, hab ich."

Er strich mit einem Finger über die Schnitzerei. „Aber die war so teuer."

„Ich, äh, hatte ein wenig Geld gespart. War nicht so schlimm." *Ich habe meine samstäglichen Latte macchiatos im Matchbox aufgegeben, ein paar zusätzliche Schichten als Babysitter und Nachhilfelehrerin eingelegt …* Doch das musste er nicht wissen. „Gefällt sie dir?"

Statt einer Antwort drückte er mich. „Ich finde sie ganz toll." Er wollte gerade den Deckel öffnen, da hielt ich ihn zurück.

„Nein! Noch nicht. Warte, bis du da bist … in Honduras."

„Warum?"

„Weil da … Sachen drin sind."

Er neigte den Kopf zur Seite. „Sachen? Aber hoffentlich nichts, was mich an der Grenze in Schwierigkeiten bringt?"

„Haha." Ich nahm ihm das Kästchen ab und drehte es in meinen Händen. „Es sind nur ein paar Dinge, um dich an mich – an uns – zu erinnern. Jeden Tag, an dem du fort bist, kannst du hineingreifen und dir eine Sache herausholen. Ein ganzes Jahr lang."

„Ein ganzes Jahr kann ich *jeden* Tag etwas herausholen?" Ich nickte und wurde mit einem beeindruckten Grinsen belohnt. „Das sind dreihundertfünfundsechzig Sachen, Middie. In dieser Kiste."

„Äh, ja, Nate, ich glaube, ich weiß, wie lang ein Jahr ist." Ich lachte und gab ihm die Kiste zurück.

Jetzt war er wirklich beeindruckt. Er schaute mich mit großen Augen an und schüttelte den Kopf. „Ich kann es nicht glauben."

„Dass ich dreihundertfünfundsechzig Dinge da hineingestopft habe? Einige von ihnen sind wirklich wahnsinnig winzig."

„Nein. Nur …“ Er hielt inne. „Du hast dreihundertfünfundsechzig Dinge gefunden, die dich an uns erinnern.“

Ich legte meine Hände an seine Wangen und presste meine Lippen auf seine. „Eher eine Million. Ich kenne eine Million Dinge, die mich an uns erinnern.“

Wir küssten uns erneut, die Schattenbox zwischen uns; ihre Kanten bohrten sich hart in meine Rippen, allerdings bemerkte ich es kaum. Für den Moment gab es nur Nate und mich und diesen riesigen Wald. Soweit es mich betraf, existierten auf der Welt nur wir beide.

Einer unserer letzten Küsse für ein ganzes Jahr, dachte ich. Ich küsste ihn gierig, sog ihn förmlich mit meinen Lippen, meinen Händen in mich auf. Gab es auf der anderen Seite der Stadt, auf der anderen Seite des Landes andere Mädchen wie mich, die gerade das Gleiche taten? Immerhin war es die Abschiedssaison, die Hundstage des Sommers, wenn die Highschoolabsolventen zum ersten Mal aufs College gingen. Die von uns, die zurückgelassen wurden, versuchten verzweifelt festzuhalten, weil wir Angst hatten, wir würden vergessen werden oder aufhören da zu sein, sollten wir loslassen. Aber vielleicht ging das auch nur mir so.

„Middie …“, hörte ich ihn flüstern. „Ich liebe dich.“

„Ich liebe …“

Bzzz! Bzzz!

„Ich lie…“

Bzzz!

Nate ließ mich kurz los und zog sein Handy aus der Hosentasche. Er zeigte mir das Display. „Mom.“ Er schaltete den Ton ab und schickte ihr eine kurze Nachricht.

Ich lehnte mich gegen den Baum und rieb mit meinen Händen über die raue Rinde. In dem Moment vibrierte mein Handy in meiner Handtasche. Ich holte es heraus und warf einen Blick aufs Display. *Dad.* Ich schickte auch eine kurze Nachricht. **Bin auf dem Weg.**

„Da ist sie wieder, die reale Welt“, meinte Nate seufzend. Er half mir auf die Beine, und wir klopften uns gegenseitig die Nadeln und Blätter ab.

Die reale Welt? dachte ich; kann das hier nicht die reale Welt sein?

Eine Stimme in meinem Kopf antwortete: *Das wird sie – schon bald wird sie das sein.*

Ich nahm Nates Hand und schwang sie sanft vor und zurück, während wir zur Party zurückkehrten. Nate drückte sich lächelnd die Schattenbox gegen die Brust. Ich konnte nicht anders, ich lächelte auch, weil mein Geschenk ihn glücklich gemacht hatte.

Ich wollte ihn für den Rest meines Lebens glücklich machen.

2. KAPITEL

Die Spinde an unserer Highschool waren gewissermaßen heilig: Die Mitarbeiter der Schule hielten sich raus und erlaubten uns, das Innere so zu dekorieren, wie wir wollten. Sie baten nur darum, kein Essen über Nacht darin zu lassen und sie am Ende jedes Schuljahres auszuräumen. Die Mädchen klebten sich Fotos von Freundinnen und ihrem festen Freund hinein, bewahrten Liebesbriefe und To-do-Listen auf, vielleicht auch eine getrocknete Blume vom Abschlussball, während die Jungs ein oder zwei Pin-up-Fotos hinter ihren Terminplänen fürs Footballtraining oder die Bandproben versteckten.

Ich war eine der Ersten an der Schule. Noch bevor mein Wecker geklingelt hatte, war ich aufgewacht, weil ich mich darauf freute, mich mit Nate zu unserem üblichen Morgenlauf zu treffen. Erst als ich schon fast aus der Tür war, fiel mir wieder ein, dass Nate am Tag zuvor nach Honduras abgereist war. Ich hatte sogar ein paar Mal nach meinem Handy gegriffen und nach Nachrichten von ihm geschaut. Natürlich gab es keine. Mein Morgen fühlte sich seltsam leer an.

Es war noch fast eine Stunde Zeit, bis die erste Unterrichtsstunde begann, und ich sortierte in aller Ruhe die Sachen in meinem Spind: ein Foto von Nate und mir, aufgebrezelt für den Frühlingsball im letzten Jahr, ein weiteres von uns bei einer Poolparty. Als ich die Bilder an die Metallwände klebte, dachte ich an andere Tage, Events und Partys, Verabredungen und Küsse mit ihm. Irgendwie war mein Spind so etwas wie meine eigene Schattenbox.

Gerade, als ich letzte Hand an die Dekoration legte, hörte ich meinen Namen. Haley Larking, seit der Grundschule eine meiner besten Freundinnen, rannte auf mich zu. Ihr blonder Zopf tanzte hinter ihr her, und quer über der Brust trug sie ihre Büchertasche. „Middie! Middie, wir sind im *Abschlussjahr*!“

Sie fasste mich an den Händen und wirbelte uns mitten auf dem Korridor herum. „Woohooo!"

Ich verdrehte die Augen, musste jedoch lachen. „Hast du gerade eben echt ‚Woohooo' gesagt, Haley?"

„Ja, allerdings, habe ich. Woo-hoo! Abschlussjahr!" Haley hatte ein ansteckendes Lächeln. Ihre blauen Augen funkelten und schimmerten, wenn sie glücklich war, was sie oft war. Sie war einfach ein positiver Mensch und verbreitete Sonnenschein, wo immer sie ging. Außer, wenn sie auf dem Softballplatz stand. Dann war nicht zu spaßen mit ihr. „Das hier wird der beste erste Tag aller Zeiten", sagte sie vergnügt.

„Unser *letzter* erster Tag", sagte ich, als sie aufhörte, uns herumzuwirbeln. Ich kehrte zu meinem Spind zurück, um die Bücher für die erste Stunde herauszuholen.

„Bei dir klingt das so grässlich", sagte sie. Ihr Blick blieb an den Fotos in meinem Spind hängen, und es zuckte um ihre Mundwinkel. „Glaubst du, dass du ohne ihn keinen Spaß haben kannst?"

„Ich denke, ich kann ein Jahr ohne meinen Freund auskommen."

Ein Jahr? Ich schluckte meine Angst herunter. Ich würde das schaffen. Ich hatte Haley und meine Freunde und meine Kurse und meine Familie und eine Million andere Dinge, die mich beschäftigt halten würden. Wahrscheinlich war das Jahr schneller vorbei, als ich dachte, genau wie Nate gesagt hatte.

„Natürlich kannst du das! Ich helfe dir dabei." Sie tippte mit dem Finger gegen ihr Kinn und kniff die Augen zusammen, als würde sie angestrengt nachdenken. „Weißt du … am Wochenende gibt es eine Party."

„Aha." Ich musterte sie misstrauisch.

„Dr. Haley glaubt, ein bisschen Feiern und Spaß ist genau das, was du jetzt brauchst."

„Tja, vielleicht …"

„Wirklich?" Haleys Augen leuchteten auf.

Nate und ich gingen nicht oft aus. Wir blieben lieber im Fernsehzimmer bei seinen Eltern. Haley hatte zwar immer Verständnis dafür gehabt, aber sie hätte sich gefreut, wenn ich sie öfter begleitet hätte.

„Eine Kick-off-Party zum letzten Schuljahr mit meiner besten Freundin!" Sie klatschte vor Freude in die Hände. „Das wird umwerfend!"

Die typischen Kick-off-Partys sahen normalerweise so aus, dass man sich um irgendein Gewässer versammelte – entweder ein See am Rande der Stadt oder ein Pool in irgendeinem Garten. Es gab Bier vom Fass, wenig zu essen und viel Herumgemache. Nate und ich waren letztes Jahr hingegangen, und es war eigentlich ganz okay gewesen. Ich konnte mir nicht vorstellen, dass es dieses Jahr groß anders sein würde.

Die Glocke zur ersten Stunde klingelte. Wir hatten noch drei Minuten, um zu unserem Klassenraum zu kommen.

„Okay, los geht's." Haley nahm den Stundenplan aus ihrer Tasche.

Ich schnappte mir meinen aus dem Spind und hielt ihn zum Vergleich neben ihren. „Hmmm … Englisch? Wirklich?"

Sie nickte. „Alle unsere Kurse sind für Nerds."

Ich stieß sie mit dem Ellbogen an. „Halt den Mund."

Haley schlug meine Spindtür für mich zu. „Abschlussjahr, wir kommen."

Ich schaute den Korridor entlang und sah, wie er sich immer schneller mit Schülern füllte: Footballspieler und Cheerleader in Uniform, verloren aussehende Neulinge auf der verzweifelten Suche nach einem freundlichen Gesicht, Zehntklässler, die froh waren, dass sie nicht länger die Neulinge sein mussten. Ich schloss die Augen und roch irgendjemandes Frühstück – ein Sandwich mit gebratenem Ei –, den süßen Kaffee in dem Becher eines Lehrers und einen Hauch von dem Putzmittel, mit dem die Spinde gereinigt wurden.

Das würde ich später alles in einem Brief an Nate niederschreiben.

„Middie, komm doch bitte rein." Mr. Ziegler, den wir alle nur Mr. Z nannten, hob seine Stimme ein wenig an, um das letzte Klingeln zu übertönen. Er war seit meinem ersten Jahr an der Highschool mein Vertrauenslehrer, auch wenn ich nur selten Rat von ihm benötigt hatte. Heute jedoch ging es um meine Collegebewerbungen.

Mr. Zs Wangen waren rund und rötlich, und er trug eine Brille, die er auf der Nasenspitze balancierte. Er reiste unheimlich gern, und sein Büro war voller Mitbringsel von seinen Trips um die Welt. Jeden Sommer bereiste er ein fremdes Land und strich es nach seiner Rückkehr glücklich von seiner Liste ab.

Er räumte einen Stapel Italienischbücher beiseite, damit ich mich auf den Stuhl vor seinem Schreibtisch setzen konnte. „Wie sieht dein neues Jahr so aus?"

Ich hätte ihm am liebsten gesagt, dass das neue Jahr gerade erst angefangen hatte und ich noch gar nichts darüber sagen konnte. Stattdessen ratterte ich meine Kurse hinunter: „Englisch für Fortgeschrittene, Spanisch, Geschichte, Mathe und Chemie."

Er nickte beeindruckt. „Also, es soll das Lewis & Clark werden, richtig?"

„Ja, Sir. Ich habe für den November eine Führung über den Campus gebucht."

„Gutes College. Hast du sonst noch welche in der Auswahl?"

Ich zögerte. „Nein, eigentlich nicht."

Er beugte sich vor und sah mich sehr eindringlich an. „Warum nicht?"

„Weil …“ *Weil Nate dorthin geht.* Aber das konnte ich nicht sagen. Das klang zu … Mr. Z würde es nicht verstehen. „Es gefällt mir“, sagte ich also.

Ich hatte den Campus erst einmal zuvor mit Nate besucht. Es war ein schönes, grünes Gelände, das sich nicht groß von unserer kleinen Stadt unterschied. Ehrlich gesagt *war* es wie unsere Stadt mit den hübschen Backsteingebäuden, Cafés, grünen Rasenflächen und einem vernünftigen Footballstadion. „Ich folge dem Rektor auf Twitter.“ Ich hielt mein Handy hoch, als müsste ich ihn daran erinnern, was Twitter war.

Er runzelte die Stirn. Vermutlich kannte er sich doch besser aus mit Twitter, als ich dachte. „Das ist alles gut und schön, Middie, aber es ist nicht schlecht, noch eine zweite oder vielleicht eine dritte Wahl parat zu haben.“

Mein Puls beschleunigte sich. „Sie glauben nicht, dass ich zugelassen werde? Liegt es an meinen Noten?“

„Ich möchte nur, dass du Optionen hast. Das ist alles. Es ist eine große Welt da draußen.“

„Ach so. Ja, mach ich, Mr. Ziegler.“ Aber ich brauchte keine zweite Wahl. Ich hatte nur eine. Ich nahm meine Bücher und erhob mich vom Stuhl. „Sonst noch etwas, Mr. Z?“

Er grinste, als ich ihn bei seinem Spitznamen nannte. „Keine Sorge. Geh und mach dein Ding.“ Ich konnte mir vorstellen, wie er dachte: *Mach dein Ding … das sagen die coolen Kids doch so, oder?* Als ich die Tür zu seinem Büro hinter mir schloss, lächelte ich vor mich hin.

Auf dem Weg zu meinem Vorbereitungskurs auf den SAT-Test vibrierte mein Handy in meiner Tasche. Eine SMS. **Vermiss dich. Lieb dich. xo**

Ich lächelte und spürte, dass ich errötete. Nate. Irgendwie hatte er es geschafft, ein paar Buchstaben zu verschicken.

Meine Finger flogen über die Tastatur. **Vermiss dich mehr. NM4eva.**

NM4eva – Nate und Middie forever.

Einen Moment später vibrierte es erneut. Durch irgendein Wunder hatte Nate in Zentralamerika eine Handyverbindung gefunden.

Doch es war Haley. **Party! Wooo-hooo!** las ich. Lachend schüttelte ich den Kopf. Ich schickte ihr eine Nachricht zurück: **!!!!!!!!**

Nate hatte den Gemeinschaftsgarten vor zwei Jahren gefunden, als er auf der Suche nach einer ehrenamtlichen Tätigkeit gewesen war, die gut auf seiner Collegebewerbung aussehen würde. Er wollte etwas draußen machen, weil er gern an der frischen Luft war, und natürlich hatte er mich – und später auch ein paar andere – davon überzeugt, mitzumachen.

Normalerweise ernteten wir an ein oder zwei Tagen in der Woche und verbrachten dann einen Tag damit, das frische Gemüse einzupacken und den Leuten in der Stadt zu bringen. Mich machte es immer etwas nervös, bei den Leuten zu Hause vorbeizugehen, aber Nate war da viel selbstbewusster. Jeder kannte ihn und freute sich, wenn er vor der Tür stand.

Heute war Erntetag. Als ich ankam, machte ich ein Foto von dem Gemüse, das wir ernten würden, und schickte es an Nate.

Im Büro winkte ich ein paar von den älteren Freiwilligen zu, deren Schicht für den Tag beendet war und die sich gerade die Hände an dem breiten Steinwaschbecken wuschen.

Eine von ihnen rief mir über das laufende Wasser hinweg zu: „Hast du schon mit Nate gesprochen?"

„Nein, noch nicht."

„Wenn du es tust, grüß ihn schön von den alten Ladies."

„Das mache ich."

Sie kicherten hinter vorgehaltenen Händen, wie meine kleine Schwester Emma es getan hätte. Nate fühlte sich sicher geschmeichelt, wenn ich ihm von seinem Fanclub erzählte.

Ich schnappte mir ein paar Gartenhandschuhe, die an einem Nagel an der Wand hingen, über dem ein Schild mit meinem Namen klebte. Daneben hingen die von Nate. Während meine mit bunten Blumen bedruckt waren, waren seine blau-weiß gestreift. Ich strich mit dem nackten Finger über seine Handschuhe, als könnte ich ein wenig von ihm mitnehmen, bevor ich mir einen Werkzeuggürtel um die Taille schnallte und mit einem Weidenkorb in der Hand in den Garten ging.

Hoffentlich konnte ich bald mit ihm sprechen.

„Keine Handys am Abendbrottisch“, sagte mein Dad, den Mund voll Roter Bete. Einer der Vorteile des Gemeinschaftsgartens war das kostenlose Gemüse, das meine Eltern liebten und das Emma hasste. Sie hätte es viel besser gefunden, wenn ich bei McDonald's gearbeitet und ihr stattdessen Chicken McNuggets mitgebracht hätte.

Heute hatte Mom die Rote Bete mit Basilikum und Olivenöl gebraten und sie zu kaltem Hühnchen gereicht. Der Abend war so warm, dass wir auf der Terrasse unter den Sternen sitzen konnten. Auf dem Tisch brannten Citronellakerzen, um die Mücken abzuhalten. Der Mond war nur eine ganz dünne, silberne Sichel, aber er schien hell genug, um unseren Garten zu beleuchten.

„Dad, du weißt doch, dass ich darauf warte, dass Nate sich meldet.“ Seufzend lehnte ich mich auf meinem Stuhl zurück.

Meine Mutter zog die Stirn kraus. „Ich dachte, du hättest gestern mit ihm gesprochen.“

Ich nahm mir ein Stück Rote Bete von meinem Teller und steckte es mir in den Mund. Der Saft hinterließ rote Flecken an meinem Daumen und Zeigefinger. „Nein. Wir wollten eigentlich, aber … Es ist seltsam. Wahrscheinlich ist er zu beschäftigt.“ Ich ließ mein Handy auf dem Tisch kreisen in der Hoffnung, so einen Anruf auszulösen. Doch alles, was ich für meine

Anstrengungen bekam, war eine weitere Nachricht von Haley bezüglich der Party am Freitag.

Emma schaute über meine Schulter und las die SMS. Dann öffnete sie den Mund, als wolle sie etwas sagen.

„Ja?“, forderte ich sie heraus.

Meine kleine Schwester steckte ihre Nase gerne in Angelegenheiten, die sie nichts angingen. Sie hatte mich sogar mal verpetzt, als ich ein paar Minuten nach der verabredeten Zeit nach Hause gekommen war.

Sie hielt meinen Blick einen Moment fest und wandte ihn dann ab. „Es klingelt.“

„Was?“

Sie zeigte auf mein Handy auf dem Tisch. „Dein Telefon. Es klingelt.“

„Mein Telefon … klingelt!“ Ich hatte es auf stumm geschaltet und vergessen! Schnell schnappte ich es mir. „Nate!“ Sein Bild erschien auf dem Display; er rief mich über FaceTime an. Ich nahm das Gespräch an.

Meine Mutter winkte in meine Richtung. „Geh bitte nach drinnen.“

Ich hielt mir das Handy vors Gesicht und rannte hinein. Nate war auf dem Display zu sehen, er verzog das Gesicht. „Hör auf zu rennen, Middie! Mir wird ganz schlecht.“

Ich lachte, wurde aber erst langsamer, als ich oben in meinem Zimmer angekommen war. Dort ließ ich mich aufs Bett fallen und legte das Handy auf meine Knie. Ich wollte das Display mit Küssen bedecken, begnügte mich aber mit einem Luftkuss in der Nähe von Nates Lippen.

„Wo bist du? Wie geht es dir? Ist es sehr schlimm? Geht es dir gut?“ Die Worte strömten nur so aus mir heraus, bevor ich Nate auch nur die Chance gegeben hatte, Hallo zu sagen. Ich atmete tief durch und lächelte. „Hi.“

„Hi.“ Sein Lächeln war sanft, seine Augen wirkten müde.

Ein kleiner Bartschatten lag auf seinem Kinn. Ich fragte mich, wie lange er schon wach war. Der Zeitunterschied zwischen Zentralamerika und Oregon betrug nur eine Stunde. „Ich bin gerade etwas außerhalb von Tegucigalpa“, sagte er. „Hier sind noch zwei weitere Amerikaner, und wir werden gerade von den Ärzten angelernt. Und bekommen Spanischunterricht.“

„Aber du sprichst doch Spanisch.“

„Das ist hier ganz anders“, sagte er. „Ich meine, ich kenne die Sprache, aber wenn alle um mich herum nur Spanisch sprechen …“ Er verdrehte ein bisschen die Augen. „Das ist gar nicht so leicht.“ Sein Lächeln verrutschte ein wenig und verriet mir, wie angespannt er war. *Mein* Nate machte sich Sorgen?

„Das kriegst du schon hin“, beruhigte ich ihn. „Wie ist die Ausbildung? Magst du die Ärzte?“

„Sie sind ganz toll!“ Er erzählte mir von den Ärzten und den Sozialarbeitern, die Teil des Teams waren, von den anderen Freiwilligen aus den USA und Kanada. Ich bekam nicht alles mit, weil die Verbindung immer schlechter wurde. Während Nate sprach, stand ich langsam auf und ging zum Fenster in der Hoffnung, dort einen besseren Empfang zu haben.

„… Regenwald …“, hörte ich. Und dann: „… Gangs …“

Gangs? Wir hatten uns vorher ein wenig über die Gefahren unterhalten, die ihn in Honduras möglicherweise erwarteten. Sah er bereits erste Anzeichen von den Unruhen in Zentralamerika, noch bevor sie das Basiscamp verlassen hatten?

„Was? Nate, du klingst ganz abgehackt.“ Sein Gesicht auf dem Display wurde pixelig und dann wieder klar, als ich mich aus dem Fenster lehnte und der Empfang besser wurde. „Nate?“

„Ich bin hier“, sagte er und winkte mir zu. „Middie?“

„Ich bin auch hier.“ Ich winkte zurück.

„Das hier ist vermutlich das Beste, was wir für eine Weile hinkriegen“, gab er stirnrunzelnd zu. „Die Verbindung wird noch schlechter werden, wenn wir zum Dorf aufbrechen.“

Ich spürte, wie mir ganz eng um die Brust wurde. „Was ist mit SMS?“

Er hielt sein Handy etwas weiter vom Gesicht weg, und ich sah, dass er mit den Schultern zuckte. Ich wollte zu gerne sehen, was hinter ihm war, mir ein Bild davon machen, wo er war und was er tat. Ich konnte jedoch nur Bruchteile von einer Pinnwand in seinem Rücken erkennen, auf der eine Landkarte hing, und die Ecke eines Etagenbetts aus Metall.

Sein Bild wurde wieder komisch. *Nein, nein, nein!* Ich lehnte mich noch weiter aus dem Fenster, bis ich mit Kopf und Armen draußen hing. Dann füllte ich meine Lunge mit der klaren spätsommerlichen Luft, als wenn ich sie für Nate einsaugen könnte. Es gab so viel, was ich ihm erzählen wollte: von dem Vorbereitungskurs auf den SAT-Test, von seinen Fans im Gemeinschaftsgarten, von der Party am Wochenende. Aber das alles verblasste im Vergleich mit dem, was Nate gerade machte.

„Middie? Ich muss Schluss machen. Ich bin furchtbar müde und muss morgen ganz früh raus.“

„Oh, klar.“ Aber ich wollte nicht, dass er ging – noch nicht. „Hast du die Kiste geöffnet?“

„Die Kiste? Nein, hätte ich das tun sollen?“

„Hol sie! Mach sie auf. Aber nimm dir nur ein Teil, okay?“ Ich wartete, während er in seinem Rucksack nach der Schattenbox suchte, die ich ihm geschenkt hatte. Als er ans Telefon zurückkam, hielt er sie hoch. „Schließ die Augen und greif hinein“, sagte ich.

Er tat, wie ihm geheißen, und schloss die Augen. Er sah aus, als würde er mit einem Lächeln im Gesicht schlafen. „Kann ich meine Augen jetzt wieder aufmachen?“ Er hob ein Lid und presste das andere fest zu.

„Ja! Was hast du?“ Ich sah aufgeregt zu, wie er etwas anschaute, das ich nicht sehen konnte. Dann grinste er. „Was? Was ist es?“

Er hielt den Zettel aus dem Glückskeks in die Kamera. *Die Liebe deines Lebens ist immer schon direkt vor deinen Augen gewesen.* „Dein Glückskeks“, sagte er. „Von unserem Dinner im Kung Pao letztes Jahr zu unserem Jahrestag.“

Ich schlug mir die Hand vor den Mund und lachte. „Ja! Du erinnerst dich?“

Er verdrehte die Augen. „Middie, ich erin… alles.“ Sein Bild wurde wieder pixelig. Seine Stimme knackte und brach immer wieder ab.

„Nate? Nate?“

„…iddie?“

„Du fehlst mir, Nate.“

„… mir … auch …“ Du mir auch, ergänzte ich die fehlenden Worte.

„Ich liebe dich.“ Aber es war zu spät. Er war weg, und ich starrte auf die Worte *Verbindung unterbrochen* auf meinem schwarzen Display. Morgen, sagte ich mir. Wir konnten morgen Abend wieder miteinander telefonieren, und dann würde er mir sagen, er liebe mich auch.

Ich hielt mich am Fensterbrett fest und lehnte mich rückwärts hinaus, um zu den Sternen hinaufzuschauen, die die samtige Schwärze des Himmels sprenkelten, als wären sie aus dem Kaleidoskop eines Riesen gefallen. Der Hellste von ihnen wirkte so nah, als könnte man ihn berühren. Ich wusste einfach, wenn ich jetzt eine Leiter hinaufklettern würde, könne ich ihn zwischen seinen funkelnden Freunden pflücken und in meinen Armen halten.

Ich schaute den Stern an und wünschte mir, dass das mit Nate und mir für immer halten würde.

3. KAPITEL

Die Scheune am alten Dayton Feed war nur noch eine höhlenartige Struktur aus verwittertem Holz und einem halben Dach, aber eine Gruppe älterer Schüler hatte sie in eine Partylocation verwandelt: Lichterketten waren quer zwischen den Balken gespannt, frische Heuballen waren aufeinandergestapelt, um kuschelige Rückzugsplätze zum Fummeln zu bieten, und in einer alten Kutsche standen die Bierfässer. Haley und ich kamen an, als die Party schon in vollem Gange war. Wir kannten beinahe jeden dort – alle Gruppen aus der Schule waren versammelt, nicht nur die üblichen Sportskanonen, sondern auch die Nerds und Musiker, die Mathe-Asse, die handwerklich begabten Mädels und die Theaterfreaks.

Haley schlang ihre Arme von hinten um mich, als wir uns einen Weg durch die Menge zu den Bierfässern bahnten. „Oh mein Gott, Middie, das hier macht es offiziell zu unserem Abschlussjahr. Lass dir nichts davon entgehen!“ Sie ließ ihren Blick durch die Scheune schweifen und ein wenig auf einer Gruppe von Jungen verweilen, die in einer Ecke zusammenstanden und redeten. „Hmmm … ich wusste gar nicht, dass Rick McKinnon so groß ist.“

Rick sah nicht schlecht aus, fand ich. Zum Glück verbargen die Schatten, die von den Lichterketten auf ihn geworfen wurden, seine Akne. „Vielleicht ist er über den Sommer gewachsen?“

Haley grinste frech. „Du weißt, was man über große Jungs mit großen Händen sagt.“

Ich lachte schnaubend und spürte, wie mir die Röte in die Wangen stieg. „Haley! Mein Gott!“

„Was?“ Sie tat ganz unschuldig. „Sie tragen große Handschuhe.“ Kichernd zapfte sie zwei Biere und reichte mir eines. Der Becher war halb mit Schaum gefüllt, was mich nicht wirklich störte, weil ich heute die Fahrerin war und ohnehin nicht vorhatte, es zu trinken. Nate und ich waren keine großen Partygänger. Er mochte nicht mal den Geschmack von Bier.

Haley drehte sich zu mir um. „Also … deine Meinung? Glaubst du, Rick könnte mein Abschlussjahrfreund sein?"

„Willst du denn einen?" Das wäre für sie definitiv eine neue Erfahrung.

„Vielleicht. Ich weiß es nicht. Ist das nicht etwas, das jeder auf seiner To-do-Liste stehen hat? ‚Auf der Highschool einen festen Freund haben.'" Sie malte mit den Fingern Gänsefüßchen in die Luft, wobei sie immer noch ihren Plastikbecher hielt.

Ich nippte an meinem Bier. *Eklig.* Vielleicht sollte ich „Ein ganzes Glas Bier trinken" auf meine To-do-Liste setzen.

Wir beobachteten, wie zwei Mädchen mit identischen französischen Zöpfen und goldenen Kreolen sich Rick und seinen Freunden näherten. Die Jungs machten in ihrem Kreis sofort Platz für sie.

„Zeit, mir ein anderes Ziel zu suchen", sagte Haley lachend. Sie nippte an ihrem Bier, und gemeinsam sahen wir zu, wie der Raum sich immer mehr füllte, als weitere Leute kamen und jeden Winkel und jede Ecke der Scheune einnahmen. Haley summte förmlich vor Aufregung, während ich mich einfach nur in die Heuballen zurückziehen und darauf warten wollte, dass es vorbei war.

Haley holte ihr Handy heraus. „Katrina und Debra sollten längst hier sein. Ich frag sie mal, wo sie sind."

Katrina und Debra würden keine Party verpassen, selbst wenn sie auf dem Mond stattfände. Sie schienen nie eine feste Zeit zu haben, wann sie zu Hause sein sollten, und schafften es immer, sich geschickt aus allem Ärger herauszuhalten.

„In dieser dummen Scheune hat man kaum Empfang", grummelte Haley. „Meine SMS geht nicht raus. Bleib da, ich bin gleich wieder zurück." Sie hob das Handy hoch über ihren Kopf und drängte sich durch die Menge, während sie eine weitere Nachricht tippte.

Ich setzte mich auf einen Heuballen und wartete. Alle schlenderten umher, lachten und riefen einander etwas zu und *guckten*. Entweder verstohlen aus dem Augenwinkel oder einfach ganz geradeheraus – jeder schien auf der Suche nach *irgendjemandem* zu sein. Jemanden, mit dem er heute Abend rummachen konnte oder vielleicht auch mehr.

Aber ich wollte das nicht machen – durch die Menge gehen und mich fragen, wer wohl hinter der nächsten Ecke steckte. Ich suchte niemanden, ich hatte Nate und wusste, wie glücklich ich mich schätzen konnte.

Meine Mutter verstand nicht, warum Nate und ich „in unserem Alter so ernsthaft" waren, wie sie immer sagte. Aber was war die Alternative? Das hier? Sollte das hier etwa besser sein?

Zwischen Nate und mir war es nicht langweilig oder vorhersehbar; es war solide. Vertraut. Und genau das wollte ich auch für Haley.

„Oh, super, *du* bist hier?", hörte ich jemanden sagen. Ich schaute von meinem Bierschaum auf und sah Lee Ryan näher kommen. Er war Nates bester Freund, aber wir kamen nicht sonderlich gut miteinander aus. Er war ein Faulenzer, rauchte Gras und schwänzte immer wieder die Schule. Er war so ganz anders als Nate, was mich wirklich irritierte: Wie konnte einer, der so diszipliniert und verantwortungsbewusst war wie mein Freund, mit jemandem abhängen, der nicht mehr als ein Surfer-Dude war – ohne das Surfen?

Wie Nate war auch Lee groß, aber er hielt sich auf eine Weise, als wolle er kleiner wirken. Er trug ein ausgewaschenes braunes T-Shirt und Jeans, die tief auf seinen Hüften saßen. Dazu flache Converse-Sneakers mit schmutzigen Schuhbändern. Sein blondes Haar war zerzaust, die Frisur herausgewachsen, und seine hohen Wangenknochen betonten, wie schlank er war. Er wäre vielleicht ganz süß gewesen – vielleicht sogar passend als Haleys Abschlussjahrfreund –, wenn er sich nur ein wenig mehr angestrengt hätte. Aber Lee schien sich für sein Aussehen so wenig zu interessieren wie für alles andere auch.

Er hatte in jeder Hand ein Bier. Ich hielt meinen Becher hoch. „Ich hab schon eins."

„Wer hat gesagt, dass das für dich ist?" Er leerte einen Becher mit einem Zug und stieß dann einen leisen Rülpser aus.

„Nett."

„Gern geschehen."

„Was machst du hier?"

„So eine freundliche Begrüßung, Yoko, danke", sagte er.

Meine Wangen wurden heiß. Ich hasste es, Yoko genannt zu werden, als ob ich Nate und Lee irgendwie davon abhalten würde, beste Freunde zu sein. Als hätte ich die Band auseinandergebracht.

Aber das stimmte nicht. Nate plante immer Zeit für jeden von uns ein. Sie machten ihre Sachen – was auch immer das war –, und Nate und ich machten unsere.

„Das hier ist eine Party für die Abschlussklassen", sagte ich, „und du hast bereits deinen Abschluss."

Er stützte einen Fuß neben mir auf den Heuballen und beugte sich vor. Ich roch den hefigen Geruch von Bier in seinem Atem. Er drohte mir mit dem Finger. „Hab ich den, Middie? Schließt irgendjemand wirklich jemals mit der Highschool ab?"

„Äh, ja, du. Und du warst so betrunken, dass du bei der Zeugnisvergabe nicht mal aufstehen konntest, als sie dich aufgerufen haben." Nate hatte ihn schütteln müssen, damit er auf die Bühne ging und sein Zeugnis entgegennahm.

„Betrunken?" Er legte den Kopf auf die Seite und betrachtete mich. „Ich bin mir ziemlich sicher, dass ich nur ein Nickerchen gemacht habe, aber vielleicht hast du recht.“ Sein Grinsen war schief und ein wenig träge. „Also, was gibt’s Neues bei unserem Nate?“

Unser *Nate*. Ich plusterte mich auf. „Ihm geht es gut. Wir haben gestern Abend telefoniert.“

Seine braunen Augen leuchteten auf. „Wir auch! Er ist in Tegucigalpa.“

Das überraschte mich. Aber warum eigentlich? Lee war Nates bester Freund, und natürlich redete er mit ihm.

„Wir haben über FaceTime gesprochen“, erklärte ich ihm.

„Wir auch. Ich hab ihm gesagt, er müsse sich mal wieder rasieren.“

Aus irgendeinem Grund irritierte mich das noch mehr. Nicht, dass ich irgendwelche Besitzansprüche an Nate hatte, aber Lee auch nicht. Und ich war diejenige, die das Gesicht küsste.

„Es war verrückt, oder? So lange nichts von ihm zu hören?“, fragte Lee.

Ich presste meine Lippen zusammen. Lee hielt meinen Blick fest, und ich sah ein belustigtes Funkeln in seinen Augen. Versuchte er, mich aufzuziehen – oder zu ködern? Ich nahm einen Schluck von meinem Bier und verzog das Gesicht. Es war einfach eklig.

Lee lachte. „Billiges Bier vom Fass, einfach großartig“, sagte er. Dann nahm er auch einen großen Schluck und schüttete den Rest des wässrigen Zeugs auf den Boden, wo es vom Stroh aufgesaugt wurde. „Ihr Abschlussklässler wisst wirklich, wie man feiert.“

„Entspricht es nicht deinen Standards?“

„Nö.“ Er nahm seinen Fuß in dem Moment vom Heuballen, als Haley mit Katrina und Debra aus der Menge auftauchte. Sie lachten und verschütteten Bier aus ihren Bechern, als sie versuchten, gleichzeitig zu gehen und zu trinken.

„Woo-hooo! Abschlussjahr!“, rief Haley.

Lee zog eine blonde Augenbraue hoch. „Willst du uns einander vorstellen?“

„Eigentlich nicht.“

Lee starrte mich überrascht an, und, um ehrlich zu sein, war ich über mich selbst erstaunt. Das war harscher herausgekommen als beabsichtigt.

Er winkte mir mit seinem leeren Becher zu. „Keine Sorge. Ich bin eh nicht auf der Suche.“

Sollte das heißen, er hatte eine Freundin? Das war wirklich eine Überraschung. Ich hielt mich zurück, bevor ich etwas Gemeines sagen konnte. Aber es war egal. Lee hatte die unausgesprochenen Gedanken von meinem Gesicht abgelesen, und sein Blick wurde hart.

„Wir sehen uns, Yoko“, spuckte er aus, bevor er ging. Ich war erleichtert, als seine schlaksige Gestalt in der Menge verschwand.

„Zu schade, dass *du* nicht in Tegucigalpa bist“, sagte ich ganz leise.

In den nächsten Tagen versuchte ich ein paar Mal, Nate anzurufen, um ihm für seinen ersten Arbeitstag viel Glück zu wünschen, aber jedes Mal erhielt ich die Nachricht, dass der Teilnehmer nicht erreichbar sei. Seiner Mom erging es genauso, aber sie erinnerte mich daran, dass das Dorf sehr abgelegen lag und es vermutlich kein stabiles Netz gab. Innerhalb der nächsten paar Tage würden wir sicher von ihm hören.

Zum Glück war Auslieferungstag bei der Roseburg Community Farm, und Abby, die Managerin des Gemeinschaftsgartens, gab mir ausreichend zu tun, sodass ich abgelenkt war. Im hinteren Bereich des Büros wurden lange Holztische aufgestellt, auf denen wir die Bestellungen für die örtlichen Lieferungen zusammenpackten, die von der Seniorengruppe bis zu Einzelpersonen und Familien in der Stadt reichten.

Als ich ankam, lagen die Waren bereits auf dem Tisch, und Abby verteilte die Listen mit den Bestellungen. Ein paar ältere Damen und ein Mann saßen auf Stühlen um die Tische herum. Mir fiel auf, dass ich die einzige junge Freiwillige war. Ohne Nate fehlte den anderen Jugendlichen wahrscheinlich die Motivation herzukommen.

Der Mann schaute zu mir auf. In den Händen hielt er einen Romasalat. „Ist Nate heute nicht bei dir?“ Mit dem Handrücken schob er seine schwarze Hornbrille auf der Nase hoch und hinterließ dabei einen Schmutzfleck.

Die Frau neben ihm schalt ihn und wischte ihm den Dreck ab. „Nate ist jetzt weg. Das weißt du doch, Harry. Wir waren doch auf der Abschiedsparty, erinnerst du dich? Die Torte?“

Harry nickte. „Oh ja, die Torte. Die war gut.“

Nachdem wir ein paar Minuten geplaudert hatten, verfielen wir in einen ruhigen Rhythmus, und die einzigen Geräusche im Büro kamen von dem leisen Kratzen der Kartons, die über die Tische geschoben wurden, dem Knistern von Papiertüten, die gefaltet und zugetackert wurden, ab und zu unterbrochen von einem „Roseburg Farms!“, wenn Abby einen Anruf entgegennahm.

„… sie ist hier“, hörte ich Abby irgendwann sagen, und dann waren Schritte auf dem Betonboden zu hören. Wir alle hoben den Kopf und schauten den Eindringling an, der es wagte, unsere meditative Stille zu stören.

„Hey, wie geht's, alte Leute?“ Lee ließ seinen Blick durch den Raum schweifen, aber achtete nicht auf die bösen Blicke der Menschen, die er gerade als alte Leute beleidigt hatte. Ich zuckte zusammen, als ich bemerkte, wie schnell er alle Anwesenden gegen sich aufgebracht hatte. „Middie! Hey, Middie, ich bin's!“, rief er und winkte mir zu.

Er benahm sich absichtlich so nervtötend. Der Raum war nur knapp zehn Quadratmeter groß, aber er wedelte mit den

Armen, als würde er mir von der anderen Seite des Grand Canyon aus zurufen. Ich wäre am liebsten im Boden versunken.

Stattdessen nahm ich mir eine Handvoll Kartoffeln und wich Lees Blick aus. „Was machst du hier?“

„Die Frage stellst du mir jedes Mal, wenn wir uns sehen.“ Er schaute sich noch einmal um und winkte jedem der Freiwilligen zu, die ihn im Gegenzug wütend anfunkelten. Ich legte die Kartoffeln in eine Kiste. Was wollte er hier? Mir auf die Nerven gehen? Oder war er tatsächlich ein neuer ehrenamtlicher Helfer? Bei dem Gedanken wurde mir das Herz ganz schwer.

Er beugte sich über meine Schulter und fing an, das Gemüse in der Kiste neu anzuordnen.

Ich schob seine Hände weg. „Fass meine Kartoffeln nicht an.“

Lee grinste übertrieben. „Das habe ich von den anderen Mädchen noch nie gehört.“

Ich spürte zu meinem Ärger, dass ich rot wurde. „Ehrlich, Lee …“

„Hey, ganz ruhig, ist keine große Sache.“

Ich arbeitete weiter, warf ihm aber immer wieder einen Blick aus dem Augenwinkel zu, wenn er nicht hinsah. Er trug ein schwarzes T-Shirt mit dem Schriftzug *Mötley Crüe* über einem Bild eines Piraten, der Gitarre spielte. Seine Jeans hatte Löcher an den Knien und ausgefranste Säume, und seine Sneakers waren mit grünem und blauem Filzstift bekritzelt.

„Du starrst mich an“, sagte er gespielt verlegen und drohte mir mit dem Finger.

Ich spürte die Blicke von Harry und den anderen und riss mich zusammen. „Wenn du schon hier rumstehst, dann kannst du dich auch genauso gut nützlich machen“, sagte ich kühl.

„Immer zu Diensten, Yoko.“

Ich presste meine Lippen zusammen. „Nenn mich nicht so.“

Dann schnappte ich mir einen Stift und einen Block, auf dem oben quer in dunkelroter Schrift stand: *Von unserem Garten auf Ihren Tisch – Roseburg Farms.*

„Schreib ganz genau auf, was sich in jedem Karton befindet, und kleb den Zettel dann auf die Seite", sagte ich zu Lee.

Er ließ seinen Kopf träge zu mir kreisen und nickte dann in Richtung der Kiste. „Ich kann nichts sehen. Heb sie mal ein bisschen an. Nein, mehr in diese Richtung. Noch mehr." Er zuckte mit den Schultern. „Ich sehe immer noch nichts."

Er ging mir wirklich auf die Nerven. Seufzend rutschte ich näher zu ihm und zeigte ihm den Inhalt des Kartons. Er leckte die Spitze des Stiftes an und fing an zu schreiben.

„Lieber Gemüseliebhaber …"

„Schreib das nicht!"

„Lieber Gemüsefreak?"

„Schreib einfach nur die Dinge in dem Karton auf." Ich hob eine Tomate hoch. „Eine Tomate."

„Schreibt man das mit einem m oder zweien?" Ich riss ihm den Stift aus der Hand, und er nahm ihn sich zurück. „Ich helfe doch nur!"

„Nein, tust du nicht." Ich senkte meine Stimme zu einem Flüstern. „Du nervst."

„Dich?"

Um meine Lippen zuckte es. *Hör auf, Middie!* Ich drehte meinen Kopf so, dass er nicht sah, wie ich errötete. „Ich glaube, du gehst jetzt besser."

Es entstand eine lange Pause. „Gut." Er stand auf und winkte der Gruppe zu. „Bye, Leute!" Er drehte sich einmal im Kreis. „Wo geht es hier noch mal raus?"

Puh. „Komm mit." Ich führte ihn aus dem hinteren Raum durch das Büro und hinaus auf den Parkplatz. Draußen in der Sonne blieb Lee stehen, schattete seine Augen mit der Hand ab und schaute sich um.

„Wo hab ich denn noch mal geparkt ...“

Oh mein Gott. „Auf diesem Parkplatz stehen fünf Autos. Eines davon ist ...“

Lee schnippte mit den Fingern. „Ach, stimmt ja. Ich habe ja gar kein Auto, ich habe ein Motorrad.“ Er zeigte auf den Platz zwischen einem Honda und einem Toyota.

„Das ist kein Motorrad“, erklärte ich ihm, als ich in die Richtung schaute, in die er zeigte. „Das ist ein Roller. Und der ist mindestens hundert Jahre alt.“

Es handelte sich um eine schieferblaue Vespa mit einer ledernen Sitzbank, auf die höchstens anderthalb Leute passten. Über dem Lenker ragten zwei runde Spiegel an Chromstangen auf, und vorne in der Mitte gab es einen runden Scheinwerfer. Hinter der Sitzbank war ein verchromter Griff angebracht, an dem sich der Mitfahrer festhalten konnte.

„Für mich sieht das ziemlich motorradig aus. Es hat einen Motor und zwei Räder ... auf denen es fährt.“

Er schwang sein Bein über den Sitz, als würde er eine fette Harley besteigen. Dann stemmte er einen Fuß gegen das Schutzblech und drehte den Schlüssel im Zündschloss herum. Der Motor pochte ein paar Mal leise, bevor er ansprang.

Er ließ ihn aufheulen, was weniger wie ein gefährliches Biest als wie ein Schwarm wütender Hornissen klang, und schob dann den Ständer mit dem Fuß nach oben. „Okay, bleib locker.“

Das ist alles? Ich packte den Lenker, bevor Lee losfahren konnte. „Warum bist du heute hergekommen?“

Er blieb stehen und kniff die Augen zusammen. „Ach ja. Hast du mit Nate gesprochen?“

Ich schüttelte den Kopf. „Kein Empfang. Und du?“

„Nö. Ich habe ihm eine E-Mail geschickt. Vielleicht kriegt er die, wenn er eine Verbindung findet.“

„Ich bin sicher, dass er im Moment einfach nur irgendwo in

einem Funkloch hängt“, sagte ich und schloss mich damit Mrs. Binghams optimistischer Meinung an.

„Ja, bestimmt. Wir sehen uns!“, rief er über das Knattern des Motors hinweg.

Ich beschirmte meine Augen mit einer Hand und schaute Lee nach, der vom Parkplatz bog und dann in Schlangenlinien über die Straße davonfuhr.

Helm, dachte ich erschrocken. *Er trägt keinen Helm.*

Aber dann musste ich doch lachen über den großen, toughen Kerl ohne Helm, der auf seinem mickrigen kleinen Roller davonfuhr.

Meine kleine Schwester Emma war mit ihren neun Jahren am Ende ihrer Brownie-Karriere bei den Pfadfinderinnen. Mehr als alles andere auf der Welt wollte sie älter sein und wartete nur darauf, dass *ich* endlich auszog. Nicht, damit sie ein eigenes Zimmer bekam, das hatte sie schon, sondern weil sie dann ein Einzelkind wäre. Ich konnte es mir überhaupt nicht vorstellen, allein zu Hause zu sein. Allison hatte es für einen kleinen Zeitraum erlebt, bevor ich geboren wurde, und Emma hätte es bald, aber ich? Ich war das mittlere Kind. Ich war immer von anderen umgeben.

„Ich werde dir fehlen, wenn ich weg bin“, erklärte ich Emma gerne, wenn sie mal wieder an die Badezimmertür hämmerte.

„Nein, wirst du nicht! Ich werde alle Zeichentrickfilme sehen, die ich will, und Süßigkeiten auf deinem Bett essen!“

Natürlich würde sie mich vermissen, genauso, wie ich Allison vermisste. Sicher, wir chatteten online, und sie kam nach jedem Semester von der Willamette University zu Besuch, aber ohne sie war es hier nicht das Gleiche. Jetzt war *ich* die ältere Schwester, zu der Emma aufschauen musste. Und das war nicht leicht, vor allem nicht, wenn es um Projekte für ihre Brownie-Truppe ging.

„Du machst das falsch!“, fauchte sie, als ich versuchte, ein Abzeichen auf die Schärpe ihrer Pfadfinderuniform zu bügeln.

„Das ist schon okay.“ Ich drückte die Spitze des Bügeleisens auf das Abzeichen und hielt es vor mich hin. „Siehst du, es ist perfekt.“

Emma inspizierte es genauer. „Nicht perfekt, aber ... okay.“

Das Bügeln hatte ich nach Allisons Auszug gerne übernommen. Ich hatte Angst, Emma würde sich oder ihre Bettlaken verbrennen, wenn ich es ihr überlassen würde. Außerdem hatte es etwas Beruhigendes, die Falten wegzubügeln und ein Laken oder ein Hemd frisch und glatt zu machen.

Während ich bügelte, erzählte Emma mir alles über ihre nächste Aufgabe als Brownie, die ihr ein Gruppenführerabzeichen einbringen würde. Ich war nicht so sicher, ob Emma wirklich scharf darauf war, Leiterin einer Gruppe zu werden, oder ob sie einfach nur viele schöne Abzeichen auf ihrer Schärpe haben wollte.

„Ich muss eine Geschichte schreiben“, sagte sie, während sie die Schärpe sorgfältig neben ihre geliebte Brownie-Uniform hängte.

Ich schaltete das Bügeleisen ab, damit es auskühlen konnte, und machte es mir zwischen den Kissen auf Emmas Bett gemütlich. Während Emma die Kleidung in ihrem Schrank neu ordnete, streckte ich meine Beine aus. „Um Gruppenleiterin zu sein, muss ein Brownie andere inspirieren“, erklärte sie mit stolz gerecktem Kinn. Wenn sie nicht das blumenverzierte Stirnband in ihrem schimmernden blonden Haar getragen hätte, hätte ich gedacht, sie wäre bereits ein Teenager, so wie sie sich verhielt. „Ich brauche eine Geschichte, die andere Leute inspiriert.“

„Wie ...“, hakte ich nach. „Was haben andere Pfadfinderinnen gemacht?“

„*Brownies*, Middie. Wir sind Brownies, noch keine Pfadfinderinnen.“

Ich winkte ab. „Ist doch egal. Also los, erzähl es mir."

Sie ließ sich neben mir auf das breite Bett fallen und streckte ebenfalls ihre Beine aus. „In der Geschichte meiner Freundin Cynthia ging es um ihren Onkel, der im Krieg war."

„Klingt interessant." Während sie mir die Zusammenfassungen aller inspirierenden Geschichten ihrer Freundinnen erzählte, wanderte mein Blick durch den Raum. Es war nicht lange her, dass wir ihn uns geteilt hatten; unsere Betten hatten nebeneinandergestanden, dazwischen ein Nachttisch mit einer Lampe darauf. Wir hatten auch nur einen Wecker gehabt, was bedeutete, dass Emma zur gleichen Zeit aufgestanden war wie ich. Wir hatten uns sogar Allisons alten Schminktisch und den wackeligen Holzstuhl davor geteilt. Jetzt gehörte das alles Emma allein. Mein Zimmer, das früher Allisons gewesen war, lag auf der anderen Seite des Hauses, und sein Fenster ging auf die Straße hinaus. Hier hatten wir freien Blick auf die Garage und den von Bäumen gesäumten hinteren Garten.

„Weißt du, ich muss auch eine Geschichte schreiben", sagte ich zu Emma, als sie einmal kurz innehielt, um Luft zu holen. „Für die Collegebewerbungen muss man diese ..."

„Aber nimm nicht Nate!", rief sie und riss die Augen weit auf. „Der gehört mir!"

„Er gehört ... was?"

„Er ist meine Geschichte." Emma setzte sich auf und schwang die Beine über die Bettkante. „Er ist klug und hilft den Leuten immer, und er ist mein Freund, auch wenn er dein fester Freund ist, und ich kann ihn als Inspiration für andere Menschen nutzen, weil dann vielleicht auch andere Leute den weniger Glücklichen ehrenamtlich helfen wollen und ich vielleicht auch. Und das nur seinetwegen." Sie holte tief Luft.

„Keine Angst, ich nehme nicht Nate", sagte ich. „Ich muss eine Geschichte über *mich* schreiben."

„Über dich? Du bist aber überhaupt nicht inspirierend."

„Oh, danke vielmals. Bekommt ihr auch Abzeichen fürs Unhöflichsein?“

„Ich glaube nicht.“ Sie schaute gedankenverloren an die Decke. Ich sah, wie die Rädchen in ihrem Kopf sich drehten. *Kann ich ein Abzeichen für Unhöflichkeit kriegen?*

„Wie gesagt, ich muss für meine Collegebewerbung einen Aufsatz über mich schreiben.“

Genauer gesagt verlangte das Lewis & Clark College, dass der Aufsatz ihnen etwas darüber erzählte, was mich ausmachte. Ein Ereignis oder eine Erfahrung, die einen großen Eindruck in meinem Leben hinterlassen hatte. Ich hatte absolut keine Ahnung, worüber ich schreiben sollte.

Meine Schwester nickte widerstrebend. „Okay, solange es nicht um Nate geht.“

Ich schüttelte den Kopf. „Keine Sorge, das wird es nicht.“ Mir fiel auf, dass Emma Nate schon ihr ganzes Leben lang kannte. Seit zehn Jahren war Nate Teil meines Lebens, zuerst als Freund und dann als *mein* Freund – das war länger als Emmas Leben.

Zurück in meinem Zimmer, schaltete ich den Laptop ein und nahm ihn mit zum Bett. Sobald die WLAN-Verbindung stand, poppte eine Nachricht von Allison auf. Sie war online und wollte quatschen. Ich öffnete ein Fenster und tippte: **Hey, Ali!**

Sofort bekam ich eine Antwort: **Bist du wach?**

Äh, ja? **Ja.**

Kannst du in meinem Schrank nach einem Rock gucken?

Ich grinste. **Du meinst, in MEINEM Schrank?**

Von Topshop. Ein schwarzer Mini.

Ich habe zu tun.

Jetzt geh schon.

„Na gut, dann gehe ich eben“, sagte ich zu meinem Computer und schleppte mich zum Schrank. Obwohl sie vor zwei

Jahren ausgezogen war, um aufs College zu gehen, bewahrte Allison ihre umfangreiche Garderobe in *meinem* Zimmer auf. Sie nahm immer nur die Sachen mit, die sie für die jeweilige Jahreszeit benötigte. Das wäre nicht so schlimm gewesen, wenn wir die gleiche Größe gehabt hätten, aber leider war sie ein ganzes Stück größer als ich.

Ich durchsuchte ihre Hälfte des Schranks nach dem Minirock, der breite, flache Falten und einen versteckten Reißverschluss an der Seite hatte. Ich wusste genau, welchen sie meinte, denn ich hatte ihn mal anprobiert, nachdem sie weg war.

Bevor ich weitersuchen konnte, klingelte mein Handy. Ich schnappte es mir von meiner Kommode. „Was?"

„Stehst du vor meinem Schrank?", begrüßte Allison mich.

„Das ist nicht dein Schrank, Allison. Und ja, ich stehe davor." Ich steckte meinen Kopf weiter hinein und atmete den Zedernduft der Schrankwände ein.

„Siehst du ihn?"

„Mein Gott, lass mir doch wenigstens Zeit, zu gucken." Ich legte das Handy zurück auf die Kommode und drückte auf Lautsprecher. Ich hörte meine Schwester am anderen Ende der Leitung atmen. „Warum willst du wissen, ob er hier ist? Ich meine, ist ja nicht so, als würde ich ihn dir per Post schicken."

„Warum nicht?"

Ich lachte. „Du wohnst nur zweieinhalb Stunden entfernt."

„Ach, dann willst du ihn mir also persönlich vorbeibringen?"

„Ha! Nein."

„Dann musst du wohl zur Post, Schwesterlein."

„Kann das nicht warten, bis du das nächste Mal nach Hause kommst?"

„Nein. Ich habe ein heißes Date."

„Wirklich? Mit wem?"

„Ach, niemand. Nur so ein Typ …"

Ich trat weiter in den Wandschrank hinein und rief über die Schulter: „Ein Typ, für den du den umwerfenden schwarzen Rock anziehen musst.“ Ich steckte bis zum Hals in Allisons Klamotten, aber konnte den Rock nirgends sehen. „Selbst wenn ich ihn finde, bekommst du ihn nicht vor nächster Woche.“

„Schick ihn per Overnight-Kurier.“

Ich musste lachen. „Ist der Typ eine teure FedEx-Lieferung wert?“

Eine lange Pause, gefolgt von einem Seufzer. „Gute Frage, Middie. Weißt du, was? Vergiss es.“

Ich nahm mein Handy und stellte den Lautsprecher aus. „Warte! Ich habe nur Witze gemacht. Bist du sicher?“

„Meine Skinny-Jeans sind auch ziemlich heiß“, meinte sie. „Die müssen dann eben reichen.“

Ich lachte und zog mir einen Stuhl ans Fenster. Dann öffnete ich es einen Spalt, um die kühle Brise auf meinem Gesicht zu spüren. Durch den Kleiderschrank zu krabbeln hatte mich ins Schwitzen gebracht.

„Weißt du, Al, ich habe noch nie ein Date gehabt“, sagte ich. Es war seltsam, das laut auszusprechen, aber es entsprach der Wahrheit.

Meine Schwester schnaubte. „Du hattest schon viele Dates.“

„Nicht solche wie du. Ich kannte Nate schon fünf Jahre, bevor wir miteinander gegangen sind. Es war nie so, dass er mich auf ein Date eingeladen hat und ich dann ganz aufgeregt war. Bringt das Spaß?“

„Es ist total ätzend! Man macht sich Gedanken, ob der Mann einen mag, ob er eine andere Freundin hat, ob er überhaupt eine Freundin will oder nur was für eine Nacht …“

„Für eine Nacht? Du? Auf keinen Fall.“

„Und warum nicht?“, meinte sie und tat lässiger, als sie war. „Aber wenn es funktioniert, ist es … ich weiß nicht … echt toll.“ Sie hielt kurz inne. „Aber darüber musst du dir keine Gedanken machen.“

„Ja, ich schätze, da hast du recht.“ Aber ich hatte etwas anderes, was mich beschäftigte. „Sag mal, was hast du für deine Collegebewerbungen geschrieben?“

Ich tippte gegen den Monitor meines Laptops und öffnete meine Bewerbung. Jedes Feld war ausgefüllt – mein Name und meine Adresse und so weiter. Aber der Platz für den Aufsatz war gähnend leer. „Mir fällt einfach nichts ein.“

„Hmmm … ich kann mich nicht mehr erinnern. Es muss aber gut gewesen sein. Immerhin bin ich bei drei Colleges angenommen worden.“

„Oh, vielen Dank auch.“ Ich ließ mich rücklings aufs Bett fallen und rollte mich dann auf die Seite. Am anderen Ende der Leitung hörte ich Stimmen, die nach meiner Schwester riefen.

„Hey, ich muss los, Middie. Wir hören uns.“

„Klar, okay.“ Etwas widerstrebend unterbrach ich die Verbindung. Ich hatte ganz oft das Gefühl, dass Allison kurz davor war, mir etwas Wichtiges zu erzählen, und es dann doch nicht tat. Ich legte das Handy beiseite und kehrte zu meinem Computer zurück. Dort blätterte ich durch meine Lesezeichen, bis ich eine meiner Lieblingswebsites gefunden hatte, einen Onlineshop für Vintagemode. Ich liebte den Look der Kleider auf diesen Seiten, auch wenn sie aus Stoffen waren und einen Stil hatten, den ich noch nie getragen hatte: weich und fließend mit Lagen von Chiffon über Seide, Spitze über Baumwolle, liebevoll bestickt mit Blumenapplikationen und Perlen.

Die Kleider waren vollkommen unpraktisch, und ich liebte es, sie anzuschauen. Dann stellte ich mir meine Hochzeit mit Nate vor, zu der ich ein transparentes, cremefarbenes Kleid mit einer perlenbestickten Korsage und Samteinfassung tragen würde, das an der Taille schmal zulief und lange, fließende Ärmel hatte. Ich hatte mir sogar ein Lesezeichen für eines der

Kleider gesetzt, das mir besonders gefiel, aber bisher hatte ich es noch niemandem gezeigt. Nicht einmal Nate.

Ich schaute auf die Uhr auf meinem Handy. Bei Nate war es jetzt kurz vor zehn. Ich wählte und drückte die Daumen, dass der Anruf durchgehen würde. Nach drei fehlgeschlagenen, sehr entmutigenden Versuchen schickte ich ihm stattdessen eine Nachricht.

Vermiss dich, lieb dich, NM4eva.

4. KAPITEL

Am nächsten Morgen hatte ich mein Handy immer noch in der Hand und meinen Körper so darumgerollt, als wollte ich es im Schlaf beschützen. Ich starrte das Display an. **Vermiss dich, lieb dich, NM4eva.** Mein Herz erwachte zum Leben, und ich setzte mich schnell auf. Aber ich brauchte nicht lange, um zu erkennen, dass es sich um meine Nachricht an Nate handelte. Er hatte nicht darauf geantwortet.

Meine Schultern und mein Rücken waren ganz steif von meiner verdrehten Schlafhaltung, und mein Nacken tat weh.

Der Tag fing nicht besonders vielversprechend an. Und er wurde nicht besser.

In der Schule kam es mir so vor, als ob alle Lehrer sich darauf geeinigt hätten, dass *heute* der Tag war, an dem sie Unmengen an Aufgaben verteilten. Nach zehn Tagen Schule wurden wir von Bergen an Hausaufgaben und einem mörderischen Terminplan für die Zwischenprüfungen erschlagen. Bis Thanksgiving Anfang November gab es für uns keine richtige Pause mehr.

Haley spürte den Druck auch. In unserer letzten Stunde Englisch, dem einzigen Fach, das wir gemeinsam hatten, ließ sie sich auf den Stuhl neben mir fallen und legte ihren Kopf erschöpft auf die Tischplatte. „Oh mein Gott, Middie. Ich werde überschwemmt. Wortwörtlich überschwemmt."

„Nun ja, nicht wortwörtlich."

Sie drehte den Kopf und schaute mich an, die Wange gegen ihre Nase gedrückt. „Doch, wortwörtlich. Um mich herum befindet sich ein Sumpf aus Hausaufgaben. Mathe, Geschichte, Chemie. Das ist mehr als ein Sumpf. Das ist ein Meer. Ein Ozean aus Arbeit."

Ich musste lachen über ihre übertriebenen Worte, aber streckte gleichzeitig die Hand aus, um sie sanft an der Schulter zu schütteln. „Wir kriegen das schon hin."

„Versprochen?“

„Versprochen.“

Sie lächelte und richtete sich auf. Blonde Strähnen klebten an ihren Wangen, und sie wischte sie beiseite. „Vielleicht hilft ein wenig außerschulische Betätigung.“ Sie holte das Handy aus der Tasche ihrer Jeans. „Guck mal.“

Ich schaute auf das Display, als sie eine elektronische Einladung öffnete, auf der eine große Hüpfburg zu sehen war. „Ein Kindergeburtstag?“

„Nein, nein. So sieht es aus, aber warte ab …“ Sie tippte mit dem Finger auf den Bildschirm, und die Hüpfburg verwandelte sich wie von Geisterhand in einen Pool. „Ta-da! Bei Katrina. Am Samstag. Ihre Eltern gehen auf eine Hochzeit oder so.“ Haley legte einen Finger an ihre Lippen und dann an meine, um uns auf Verschwiegenheit einzuschwören. „Ganz geheim.“

„Sie hat eine Einladung verschickt, Haley“, sagte ich lachend. „Wie geheim kann das dann sein?“

„Hmm … das stimmt natürlich.“ Sie schaute wieder auf das Display. „Ich schicke dir den Link.“ Kurz darauf vibrierte mein Handy in meiner Tasche. Haley grinste. „Warum hast du denn dein Handy nicht ausgeschaltet?“

„Es ist doch ausgeschaltet. Gewissermaßen. Ich hab’s immerhin auf lautlos.“ Ich legte meine Hand auf meine Tasche. „Nur für den Fall, du weißt schon.“ Nate könnte jeden Moment anrufen oder eine Nachricht schicken, und selbst wenn ich nicht antworten könnte, wollte ich doch wissen, wollte *fühlen*, dass die Nachricht da war.

Ein plötzlicher Aufruhr draußen im Flur unterbrach unser Gespräch. Haley und ich schauten in der Erwartung zur Tür, Ms. Templeton zu sehen, die die Nachzügler ins Klassenzimmer scheuchte, bevor die Glocke klingelte, aber stattdessen hing eine Gruppe Schüler an der Tür herum.

Haley schnalzte mit der Zunge, als sie sah, dass alle auf ihre Handys starrten. „Das wird der Templeton gar nicht gefallen", sagte sie. Dann winkte sie dem Mädchen zu, das der Tür am nächsten stand und wie gebannt auf ihr Telefon schaute. „Hey, Corey! Was ist los?"

Corey Sanchez drehte sich um und starrte uns entsetzt an. Sie hielt ihr Handy ganz fest in der Hand. „Äh, nichts", stotterte sie und zwang sich zu einem Lächeln, das ihre Zahnspange zeigte.

„Nichts?" Haley, die immer wissen musste, was los war, sprang von ihrem Tisch auf und ging direkt in die Mitte der Gruppe, die auf dem Flur stand. Sie reckte ihr Kinn über Coreys Schulter, wobei sie mir den Rücken zuwandte. Die Mädchen flüsterten heftig miteinander, aber ich konnte nicht verstehen, was sie sagten.

Was zum Teufel kann so interessant sein? fragte ich mich. Neugierig wollte ich aufstehen, aber die Schulglocke sorgte dafür, dass ich mich wieder hinsetzte. Ich schaute mich um. Ich war ganz allein im Raum. Keine Lehrerin, keine Mitschüler. Alle lungerten noch im Flur herum. Vielleicht war das ein Streich, von dem mir niemand erzählt hatte?

Ich holte ebenfalls mein Handy heraus und scrollte durch meine E-Mails. Die einzige, die noch ungelesen war, war die Einladung, die Haley mir gerade weitergeleitet hatte.

„Middie, steck dein Handy weg!", rief Haley mir beinahe hysterisch zu. Sie eilte zu mir und nahm mir das Handy weg. „Was, wenn die Templeton reinkommt? Die Hexe würde dich direkt zum Direx schicken, und was dann? Man würde deine Eltern anrufen, und vermutlich würde es einen Eintrag in deiner Akte geben, und du könntest das College vergessen." Ihre Finger fummelten an meinem Telefon herum und tippten nervös auf den Bildschirm, als wenn sie noch nie zuvor ein Handy gesehen hätte.

„Was machst du denn da?“

„Du musst das nicht angeschaltet haben“, sagte sie eilig und hielt das Handy außer Reichweite. „Ich meine, es gibt Studien, die besagen, dass man Krebs kriegen kann, wenn der Akku ständig an ist. Verdammt, wo ist der Knopf, mit dem man das verdammte Ding ausschalten kann?“

„Haley, lass es an. Was machst du da, Haley … Haley?“ Ich stürzte mich auf das Telefon, aber sie zog es schnell weg. „Mach das nicht aus. Nate könnte jederzeit anrufen.“

Ich beugte mich vor, sie lehnte sich zurück. Ich sprang auf sie zu, sie wich mir aus. Aber ich war auch schnell. Ich täuschte eine Bewegung an und schnappte ihr dann das Handy aus der Hand. „Komm schon, Haley, du weißt, ich warte …“

Sie entriss es mir wieder. „Nein! Er wird nicht anrufen, Middie.“

„Was? Natürlich wird er das.“

Haley lief rot an und sah aus, als würde sie gleich anfangen zu weinen.

„Haley?“ Ich legte meinen Arm um ihre Schulter. „Was ist los …?“

„Oh mein Gott, Middie! Geht es dir gut?“ Katrina stürmte mit gerecktem Handy durch die Tür. Einige Schüler strömten hinter ihr ins Klassenzimmer.

„Mir? Ja, warum?“

Auf einmal war ich umringt von meinen Mitschülern. Katrina und Debra und Corey und ein Dutzend mehr, die nicht in meiner Klasse waren, die ich aber kannte. Und dann tauchte Ms. Templeton in ihrer Lehreruniform auf – eine schlichte Bluse und ein passender Rock. Ihre schwarzen Locken fielen über ihre Hornbrille. Sanft legte sie ihre Hand auf meine Schulter. „Meredith, ich denke, du solltest mit mir kommen …“

Aber es war zu spät.

Ich hatte bereits einen Blick auf Katrinas Handy geworfen. Ein Video von einem Nachrichtensender. Worte in dicken weißen Blockbuchstaben liefen unter dem Gesicht des Reporters entlang.

Angriff auf Dorf in Honduras.

Entwicklungshelfer vermisst.

Vermutlich alle tot.

Schock und Angst und Wut trafen mich wie ein Schlag. Sie spülten über mich hinweg und ließen mich rücklings auf meinen Stuhl sinken.

Ich atmete tief ein. *Nein, nein, nein.*

„Das ist nicht Nate", stieß ich aus. „Er ist es nicht. Er ist …"

„Liebes, bitte komm mit mir", wiederholte Ms. Templeton etwas leiser.

Ich ließ zu, dass sie mir vom Tisch aufhalf, und spürte links und rechts an meinen Ellbogen Hände, die mich vom Klassenzimmer in den Flur führten. Eine Hand tätschelte meine Schulter, streichelte meinen Rücken und berührte meine Haare. Stimmen riefen mir etwas zu, Stimmen von Freunden, Mitschülern, Bekannten. Lehrer, Mitarbeiter, Schüler wichen zur Seite auf meinem Spießrutenlauf durch die Körper, die eng gegen die Spinde gedrückt dastanden.

„… tut mir so leid, Middie …"

„… wird wieder gut, da bin ich mir sicher …"

„… bin für dich da, okay?"

Die Tür zu Mr. Zieglers Büro öffnete sich. „Komm rein", murmelte jemand. Mr. Ziegler? Ms. Templeton? Ich war mir nicht sicher.

Wie von Geisterhand erschien ein cordbezogenes Sofa, das von Bergen an Papieren und Büchern und Andenken meines Vertrauenslehrers befreit worden war. Die Tür wurde geschlossen vor den Stimmen meiner Freunde, die meinen Namen riefen.

Ms. McMahon, unsere Rektorin, saß neben mir auf der schmalen Couch. Sie war neu an der Schule, trug einen kinnlangen Bob und bevorzugte bei ihrer Kleidung die Farben Grau und Schwarz. Ihr erschrockener Blick war ein Spiegelbild von meinem. „Wir rufen gerade deine Mutter an“, sagte sie sanft. „Du kannst hier so lange warten, bis sie kommt.“

Ich spürte, dass ich nickte.

Auf der rechten Seite des Büros stand ein Fernseher, auf dem die gleichen Nachrichten liefen, die ich gerade auf Katrinas Handy gesehen hatte. Ms. McMahon schaltete durch die Kanäle. CNN, Fox, MS, NBC. Jeder Nachrichtensender zeigte die gleichen Bilder eines zerstörten Dorfes: umgestürzte Bäume, brennende Gebäude, auf dem Boden verstreut liegende Leichen.

67 Tote bei Angriff auf Dorf.

Splittergruppe von örtlicher Miliz verdächtigt.

Dorfbewohner und Entwicklungshelfer auf Flucht getötet.

Nein! Mir wurde eiskalt, und ich spürte, dass ich eine Gänsehaut bekam. Ich schloss die Augen, während die Tränen über meine Wangen liefen und von meinem Kinn tropften. Das konnte doch nicht sein! Es konnte einfach nicht sein. Es war ein schrecklicher, fürchterlicher Albtraum.

Es waren die Nerven und die Anspannung wegen der Schule und des Collegeaufsatzes und weil Nate weg war, und irgendwie mischte sich auch Emmas inspirierende Brownie-Geschichte mit in meinen Traum und …

… das ist nicht real. Nicht real. Das ist ein Fehler. Das ist ein anderes Dorf, nicht das von Nate.

Meine Kehle wurde eng, und mein Atem stockte – jedes bisschen Luft war aus meiner Lunge gewichen, und ich bekam keine Luft, konnte mein Herz nicht davon abhalten, gegen meine Rippen zu schlagen.

Mr. Z schaltete den Fernseher aus. „Alles wird wieder gut", sagte er.

Meint er das ernst?

„Wir wissen noch nichts Genaues." Mr. Z sprach vorsichtig, so wie ein Verhandlungsführer bei einer Geiselnahme. „Meredith, sprich mit mir."

„Sprechen?", stieß ich aus. Ich konnte kaum einen vollständigen Satz in meinem Kopf bilden, geschweige denn, mich mit einem anderen Menschen unterhalten. Worüber zum Teufel sollte ich reden?

Mein Handy vibrierte in meiner Tasche. Haley. Ich tippte auf das Display, um den Anruf gleich an die Mailbox weiterzuleiten. Dann summte es erneut. Katrina. Und noch mal. Debra. Jedes Mal schaute ich vergebens auf die Nummer. Schließlich nahm Ms. McMahon mir das Telefon weg und schaltete es ganz aus.

„Nein!", rief ich und schnappte es ihr weg, um es wieder anzuschalten. „*Er könnte anrufen!*"

Unsere Blicke trafen sich, doch ich schaute sofort weg, weil ich in ihren Augen die Wahrheit erkannte. Nate würde nicht anrufen. Nie mehr.

Meine Haut war klamm und feucht. Die Luft war abgestanden, und alle waren mir zu nah. Viel zu nah. Ich spürte Ms. McMahons Bein auf der zu schmalen Couch an meinem. Ich umklammerte meine Handtasche und mein Handy und sprang vom Sofa zur Tür. „Ich muss los."

„Aber deine Mutter ist noch nicht da …"

„Ich warte draußen." Ich riss die Tür auf und rannte direkt in Ms. Templeton hinein, die gerade Haley tröstete.

Sie griff nach mir, aber ich hatte nicht mehr als einen Blick für sie übrig.

Ich rannte den Flur hinunter und stürmte durch die Tür nach draußen.

„Meredith!“, hörte ich. Ich drehte mich um und erkannte Lees Vespa. Er saß drauf und winkte mir zu. Ich rannte, fort von der Schule, fort von allem, setzte mich hinten auf den Roller, steckte meine Handtasche zwischen meine Knie und packte den Chromgriff hinter der Sitzbank. Lee ließ den Motor aufheulen und fuhr los.

5. KAPITEL

Ich war dankbar für den Wind auf meinen Wangen, für die kühle Luft, die meine Haut betäubte. Als die Schule in der Ferne verschwand, sah ich noch, wie meine Freunde herauskamen, sich gegenseitig in die Arme nahmen und sich trösteten. In meinen Augen brannten Tränen, und ich drehte mich nach vorne, um sie vom Wind abwischen zu lassen – zumindest vorübergehend.

Wir bogen in eine Auffahrt ein und hielten an. Wortlos nahm Lee mein Handy aus meiner Tasche, tippte eine Nummer ein und reichte es mir zurück. „Für den Fall, dass du sie mal brauchst."

In diesem Moment wurde mir bewusst, wo wir waren: bei Nates Haus. Ich erschrak.

Lee sah mich an. „Du musst jetzt hier sein, bei Nates Familie, meinst du nicht?" Das war keine Frage. Und er hatte recht. Ich musste jetzt bei Nates Familie sein, bei *meiner* Familie.

Ich nickte langsam und stieg vom Roller. „Kommst du mit rein?"

„Nee, das ist nicht so mein Ding." Und er fuhr weg, bevor ich mich bei ihm bedanken konnte.

Für die Mitfahrt.

Für die Rettung.

Dafür, dass er *nicht* gesagt hatte, dass alles wieder gut werden würde.

Ich starrte die Haustür an und versuchte, meine Füße zu zwingen, sich zu bewegen. Ich wusste, ich musste hineingehen und Nates Familie sehen, sie trösten, von ihr getröstet werden. Aber ich konnte nicht! Ich schaute das Haus an und dachte an die vielen Male, an denen Nate und ich auf der knarrenden Hollywoodschaukel auf der Veranda herumgemacht hatten. Ich hatte Nates Schritte auf den Stufen im Ohr, wie er die

Treppe hinunterlief, um mich an der Tür in Empfang zu nehmen. Mir war, als könnte ich das heiße, gebutterte Popcorn riechen und die geschmolzenen Minzbonbons, die er an den Fernsehabenden mit seiner Familie so liebte.

Mit zitternden Fingern schrieb ich meiner Mutter eine SMS, um ihr mitzuteilen, wo ich war, doch ich konnte kaum die Buchstaben richtig treffen, und die Autokorrektur hatte nicht mal den Ansatz einer Ahnung, was ich schreiben wollte. Also stand da **Beinahe Hass**, statt **Bei Nates Haus**. Ich drückte trotzdem auf Senden und blieb wartend am Ende der Auffahrt stehen. Ich konnte nicht alleine hineingehen. Es ging einfach nicht.

Ein paar Minuten später fuhr der Wagen meines Vaters vor, und meine Mutter und meine Schwester sprangen heraus. Sie umarmten mich, und mein Vater legte seinen Arm um meine Schultern. Emma in ihrer kostbaren Brownie-Uniform mit der frisch gebügelten Schärpe zog an meiner Hand. Ihre Augen waren rot und geschwollen. Ich nahm meine kleine Schwester auf die Arme, und sie schlang ihre Beine um meine Taille. Den ganzen Weg ins Haus hielt ich sie fest an mich gedrückt.

Die Binghams hatten sich im Wohnzimmer versammelt, genauso wie bei meinem letzten Besuch zu Nates Abschiedsparty. War das wirklich erst ein paar Wochen her? Mein Gehirn brachte das nicht zusammen – es war einfach nicht möglich. Da saß Nates Großtante Pamela in einem weiteren klassischen Strickpullover und den passenden Hosen von L. L. Bean. Sie saß in dem gleichen Sessel wie bei unserem ersten Kennenlernen.

Ich trug Emma hinein und fand für sie einen Platz auf der Couch, wo sie bei meinem Vater sitzen konnte, der sich leise Tante Pam und den anderen im Raum vorstellte. Ich wappnete mich für das, was mit Sicherheit als Nächstes kommen würde. Nates Eltern.

„Sei stark, meine Süße“, flüsterte meine Mutter mir ins Ohr. „Ich bin bei dir.“

Wir gingen gemeinsam in die Küche, unsere Hände fest miteinander verschränkt, und wurden von einer hektischen Betriebsamkeit überrascht, die so gar nicht zu der Schwermut im Wohnzimmer passen wollte. Mr. und Mrs. Bingham eilten vom Tresen zum Fenster zur Tür und waren dauernd in Bewegung, ohne jedoch jemals aneinanderzustoßen. Beinahe so, als wären ihre Bewegungen sorgfältig choreografiert worden. Ich erkannte Nates ältere Cousinen und Cousins, seine Onkel und Tanten, die alle gleichzeitig in ihre Handys sprachen. In der Küche gab es zwei Fernseher und drei Computer, die alle auf verschiedene Nachrichtensender eingestellt waren. Nates Cousin Brad, ein Freshman an unserer Highschool, bediente die Geräte und wechselte auf der Suche nach Neuigkeiten ständig die Sender.

„Nein, es gibt keinen Grund, einen terroristischen Anschlag zu vermuten“, sagte Mr. Bingham in sein Handy. „Wir haben noch nichts über ein mögliches Motiv gehört.“

„... wir werden die Hoffnung nicht so schnell aufgeben“, sagte Mrs. Bingham in ihres. „Die Berichte sind mehr als vage ...“ Sie erblickte meine Mom und mich und lehnte sich über den Tisch, um uns mit einem Arm zu umarmen. „Lillian, ich danke dir.“ Sie gab mir einen Kuss auf die Wange. „Middie, meine Süße.“

Das vielleicht einzige Anzeichen dafür, dass etwas nicht stimmte, war ihre aus der Hose hängende Bluse und dass sie, abgesehen von einem Hauch Lipgloss, nicht geschminkt war. Ansonsten war sie so gefasst und organisiert wie immer.

„Ich melde mich. Ja, danke Ihnen, Reverend.“ Nates Mutter legte ihr Handy weg und kam zu uns, um uns noch einmal fester in den Arm zu nehmen. „Oh mein Gott, Middie, du zitterst ja.“ Sie hielt meine Hände in ihren und rieb sie zusammen, als wollte sie mich aufwärmen. „Wir haben ausreichend Kaffee, wenn du einen möchtest.“

„Caroline, warum setzt du dich nicht“, sagte meine Mutter, „und ich bringe *dir* einen Kaffee?“ Als Antwort erhielt sie ein Zungenschnalzen und eine abwehrende Handbewegung.

„Auf keinen Fall“, sagte Mrs. Bingham. Aber ihre Stimme brach, als könnte sie selbst nicht glauben, dass sie in einem Augenblick wie diesem die gute Gastgeberin spielte. Schnell fasste sie sich wieder. „Brad, Honey, würdest du Middie und Lillian einen Kaffee einschenken?“

Nates Cousin verließ seine Computer nur widerstrebend, brachte uns aber wie gebeten zwei Becher mit schwarzem Kaffee und zog sich schnell wieder hinter seine Monitore zurück, als wir uns bedankten.

Meine Mutter reichte mir ihren Kaffee und scheuchte mich weg. „Kannst du etwas Milch und Zucker für mich auftreiben?“

Ich wusste, dass sie mich wegschickte, um mit Mrs. Bingham zu reden, aber ich machte mich trotzdem auf die Suche nach Milch und Zucker. Ich fand beides auf der Arbeitsplatte neben der Spüle. Während ich beides in die Becher gab, sah ich aus dem Fenster zu den Zwillingen auf ihren Schaukeln. Nates Bruder saß auf dem Boden, balancierte seinen Ball auf den Knien und schaute zum Basketballkorb hinauf. Ich hatte das Gefühl, dass die Zwillinge den wahren Grund für die ganzen Leute im Haus nicht kannten, aber Scotty war alt genug. Frische Tränen sprangen mir in die Augen, als ich mir vorstellte, wie Nates Eltern ihnen mitteilten, was passiert war, aber ich wischte sie mit einer Serviette fort, bevor ich mich vom Fenster wegdrehte.

Ich trug die Becher zurück zu meiner Mutter, die aufmerksam jedem von Mrs. Binghams Worten lauschte.

„… nicht gerade die seriöseste Regierung, mit der wir da unten zu tun haben“, sagte sie gerade mit Abscheu. „Wer weiß schon, wie weit die Korruption in diesem Land reicht? Hab ich nicht recht, Tom?“, rief sie über die Schulter ihrem Ehemann zu, der nickte.

„Du hast recht, Car."

„Bis jetzt hat sich noch keine Gruppe zu dem Überfall bekannt, oder, Tom?"

Mr. Bingham nickte und reckte den Daumen in die Höhe. „Richtig."

„Wir haben seine Leiche noch nicht gesehen, Lily", fuhr Mrs. Bingham fort. „Ehrlich gesagt hat noch niemand die Leichen gesehen."

Meine Mutter knabberte an einem Fingernagel. „Aber die Fotos ..."

„Das könnte jeder sein! Dieses Dorf könnte irgendwo sein!" Ihre Stimme zitterte, als sie lauter wurde. Sie schien zu spüren, dass sie ein wenig hysterisch klang, und atmete tief ein und mit zusammengepressten Lippen wieder aus. „Ich will damit nur sagen, dass wir die Hoffnung noch nicht aufgeben." Sie sah mich und zog mich an sich. „Du würdest auch nicht aufgeben, oder?"

„Niemals", sagte meine Mutter entschlossen.

„Deshalb werden Tom und ich selbst nach Honduras fliegen."

Meine Mutter verzog besorgt das Gesicht. „Ist das nicht zu gefährlich?"

Mrs. Bingham zuckte die Achseln und griff nach der Hand ihres Mannes. „Wir müssen dahin, es gibt keine Alternative."

Plötzlich wurde es ganz still im Raum, und einen Moment lang hörten wir die Mädchen draußen auf den Schaukeln fröhlich kichern und kreischen. In der Küche lächelten wir alle angespannt, und dann kehrte auf CNN ein Reporter nach der Werbepause auf den Bildschirm zurück, um ein aktuelles Update des Überfalls mitzuteilen.

Nates Mom stahl sich in die Umarmung ihres Mannes, während meine Mom mich an sich zog.

Ich beneidete die Zwillinge; ich würde nie wieder so unschuldig sein.

Siebzehn Jahre meines Lebens war der Tod für mich ein Fremder gewesen. Ich hatte niemanden gekannt, der gestorben war. Die einen Großeltern lebten noch, und die anderen waren gestorben, bevor ich geboren wurde. Ein paar Schüler an meiner Schule hatten ältere Geschwister bei der Army, die in Übersee ums Leben gekommen waren, aber das waren keine Menschen, denen ich nahestand, und auch wenn ich ihretwegen traurig war, konnte ich nicht um sie trauern.

Nates Tod hingegen fühlte sich wie mein eigener an. Seit ich in der Schule davon erfahren hatte, konnte ich nicht denken und kaum sprechen. Während ich bei den Binghams war, war ich von Aktivitäten umgeben. Es gab Essen zu machen, Geschirr abzuwaschen und Kaffee zu kochen. Ich warf ein paar Körbe mit Emma und Scotty und schubste die Zwillinge auf der Schaukel an, wie Nate es immer getan hatte. Ich weinte nicht. Vor allem nicht vor den Kindern.

Aber zu Hause konnte ich nicht aufhören zu weinen. Den Lärm und den Optimismus im Haus der Binghams zu verlassen bedeutete, in mein leeres Zimmer zurückzukehren, wo es keine Anrufe über FaceTime gab, keine SMS, keine E-Mails. Nichts.

Und je mehr Zeit ohne das alles verging, desto wahrscheinlicher wurde es, dass es für immer so bleiben würde.

Der Schock dieser Erkenntnis war überwältigend.

Zum Glück tauchte Haley mit Katrina und Debra im Schlepptau bei mir auf und bot an, die Nacht bei mir zu verbringen. In meinem Zimmer setzte sich Katrina auf die Bettkante und stützte sich mit dem Ellbogen auf meinem Kissen ab, während Haley und Debra es sich auf dem Fußboden gemütlich machten. „Ich glaube, ich werde nie wieder aufhören zu weinen“, sagte ich. Debra kletterte aufs Bett und reichte mir eine frische Packung Taschentücher.

„Doch, das wirst du. Du hast uns. Und wir werden immer

für dich da sein", sagte sie und setzte sich auf meine andere Seite.

„Ich war noch nie auf einer Beerdigung." *Oh Gott, was rede ich denn da? Wie kann ich so etwas überhaupt nur denken?*

Ich spürte, wie Debra mir die Haare aus dem Gesicht strich.

„Du und Nate, ihr wart das perfekte Paar", sagte sie. „Wir waren alle so neidisch auf euch."

„Debra!", wies Katrina sie zurecht.

„Ist schon okay." Ich reckte das Kinn. Ich liebte Nate. Ich *wollte* etwas über uns hören, vor allem die guten Dinge.

„Wir dachten alle, dass ihr beide eines Tages heiratet und für immer glücklich seid."

Die Mädchen schwiegen, und ich spürte ihre Traurigkeit. Der Verlust von Nate traf sie alle zur gleichen Zeit, und alle hörten auf einmal auf zu atmen.

„Das dachte ich auch", sagte ich.

Debra lächelte und sah mich an. „Wir haben immer gedacht, dass wir mal deine Brautjungfern sind."

„Habt ihr, hm? Ist das nicht ein wenig anmaßend?", fragte ich mit der Andeutung eines Lächelns. Ich hatte mir tatsächlich alle drei als meine Brautjungfern vorgestellt, dazu Emma als Blumenmädchen und Allison als Trauzeugin.

„Aber du hättest uns nicht gezwungen, hässliche Kleider zu tragen, oder?", fragte Haley vom Fußboden.

Ich schüttelte den Kopf. „Niemals."

„Nicht wie meine Schwester! Erinnert ihr euch an ihre Hochzeit letzten Sommer und das grauenhafte Kleid, in das sie mich gesteckt hat? Gelb. Gelb wie die Sonne." Katrina verzog das Gesicht. „Und ich mit meinen roten Haaren. Ich sah aus wie ein brennender Maiskolben."

„Oh mein Gott! Unvergesslich!", rief Debra.

Die Mädchen lachten, als sie sich an die ganzen hässlichen Brautjungfernkleider erinnerten, die sie gesehen oder selbst getragen hatten. Das löste etwas die Spannung im Raum – zumindest für sie.

Ich lächelte mit ihnen, konnte aber das Bild von Nate und mir als Hochzeitspaar nicht abschütteln, die Pläne, die wir hatten, die Zukunft, das Leben, das wir führen wollten … Ich holte meinen Laptop heraus und fand die wunderschönen Vintagekleider, die ich gespeichert hatte. Ich musste sie wohl eine ganze Weile angestarrt haben, denn das Geplapper verstummte, und über dem Monitor erschien Haleys Gesicht.

„Was ist das?“, fragte sie.

„Ein … Kleid.“ Die Silbe „Hochzeits“ ließ ich aus. Aber die Mädchen wussten es auch so.

Ich wollte das Lesezeichen gerade löschen, aber Haley hielt mich zurück. „Lösch es nicht. Nicht jetzt“, sagte sie. „Das ist eine Erinnerung …“

Ein Schatten, dachte ich in Erinnerung an Nates Kästchen. Ich war zu müde, um zu widersprechen, also klappte ich meinen Laptop einfach zu, und nicht lange danach legten wir uns zum Schlafen hin. Besser gesagt, die Mädchen schliefen, aber ich konnte nicht. Jedes Mal, wenn ich die Augen schloss, sah ich die Bilder von CNN. Die brennenden Häuser … die Leichen.

Meine Freundinnen hatten alles getan, was sie konnten, um mich vor weiteren Updates zu beschützen, aber die Bilder hatten sich vom ersten Moment an in mein Gehirn gebrannt, und ich konnte sie nicht abschütteln. Ich weinte leise vor mich hin und sah in der Dunkelheit, wie sich ein Kopf bewegte; Haley und die Mädchen schliefen auf dem Boden in Schlafsäcken, über die sie meine Tagesdecke gebreitet hatten.

Ich hielt den Atem an und unterdrückte mein Schniefen, während ich darauf wartete, dass diejenige, die sich da gerade gerührt hatte, wieder einschlief. Nach einer Weile hörte ich ein leises Schnarchen und wusste, dass ich als Einzige noch wach war.

Vorsichtig schlüpfte ich aus dem Bett und schlich mich an den Mädchen vorbei. Auf meinem Schreibtisch stand ein Bild von Nate und mir. Es war letztes Jahr auf einer Poolparty aufgenommen worden, und ich hatte es eigentlich in seine Schattenbox legen wollen, doch es war zu groß gewesen.

Mit dem Foto in der Hand krabbelte ich ins Bett zurück und drückte es an meine Brust. Ich musste es nicht sehen, um zu wissen, wie es aussah. Wir waren fit und gebräunt von unseren morgendlichen Laufrunden und der Arbeit im Gemeinschaftsgarten. Er hatte meinen Bikini gemocht: hellblaue Shorts und ein Tanktop mit weißen Streifen. Ich fand ihn ein wenig langweilig, aber *er* mochte ihn, also zog ich ihn immer an, wenn wir zusammen schwimmen gingen.

Als ich erneut versuchte, meine Augen zu schließen, vibrierte mein Handy auf dem Bett. Eine SMS?

Ich nahm das Telefon und strich mit dem Finger über das Display.

Atme

Was?

Ich starrte auf das Display ... Lee? Und dann fiel mir wieder ein, dass er seine Nummer in mein Handy einprogrammiert hatte.

Ich wartete auf ein weiteres Wort, irgendetwas.

Atme

War es wirklich so einfach? Ich atmete tief ein und spürte einen Schluckauf in meiner Brust. Dann atmete ich langsam aus. Ich dachte an die Fahrt auf Lees Vespa, an den Wind, der meine Tränen weggetragen hatte.

Und ich atmete.

6. KAPITEL

Es verging eine Woche, bevor ich das Gefühl hatte, wieder Luft holen zu können. Ich tat, was ich konnte, um Nates Eltern vor ihrer Abreise zu helfen, besuchte die Zwillinge und Scotty, während ihre Großeltern sich häuslich einrichteten. Niemand wusste, wie lange Mr. und Mrs. Bingham fort sein würden.

Aber irgendwann musste ich zur Normalität zurückfinden. Und das bedeutete Schule.

„Bist du sicher, dass du gehen willst, Süße?“, fragte meine Mutter. Emma wollte, dass ich zu Hause blieb und mit ihr Zeichentrickfilme guckte.

Ehrlich gesagt war ich nicht sicher, ob ich überhaupt etwas tun wollte, aber was war die Alternative? Für immer zu Hause zu bleiben? Ich war rastlos; meine Beine und Ellbogen und Finger zitterten und zuckten nach so vielen schlaflosen Nächten.

Außerdem waren die Menschen, die Nate kannten, die mich kannten, in der Schule. Wir brauchten einander. Die Schule war so etwas wie ein Zufluchtsort.

„Okay, aber wenn es dir zu viel wird, komm nach Hause.“ Sie bot mir das Auto an und erinnerte mich daran, zu tanken und Emma von den Brownies abzuholen, dann gab sie mir einen sanften Kuss.

Am Eingang zur Schule stand ich lange Zeit draußen und sah zu, wie die anderen Schüler hineingingen. Nate war einer von ihnen und von allen gemocht worden – unfassbar, dass er für immer fort sein sollte. Mädchen gingen in Gruppen zusammen durch die Tür, verschmolzen mit anderen Gruppen, die genauso waren wie sie, und bewegten sich wie eine Einheit. Ein paar Jungs schlurften als Nächste hinein, groß und schlaksig wie Nate, sportlich wie Nate, aber einsam in ihrer Trauer. Sie nickten einander zu, unausgesprochene Worte der Ermutigung und des Mitgefühls in dieser Geste.

Ich zwang mich, die Stufen zur Eingangstür hinaufzugehen, aber ich trat nicht ganz ein, sondern ließ einen Fuß draußen und stützte mich mit der Hand am Metallrahmen ab.

Am Ende des Flurs, der zur Sporthalle führte, war eine Gruppe von Mädchen damit beschäftigt, rote und weiße und schwarze Kreppgirlanden über den Schrank mit den Pokalen zu hängen.

Das ist wegen Nate, dachte ich. *In dem Schrank sind seine Trophäen, seine Auszeichnungen, seine Mannschaftsfotos drin.* Sie ehrten ihn mit ihren Farben, zollten ihm auf ihre Weise Tribut: Kreppgirlanden und Dekorationen aus Bastelpapier. *Er ist nicht tot!* wollte ich schreien. *Seine Eltern fahren hin, um ihn abzuholen.*

Mein Herz fing an zu rasen, und meine Hände zitterten. In meinen Schläfen pochte es, und die Hitze in dem Gebäude, die Luftfeuchtigkeit waren mit einem Mal erstickend.

Es war ein Fehler gewesen, in die Schule zu gehen. Ich machte einen Schritt zurück und wäre beinahe über die Schwelle gestolpert. Dann war ich wieder draußen, und die Tür schwang hinter mir zu, während ich mein Handy herausnahm, um meiner Mutter eine SMS zu schicken und ihr zu sagen, dass ich wieder nach Hause kam. Auf dem Display stand Lees Nachricht:

Atme

Ich hielt das Handy an mein Gesicht, presste meine Lippen auf das Wort.

Atme

Mit geschlossenen Augen atmete ich tief durch die Nase ein. Dann hielt ich die Luft an, bis ich das Gefühl hatte, meine Lunge würde platzen. Ganz, ganz langsam atmete ich aus und öffnete die Augen.

Ich wandte mich von der Schule ab und ging zum Auto zurück.

Als Nates Vater ein paar Tage später alleine zurückkehrte, zog sich mein Magen schmerzhaft zusammen. Es gab Gerüchte, dass sich Nates Eltern gestritten hätten, weil sie sich nicht einig waren, ob sie so schnell wieder nach Hause fliegen sollten, aber Mr. Bingham behauptete, dass seine Frau einfach nur gründlich sein wollte. Unabhängig davon schien es sehr unwahrscheinlich zu sein, dass Nate noch lebend gefunden wurde. Die Bergungsteams hatten ihr Bestes gegeben, aber die Örtlichkeiten und die Möglichkeit weiterer Gewalttätigkeiten behinderten ihre Anstrengungen.

Ich hatte Angst, zur Schule zurückzukehren, aber ich musste es tun. In der Zeit, die ich nicht dort gewesen war, hatten sich die Hausaufgaben getürmt, und Schüler und Lehrer waren inzwischen zu ihrem üblichen Stundenplan zurückgekehrt. Meine Eltern bemühten sich, den Fernseher aus zu lassen, aber in der Schule hingen in jeder Pause alle an ihren Handys. Wenn sie mich kommen sahen, stellten sie ihre Telefone aus oder auf stumm, aber anhand ihrer verstohlenen Blicke wusste ich, was sie sich ansahen.

Haley blieb an meinem ersten Tag die meiste Zeit an meiner Seite, und zum Glück stellte mir niemand die gefürchtete Frage: „Geht es dir gut, Middie?“

Am Ende des Tages war ich erschöpft. Ich fühlte mich, als wäre ich mit offenen Augen schlafgewandelt und hätte dabei den Atem angehalten. Nach dem letzten Klingeln der Schulglocke fragte ich Haley, ob ich sie mit nach Hause nehmen sollte, aber sie schüttelte den Kopf.

„Hast du heute Hockeytraining?“

„Äh, nein.“ Sie verlagerte ihr Gewicht von einem Fuß auf den anderen, während sie jemanden ansah, der hinter mir stand. Ich drehte mich um und sah Katrina und Debra vor der Aula warten. „Es ist das Planungskomitee für Nates Gedenkgottesdienst.“

Mein Herz fing an, in meiner Brust zu hämmern. „So bald schon? Es ist doch erst ein paar Tage her."

„Es sind beinahe zwei Wochen, Middie."

Ich atmete keuchend ein. Die Fassade meines „normalen" Tages fiel in sich zusammen, und meine Knie wurden ganz weich.

Natürlich würde es einen Gedenkgottesdienst geben. Mr. Bingham war zurück, und er hatte Nate nicht mitgebracht, was bedeutete …

Haley berührte meinen Arm. „Du musst da nicht hingehen."

Ich dachte einen Moment nach. „Kann ich mitkommen?"

„Bist du sicher?"

Nein, ich war definitiv nicht sicher. Aber das hier war für Nate.

Die Aula war gefüllt mit Schülern; alle wollten Teil von Nates Gedenkveranstaltung sein. Es lag eine ernste Freundlichkeit in der Luft, als wir eintraten. Vorne im Raum schrieb Mr. Z eine Liste von Leuten, die vorhatten, bei der Veranstaltung zu sprechen. Ich sah Ms. Templetons Namen und den von Rektorin McMahon. Er bat darum, aufzuzeigen, wer noch etwas sagen wollte. Ungefähr zwei Dutzend Schüler reagierten, und er fing an, ihre Namen zu notieren.

Das fühlte sich alles so *endgültig* an. Auch wenn ich wusste, dass Mrs. Bingham Nate wahrscheinlich nicht lebend finden würde, fühlte sich die Planung einer Gedenkveranstaltung so an, als würden wir alle Hoffnung aufgeben.

Nates Cousin Brad stand neben Mr. Z an der Tafel. Er sah erschöpft aus. „Ich werde eine Geschichte darüber erzählen, wie Nate mir, als wir noch Kinder waren, beigebracht hat zu angeln", sagte er leise. Er warf dem Vertrauenslehrer einen Blick zu. „Er war ein guter Lehrer." Zustimmendes Gemurmel erhob sich im Raum.

„Das ist großartig“, sagte Mr. Z ermutigend lächelnd. „Noch jemand?“ Er schaute mich an. Und dann sahen mich *alle* an. Unter so viel Aufmerksamkeit wurde ich ohne bestimmten Grund rot. „Middie? Möchtest du bei der Veranstaltung etwas sagen?“

Sofort äußerten meine und Nates Freunde Worte der Unterstützung. Haley legte einen Arm um meine Schultern und drückte mich. „Du kannst das, Middie. Du würdest das sicher toll machen.“

Ich? Toll? Mit der Hand fuhr ich in meine Tasche, wo ich das Foto von Nate und mir auf der Poolparty hatte; ich hatte es immer bei mir, damit ich es anschauen konnte, wenn ich es brauchte. Das Bild bei mir zu haben, gab mir ein Gefühl der Sicherheit.

„Ich …“ *Ich liebe Nate. Ich habe ihn geliebt. Ich will ihn nicht gehen lassen.* Ich hörte die Worte in meinem Kopf, aber ich brachte sie nicht über die Lippen. „Ich …“ Und plötzlich drehte sich der Raum um mich. Ich versuchte mich so gut es ging zusammenzureißen, aber ich spürte, wie mein gesamter Körper anfing zu zittern, wie die Trauer unter der Oberfläche meiner Haut brodelte, bereit, jeden Moment zu explodieren.

Ich lief zum Auto und fuhr los. Dieses Verlangen, wegzulaufen, war egoistisch, aber ich konnte nicht anders. Alles, was ich in unserer kleinen Stadt sah, erinnerte mich an Nate. Der Taco Bell, in dem wir freitagabends nach den Footballspielen abgehangen hatten. Die Gasse hinter der Bibliothek, wo wir geparkt hatten, bis die Fenster des Wagens beschlagen waren. Das Kino, in dem wir uns in der letzten Reihe während der gruseligsten Szenen verschiedener Horrorfilme aneinandergekuschelt hatten.

Roseburg war erfüllt von Erinnerungen an Nate. Ich fuhr weiter und weiter, an allem vorbei, was ich kannte, womit ich aufgewachsen war. Ich war weit außerhalb der Stadt, als der

Wagen plötzlich stehen blieb. Erst wurde er langsamer, aber ich bemerkte es nicht, bis er schließlich einfach anhielt.

Ich lenkte ihn an den Straßenrand und starrte die roten Lichter auf dem Armaturenbrett an, als handele es sich um unbekannte Hieroglyphen. *Was willst du mir sagen, Auto?*

Kein Benzin mehr. Das sagte es mir. Ich erinnerte mich vage daran, dass meine Mutter mir gesagt hatte, ich müsste tanken, aber wann war das gewesen? Heute oder gestern oder vor einer Woche? Ich lehnte meinen Kopf gegen das Lenkrad und lachte leise vor mich hin. Nicht einmal das konnte ich richtig machen. Ich konnte nicht einmal wegrennen, ohne es zu vermasseln.

Ich versuchte, den Motor erneut zu starten, aber es ging nicht. Als Nächstes rief ich meine Eltern an – doch keiner ging ran. Haley erreichte ich zwar, aber sie hatte kein Auto, also war sie keine Hilfe. Den Notruf zu wählen war nicht angemessen. Ich starrte mein Handy an und hoffte, es würde mir eine Nummer von einer Autowerkstatt zeigen. Stattdessen zeigte es mir meine letzte Option.

Ungefähr fünfzehn Minuten später fuhr Lee mit seiner Vespa und einem leeren Benzinkanister vor, und ohne ein Wort fuhren wir los. Die nächste Stadt war ein winziger Ort namens Lookingglass. Er war so klein, dass er nur eine Tankstelle hatte, die bei unserer Ankunft geschlossen war. Ein handgeschriebenes Schild an der Tür verkündete: *Bin in 10 Minuten zurück.*

Lee tippte mit dem Finger gegen das Schild und warf mir dann einen Blick zu. „Aber wann wurde das aufgehängt? Vor einer Minute oder vor neun?“

Ich brach in Tränen aus. Sie liefen über meine Wangen und mein Kinn und ich ließ sie. Es war mir egal, ob Lee mich weinen sah, ob die vorbeifahrenden Leute wussten, dass ich weinte, ob der ganze Ort Lookingglass sehen konnte, dass ich zusammenbrach.

Lee öffnete den Mund und kam auf mich zu, blieb dann aber kurz vor mir stehen. „Hey, Middie. Hey. Es sind doch nur ein paar Minuten."

Aber ich konnte nicht aufhören, fette, hässliche Tränen zu weinen. Ganz sicher war mein Gesicht inzwischen rot und fleckig und aufgedunsen und fürchterlich.

Lee tätschelte weder meine Schulter, noch sagte er: „Hey, hey" oder fragte mich, ob es mir gut ging. Er stand einfach nur da und wartete, bis ich fertig war. Schließlich wischte ich mir, erschöpft vom Schluchzen, die Nase mit dem Handrücken ab.

Lee kaute auf seiner Unterlippe und nickte dann mit dem Kinn in meine Richtung. „Du hast da noch etwas Schnodder."

Ich wischte erneut über meine Nase und schaute ihn dann an. „Ist es weg?"

„Noch nicht ganz." Dieses Mal benutzte ich den Ärmel meines Hemdes, und Lee nickte. „Jetzt hast du's. Willst du einen Slushie?"

Ich starrte ihn an. *Einen Slushie?* Mein Auto stand ohne Benzin am Straßenrand, und Nate war weg, und er wollte einen Slushie holen?

Das war so absurd, dass ich nur murmelte: „Ja, okay."

Wir ließen seinen Roller und den leeren Kanister an der Tankstelle stehen und gingen über die Straße zu einem Kiosk. Während Lee uns Slushies kaufte, wartete ich draußen auf einer Bank und schaute mich um. Ich kam gar nicht darüber hinweg, wie still es hier war. Nicht, dass in Roseburg das Leben tobte, aber dieser Ort bestand nur aus ein paar Häusern mit großen Gärten und älteren Autos davor, einem Angelladen, vor dem ein Motorboot auf einem Anhänger stand, und einem Lebensmittelgeschäft. Zum Glück gab es hier nichts, das mich an Nate erinnerte. Überhaupt nichts.

Lee kam ein paar Minuten später mit zwei Slushies zurück. Er winkte dem Mädchen am Fenster über die Schulter zu. Von hier aus wirkte sie sehr hübsch, mit kurzen blonden Haaren und einem runden Gesicht. Lächelnd winkte sie zurück.

„Deine Freundin?"

„Das ist Liza", sagte Lee und steckte einen Strohhalm in den Plastikdeckel des Drinks, bevor er ihn mir reichte. „Ich hoffe, du magst die blauen."

„Sie ist süß", sagte ich und sog einen Mundvoll zuckriges Eis ein. Nach ein paar tiefen Zügen war mein Getränk zur Hälfte weg. „Danke."

Lee zuckte mit den Schultern und steckte dann eine Hand in die Tasche seiner Jeans. Kurz darauf zog er ein Snickers heraus, öffnete es und hielt es mir hin. „Möchtest du …"

„Ja." Ich schnappte es mir, bevor er den Satz zu Ende sprechen konnte, und nahm einen großen Bissen.

Lees Mund stand offen. „Was ich sagen wollte, war, ob du es für mich halten kannst, während ich mein Kleingeld wegpacke?"

Ich schaute den Schokoriegel an. Er sah aus, als hätte ein Bär sich darüber hergemacht. „Tut mir leid." Ich wollte ihn ihm zurückgeben, aber Lee schüttelte den Kopf.

„Ist schon okay. Ich mag Schokolade sowieso nicht so gern." Das war mit Sicherheit eine Lüge, aber ich kommentierte das nicht weiter.

Mit wenigen Bissen hatte ich den Riegel aufgegessen und lehnte mich dann seufzend auf der Bank zurück. „Danke, dass du mich abgeholt hast. Wie bist du so schnell dahin gekommen?"

Lee saugte an seinem Slushie. „Ich war schon unterwegs. Hab gearbeitet."

„Gearbeitet?"

„Überrascht dich das?"

„Nein, ich … ich meine …" Ich war tatsächlich überrascht, ja, beinahe so geschockt wie damals, als er mir erzählt hatte, er hätte eine Freundin. Nach allem, was ich über Lee Ryan wusste, was ich von meinen Freunden und von Nate über ihn gehört hatte, war er ein Einsiedler mit gerade einmal ausreichenden Noten und keinerlei Ehrgeiz. Seine Angewohnheit, mich „Yoko“ zu nennen, hatte ihn mir auch nicht sympathischer gemacht, seine Freundlichkeit heute hingegen schon.

„Ich arbeite bei einer Charterfirma die Straße hoch“, sagte er und zeigte mit dem Becher in die Richtung. „Ich organisiere Ausflüge in die Natur für die Leute.“

„Wirklich?“

Er ignorierte meine Bemerkung und beschirmte seine Augen, um über die Straße zur Tankstelle zu schauen. „Immer noch geschlossen.“

„Das sind ziemlich lange zehn Minuten.“

Lee zuckte die Achseln. Dann hielt er meinen Blick sehr lange fest. „Und was hast du so weit weg von zu Hause gemacht? Bist du abgehauen, um dich dem Zirkus anzuschließen?“

Ich nickte ernst. „Ganz genau.“

Er grinste frech. „Ich war mal eine Zeit lang Löwenbändiger.“

Ich spielte mit. „Wirklich? Wieso hast du aufgehört?“

„Ich hatte ihn gezähmt, da war die Show vorbei“, sagte er mit vollkommen ernster Miene. „Wie sieht es bei dir aus? Was für ein Kunststück führst du auf?“

„Äh, einen Zaubertrick“, sagte ich.

Er wackelte mit dem Finger vor meiner Nase. „Pass auf die Kaninchen auf. Die mögen es wirklich nicht, in Zylindern zu leben.“

„Verstanden.“ Ich salutierte ihm mit dem Papier des Schokoriegels.

„Also, wenn das mit dem Zirkus nicht funktioniert, was machst du denn dann?“

Ich atmete tief durch und schaute zum Horizont. Die Sonne ging langsam unter, und der Himmel färbte sich orange. „Sie planen einen Gedenkgottesdienst für Nate."

Lees Schultern verspannten sich, aber das war das einzige Anzeichen dafür, dass ihn das, was ich gesagt hatte, störte. „Und …?"

„Und … es ist zu früh, weißt du? Ich meine, es ist gerade erst passiert. Guter Gott, können wir nicht noch ein bisschen abwarten und sehen … du weißt schon, ob er …" Meine Stimme verebbte. Klang ich wie Mrs. Bingham? Klammerte ich mich genauso wie sie an eine falsche Hoffnung?

„Du kannst die Leute nicht daran hindern, das zu tun, was sie tun wollen", sagte er. „Wenn sie einen Gottesdienst oder so einen Scheiß auf die Beine stellen wollen, tja, sollen sie doch." Er zuckte erneut mit den Schultern, aber es fühlte sich gezwungen an. „Gehst du hin?"

Ich nickte. „Ja."

„Was wirst du sagen?"

Ich hob hilflos die Hände. „Ich weiß es nicht. Ich habe nichts zu sagen."

„Du bist die Einzige, die etwas zu sagen hat. Und ich auch, schätze ich, weil ich sein bester Freund war."

Und es gibt keinen Menschen auf der Welt, der das versteht, wollte ich sagen, hielt aber wohlweislich den Mund. „Tja, was würdest du denn sagen?" Ich drehte mich so, dass ich ihn anschauen konnte. Er saß neben mir auf der Bank, ein Knie an die Brust gezogen. „Schieß los. Du stehst in dem Pavillon im Park …"

Er verzog das Gesicht. „Doch nicht der Pavillon! Der passt doch gar nicht zu Nate."

„Und Mr. Z ruft dich auf …"

„Wer ist das?"

„Der Vertrauenslehrer. Und du sagst …" Ich deutete eine

Verbeugung an. „Los, mach schon.“ Ich wühlte in meiner Tasche und fand einen Stift und einen Zettel.

„Was machst du denn da?“, fragte Lee barsch.

„Ich mache mir Notizen.“

Er schnaubte abfällig. „Machst du Witze? Fang bloß nicht an, es zu planen. Nate hat Besseres verdient.“

„Wie bitte?“, gab ich angespannt zurück.

„Sprich aus dem Herzen. Aus *deinem* Herzen, nicht aus meinem.“

Aus *meinem* Herzen? Dem Herzen, das dabei war, zu brechen und über dieses Papier zu bluten? Ich legte den Stift beiseite. „Wirklich? Dann lass mal sehen, wie du das machst.“

Lee schlürfte lautstark an seinem Slushie und setzte sich dann so hin, dass er mir genau gegenübersaß. Er rülpste einmal leise und wischte sich den Mund ab. Seine Lippen und seine Zunge waren dunkelblau, und ich fragte mich, ob meine genauso aussahen. „Ich habe Nate geliebt. Er war nicht nur der beste Freund, den ich je gehabt habe, sondern er war auch der Bruder, den ich nie hatte. Er hat immer zuerst an mich gedacht und dann an sich. Er hat über meine albernen Witze gelacht. Er hat mir das Gefühl gegeben, wichtiger zu sein, als ich es war. Er hat mich zu einem besseren Menschen gemacht.“ In diesem Moment kam die Sonne um die Ecke und warf einen Lichtstrahl genau über Lees Gesicht, sodass seine Augen schimmerten und seine scharfen Wangenknochen deutlich hervortraten. „Nate hat mich davor bewahrt, wahnsinnig zu werden, als um mich herum alles scheiße war.“

Die Stille in dem kleinen Ort schien die Abwesenheit von Lees Stimme zu betonen. Ganz in der Nähe bellten und jaulten ein paar Hunde, und ihr Besitzer rief ihnen fröhlich etwas zu. Ich beobachtete Lee, der sich nach seinen Worten wieder in sich zurückgezogen zu haben schien, als wenn er eine schützende Hülle um sich herum hochgezogen hätte.

Tiefgründig? Nein. Von Herzen kommend? Absolut. Ich hatte die Tiefe seiner Liebe zu Nate in diesen wenigen Worten gespürt. Sie entsprachen der Wahrheit. Nate war wirklich sein bester Freund gewesen.

„Ich habe deine SMS bekommen." Ich wollte ihn wissen lassen, dass mir das geholfen hatte, aber er schaute mich nicht an. „Sie hat mir viel bedeutet." Ich wartete. Lees Blick war auf seine Turnschuhe gerichtet, auf seine Finger, mit denen er die grünen Striche nachfuhr, die er daraufgemalt hatte. „Es war wirklich ..."

„Die Tankstelle hat wieder auf", sagte er abrupt und sprang von der Bank. Und einfach so war er weg, ging mit großen Schritten über die Straße. Ich warf meinen Becher und das Papier des Schokoriegels in den Mülleimer und folgte ihm.

„Du hast mir echt den Arsch gerettet", sagte ich zu ihm, als wir schließlich an meinem Auto standen und er mir einen Kanister voll Benzin einfüllte.

„Ach was. Du hättest es schon irgendwann zum Zirkus geschafft."

Ich grinste und fühlte mich deswegen sofort schuldig.

„Denk dran", sagte er ganz ernst. „Du musst immer die Kaninchen in deinem Hut füttern." Damit war er weg, zurück in Richtung Lookingglass, zu seinem Job und seiner Freundin.

Als ich zu Hause ankam, ging die Sonne unter, und ich war zu spät fürs Abendessen, zu spät, um Emma oder mit dem Kochen zu helfen oder auch nur den Tisch zu decken. Das Fleisch war trocken und der Salat warm, aber keiner meiner Eltern beschwerte sich, was meine Entschuldigung nur noch verzweifelter und meine Ausrede, dass mir das Benzin ausgegangen war, nur noch lahmer klingen ließ.

„Ist schon okay, Middie", sagte meine Mutter, als sie mir Kartoffelbrei auffüllte. „Du hast im Moment viel im Kopf."

Selbst Emma war süß. „Ich habe meine Uniform ganz allein

gebügelt", sagte sie stolz. Und dann fragte sie: „Warum sind deine Lippen ganz blau?"

Ich fuhr mir mit dem Finger über den Mund, als ob ich die Farbe abwischen könnte. Ich erinnerte mich an den Slushie und den Schokoriegel und meine Mitfahrt auf Lees Vespa. Und ich erinnerte mich an seine Worte: *Ich habe Nate geliebt.*

„Ein Freund von mir hat mir einen Slushie gekauft."

Sie lächelte. „Die blauen sind die besten."

„Ja, das stimmt." Mein Herz schmerzte ein kleines bisschen weniger. Das musste an dem Slushie liegen.

7. KAPITEL

Meine Schwester Allison kam am Abend vor der Gedenkveranstaltung nach Hause und überraschte mich am nächsten Morgen beim Frühstück. Sie zog mich fest in ihre Arme. „Ich bin bei der Beerdigung an deiner Seite."

„Das ist keine Beerdigung", korrigierte ich sie. „Sondern ein Gedenkgottesdienst, eine Kerzenmahnwache." Ich wusste immer noch nicht, was ich sagen würde.

Sprich aus deinem Herzen, hatte Lee gesagt. Aber was war in meinem Herzen?

Den ganzen Tag scrollte ich auf der Suche nach Inspiration durch die Fotos auf meinem Handy. Ich hatte das Foto von der Poolparty so lange so fest an mich gedrückt, dass die Ecken sich schon bogen. Als meine Eltern mit uns in die Stadt fuhren, waren meine Gedanken immer noch so flüchtig und vage wie am Morgen, und ich hatte keine Ahnung, ob mir etwas einfallen würde, wenn ich dran war.

Eine kleine Menschenmenge hatte sich um den weißen Pavillon auf dem Rasen vor dem Rathaus versammelt. Ein paar Mädchen aus der Cheerleadergruppe verteilten Kerzen mit kleinen Papiermanschetten, die das tropfende Wachs auffangen sollten. Wir standen etwas am Rand, während die Gruppe immer größer wurde. Es dauerte nicht lange, da war der gesamte Rasen voll mit Menschen – jung und alt, aus allen Bereichen von Nates Leben, nur Lee konnte ich nirgendwo entdecken.

Als die Sonne fast untergegangen war, trat Reverend Platt von Nates Kirche auf die Stufen des Pavillons. Er war ein großer Mann, der aussah wie ein ehemaliger Boxer. Er hatte kein Mikrofon in der Hand, aber auch so dröhnte seine Stimme über den gesamten Rasen und hieß alle willkommen. Er nickte den Mädchen mit den Kerzen zu, ein Signal für sie, die Kerzen anzuzünden und dann durch die Menge zu gehen, um die Flamme von einer Person zur nächsten weiterzureichen. Bald waren überall flackernde Lichter zu sehen, als wenn die Sterne vom Himmel gepurzelt und auf dem Stadtrasen gelandet wären.

„Freunde“, sagte der Reverend. „Wir sind hier, um einen großartigen jungen Mann zu ehren.“ Sein Lächeln war echt, trotz des traurigen Anlasses. „Alle in Roseburg kannten Nate Bingham. Er hat so viele Leben berührt.“

Ein paar Schluchzer waren zu hören und etwas Geflüster, als der Pastor fortfuhr. Er erinnerte uns daran, dass wir hier waren, um Nate zu feiern, und das, was er in seinem kurzen Leben erreicht hatte, und nicht, um zu trauern.

Ich sah Mr. Bingham mit den Zwillingen und Scotty vorn am Pavillon stehen. Er wirkte resigniert ob der Veranstaltung und der Tatsache, dass er hier vor all diesen Leuten stehen musste. Mir tat er leid, weil er ganz allein dort oben stand – erst war Nate gegangen und jetzt auch noch seine Frau. Meine Mutter hatte mir vorher erzählt, dass Mrs. Bingham sich geweigert hatte, für den Gedenkgottesdienst aus Honduras zurückzukommen. Sie war nicht bereit, auch nur über die Möglichkeit nachzudenken, dass ihr Sohn tot sein könnte, bis alle Möglichkeiten, ihn zu finden, vollkommen ausgeschöpft waren. Als ich Mom sagte, dass ich Mrs. Bingham zustimmte, hatte sie nur traurig den Kopf geschüttelt und gesagt: „Ein Gedenkgottesdienst ist für die *anderen*. Er gibt ihnen die Erlaubnis, mit ihrem Leben weiterzumachen.“

Die anderen, dachte ich. *Aber nicht ich. Noch nicht.*

Ein paar Augenblicke später stellte Mr. Z ein großes Foto von Nate auf eine Staffelei. Ein Raunen ging durch die Menge, und die Gedenkveranstaltung wurde mit einem Mal schrecklich real.

Einen nach dem anderen rief Mr. Z die Namen der Menschen auf, die ihre Erinnerungen an Nate mit den anderen teilen wollten. Einige waren ergreifend und süß, andere waren lustig. Brad

Binghams Geschichte darüber, wie Nate ihm das Angeln beigebracht hatte, war wesentlich witziger, als er auf dem Treffen angedeutet hatte. Ehe ich michs versah, wurde mein Name aufgerufen, und meine Freunde und Familie riefen mir aufmunternde Worte zu. Ich spürte, wie mir das Herz in die Kehle sprang.

Die Worte, die ich vorher am Tag niedergeschrieben hatte, hatten sich in Luft aufgelöst. Mein Blick glitt über den Rasen, während ich verzweifelt versuchte, mir etwas einfallen zu lassen, das ich den Leuten über meinen Freund erzählen wollte. *Er war die Liebe meines Lebens*, wollte ich sagen. *Er war mein Seelengefährte. Er war der erste Junge, den ich je geküsst habe.*

Der einzige Junge, den ich je geküsst habe.

Ich öffnete den Mund, um etwas zu sagen. Irgendetwas. Doch es kam nur ein totales Durcheinander heraus. „Nate … mein …"

Sprich aus deinem Herzen. Lees Worte hatten so unangestrengt geklungen. Er hatte seine Trauer so komplett, so leicht ausgedrückt. Wieso gelang mir das nicht? Liebte ich Nate nicht genug?

Ich schaute über meine Schulter zu dem Foto von Nate und hörte, wie mir der Atem stockte. Er war fort. Er war wirklich und tatsächlich weg. Ich griff in meine Handtasche und umklammerte das Foto. Das beruhigte mich, wenn auch nur für einen kurzen Moment.

„Nate … hat aus mir einen besseren Menschen gemacht. Er hat mir das Gefühl gegeben, wichtiger zu sein, als ich bin." Das waren Lees Worte, aber sie waren das Echo meiner Gedanken.

Und dann hielt ich inne. Das war alles, was ich sagen konnte, alles, was ich in mir hatte. Ich stand da und schwankte, meine Knie wurden immer weicher. Als mein Vater mir von den Stufen herunterhalf, war mein einziger Gedanke, dass ich eine Enttäuschung gewesen war. Ich hatte Nate nicht geehrt. Ich hatte nicht das getan, was die anderen getan hatten. Sie hatten aus *ihren* Herzen gesprochen. Sie hatten *ihre* persönlichen Geschichten erzählt. Aber ich – die ihn am besten gekannt hatte – hatte nichts zu sagen. Nichts, das von mir kam.

Zu Hause ging ich direkt in mein Zimmer und streifte noch im Gehen Allisons schwarzes Kleid und die Schuhe ab. Ich leerte meine Handtasche auf dem Schreibtisch aus und fand das Foto von Nate und mir. Ich starrte mein Abbild lange an. *Warum ist dir nichts eingefallen, was du sagen konntest? Warum hast du ihnen nicht gesagt, wie du dich fühlst?*

Als ich mein Handy anschaltete, sah ich vier SMS von Haley, aber ich hatte nicht die Energie, sie zu lesen, geschweige denn, darauf zu antworten.

Und dann, während ich das Handy noch in der Hand hielt, kam eine weitere Nachricht. **Wer ist das?**

Ich schaute auf die Nummer. Sie war von Lee. Was? Schnell antwortete ich: **Ich bin's, Meredith.**

Ich kenne keine Meredith.

Ich schüttelte den Kopf und tippte weiter: **Middie.**

Yoko? Warum schreibst du mir?

Ich? Ich hatte gar nicht …! Meine Finger tippten auf die winzigen Buchstaben. **Du hast mir geschrieben.** Und dann fügte ich hinzu: **Ich bin nicht Yoko.**

Keine Antwort. Ich wartete, den Blick fest auf das Display gerichtet.

Nichts.

Nichts? Was zum Teufel …? Ich zog mir etwas anderes an, wusch mir das Gesicht und band meine Haare zusammen – und dann, beinahe eine halbe Stunde später, kam eine weitere Nachricht:

Warum hast du meine Worte benutzt?

Mein Mund blieb offen stehen. *Warum …?* stammelte ich in meinem Kopf. *Ich … ich hatte das nicht vor …* und gerade, als ich die Bedeutung seiner Worte erkannte, klingelte mein Telefon, und ich ging ran. „Du warst da“, sagte ich zu Lee. „Du warst bei dem Gedenkgottesdienst.“

„Nein, war ich nicht.“

„Warst du doch. Sonst wüsstest du nicht, was ich gesagt habe.“

„Also hast du wirklich meine Worte benutzt.“

„Also bist du wirklich dort gewesen.“

Schweigen.

„Warum bist du nicht nach vorne gekommen?“

„Ist nicht so mein Ding.“

„Aber warum …“

„Meredith, hör auf zu reden.“

Ich war so schockiert von seinem rüden Befehlston, dass ich tatsächlich den Mund hielt. Nicht zum ersten Mal fragte ich mich, warum Nate und Lee so dicke Freunde gewesen waren. Nate war freundlich und süß und hätte mir oder jemand anderem niemals befohlen, den Mund zu halten. Ich krabbelte über mein Bett und legte mich hin, den Kopf zwischen zwei Kissen.

Lees Stimme klang etwas gedämpft. „Bist du gut nach Hause gekommen?“

„Ja.“

„Da bin ich froh. Du …“ Er sagte noch etwas, aber ich konnte es nicht hören.

„Was war das?“

„Nichts“, sagte er schnell. „Gute Nacht.“

Gute Nacht? Was? „Warte …“

„Was?“

„Du warst sein bester Freund. Erzähl mir … erzähl mir, was ihr zusammen gemacht habt.“

Es entstand eine Pause.

„Wir haben einfach Zeit miteinander verbracht. Er hat gern Sachen mit mir unternommen." Lees Stimme klang abgehackt. „Könntest du nicht das Gleiche sagen?"

„Ja."

Seine Stimme wurde weicher. „Warum hast du das dann nicht?"

„Ich … ich weiß es nicht." Ich lachte peinlich berührt auf. „Deine Worte waren besser als meine."

„Wir haben Nate geliebt. Nate hat uns geliebt. Aus verschiedenen Gründen", sagte er. „Er war ein ziemlich lustiger Kerl, weißt du?"

„Lustig?" Ich hatte meinen Freund nie als lustig wahrgenommen. Er lächelte und lachte, aber die Witze erzählten normalerweise die anderen.

„Er hat mich mitten in der Nacht angerufen", sagte Lee und lachte leise. „Wollte einfach irgendwohin fahren. Irgendwo anhalten und einen Burger essen oder so. Er mochte es … wie nannte er das noch mal? Ach ja. Spontan zu sein."

Spontan? Nate hatte doch alles immer sorgfältig geplant: seinen Stundenplan, seine Arbeitseinsätze, sein Leben.

„Wir hatten echt gute Zeiten zusammen, Nate und ich", sagte Lee leise. „Er fehlt mir."

Dann legte er ohne ein weiteres Wort auf.

Mir fehlt er auch, dachte ich, während mir die Tränen in die Augen stiegen. Ich fragte mich, ob Lee auch weinte. Dann scrollte ich durch meine Nachrichten und fand die allererste, die er mir geschickt hatte.

Atme

Ich drehte mich auf den Rücken und starrte an die Decke.

Und tat, was er mir empfohlen hatte.

8. KAPITEL

Das Haus war leerer, mein Zimmer einsamer, nachdem Allison ein paar Tage nach dem Gedenkgottesdienst wieder aufs College zurückgekehrt war. Es überraschte mich nicht, dass ich nicht schlafen konnte. Vor Anbruch der Morgendämmerung zog ich meine Laufschuhe an, was ich seit Wochen nicht getan hatte, setzte eine Kanne Kaffee für meine Eltern auf und lief in die klare Morgenluft hinein. Die Sonne würde erst in einer Stunde aufgehen, deswegen hatte sich der Morgennebel noch nicht aufgelöst. Ich nahm mir eine dünne Jacke vom Garderobenständer im Flur, bevor ich loslief, damit ich mir Brust und Nacken nicht verkühlte. Dann band ich mir meinen iPod um meinen linken Oberarm. Ich drückte auf „Shuffle“ und steckte mir die Kopfhörer in die Ohren. Ich wollte keine Lieder für meine Laufliste auswählen müssen. Ich wollte, dass es ... spontan war.

Am Ende der Auffahrt kam „Dog Days Are Over“ von Florence + the Machine, direkt gefolgt von Neon Trees' „Everybody Talks“. Ich kam an Haleys Elternhaus vorbei, als Led Zeppelin dran war, und umrundete den Stadtpark zu Michael Jackson. Das lange Stück Schotterstraße lauschte ich einem Violinkonzert von Bach, das mich beinahe zum Weinen brachte, aber dann kam LMFAOs „Sexy and I Know It“, und ich grinste. Ich sang mit Blondie und Rihanna mit, Lieder, von denen ich nicht wusste, dass ich sie auswendig kannte.

Ich lief und lief und bog immer wieder ab – bevor ich es merkte, war ich weit über meine morgendliche Runde mit Nate hinausgelaufen. Nach „Hey Jude“ von den Beatles war ich am Bach. Dem Bach, der durch den Wald hinter Nates Haus floss. Ich spürte den Schweiß unter meinen Achseln und in den feinen Haaren an meinem Nacken. Nachdem ich den Reißverschluss der Jacke geöffnet und sie mir um die Taille gebunden hatte, kniete ich mich am Flussufer hin und spritzte mir das eiskalte Wasser ins Gesicht. Es fühlte sich gut an, aber mit einem Mal war ich vollkommen erschöpft. Ich war einfach so losgelaufen, ohne Frühstück oder auch nur ein Glas Orangensaft, und hätte jetzt hier auf der Stelle zusammenbrechen können. Ich lehnte mich mit dem Rücken gegen einen Baum und glitt vorsichtig am Stamm hinunter, bis mein Hintern auf einem Baumstumpf landete.

Von hier konnte ich Nates Haus gerade eben erkennen, was bedeutete, das hier war *unser* Baum. Vor einem Monat hatte Nate hier mit mir auf dem Schoß gesessen und keine einzige Sorge auf der Welt gehabt. Mit den Fingern malte ich ein träges Muster auf die Seite des Baumstumpfes. Seltsam, dass wir so lange zusammen gewesen waren und in einer Stadt gelebt hatten, in der es von Bäumen nur so wimmelte, und doch nie unsere Initialen in einen der Stämme geschnitzt hatten. Waren wir so sehr Teil der digitalen Welt, dass es uns zu analog gewesen war, unsere Liebe auf diese Weise zu verkünden? Ich lächelte, als ich daran dachte, wie Nate, der Umweltschützer, vermutlich aufgeschrien hätte: *Etwas in einen Baum schnitzen? Das würde ihm nicht wiedergutzumachenden Schaden zufügen!*

Mein Blick fand die seitliche Veranda des Bingham-Hauses, auf der wir immer gelernt hatten, und die altmodische Hollywoodschaukel, auf der wir uns bei Anbruch der Abenddämmerung zusammengekuschelt hatten. An vielen Abenden hatten wir dort zusammengesessen und nicht auf die neugierigen Blicke seiner Schwestern geachtet, die immer wieder versuchten, uns beim Küssen zu erwischen. Ich spürte die Hitze in meine Wangen steigen, sowie ich an die vielen, vielen Male dachte, bei denen ihnen das gelungen war.

Ich lehnte meinen Kopf gegen die knorrige Borke des Baumes und spürte, wie die Welt um mich herum sich drehte. Ich war viel zu weit gelaufen, ohne etwas zu trinken, und war vermutlich dehydriert. Nate hätte mich daran erinnert, Wasser zu trinken; er hätte vermutlich eine Flasche dabei gehabt. Das fehlte mir. Ich vermisste es, wie er mich mit seiner verschwitzten Hand auf der letzten Viertelmeile mitzog. Ich vermisste seine salzigen Küsse, wenn wir unsere Runde beendet hatten.

Da hörte ich plötzlich das Rascheln von Laub und sah zwei Gestalten auf mich zukommen. Sie sahen genauso aus wie Nate, der Rocky ausführte. Und obwohl ich wusste, dass es einem Wunder gleichkäme, musste ich mich an dem Baumstumpf festhalten, auf dem ich saß. Ich versuchte, mich hochzustemmen, doch ich war viel zu müde. Ein paar Mal blinzelte ich, doch Nates Bild wurde immer wieder unscharf – es war, als ob mein Gehirn mir einen Streich spielte, weil ich ihn so sehr sehen wollte.

„Komm schon, Junge!" Das klang sehr nach Nate, der seinen Hund rief, aber ich wusste, das konnte nicht sein. Das war nur mein unter Schlafmangel leidendes, dehydriertes Gehirn, das gemein zu mir war.

Er ist nicht hier. Er ist nicht real.

„So ist fein, Rocky! Komm!"

Oh Nate, dachte ich sehnsüchtig, als er durch den Wald auf mich zuschlenderte, den Hund an seiner Seite. Seine Hände waren tief in den Taschen seiner Jeans vergraben, und mit den Ellbogen schob er Büsche und Sträucher beiseite, während er immer näher kam. Er sah so gut aus; die durch das Laub fallende Sonne verlieh seinen gemeißelten Gesichtszügen einen goldenen Schimmer und ließ sein Haar glänzen. Als er näher kam, erhaschte ich einen Blick auf sein grüblerisches Lächeln, einen Ausdruck, den ich noch nie zuvor gesehen hatte – er war sexy.

Ha! Sexy. Ich musste schon sehr dehydriert sein, um mir vorzustellen …

„Hey, Middie."

Oh, Mist.

Ich keuchte auf, als der Junge, den ich mir eingebildet hatte, sehr real wurde. Und zu jemand ganz anderem.

„Lee. Hey."

Was zum Teufel? Ich spürte, wie die Röte sich über meinen Hals zog, und musste schnell den Blick abwenden. Ich sprang auf, um zu gehen, aber mir wurde schwindelig, und ich schwankte.

„Meredith?" Er griff nach mir, und ich klammerte mich an seinen Armen fest, fiel vorwärts gegen seine Schulter. Er fing mich mit einer Hand an der Taille und der anderen am Rücken auf. Mein Gesicht wurde für den Bruchteil einer Sekunde an seinen Hals gedrückt, und ich atmete seinen Duft ein. Scharf. Seifig. Ganz anders als Nates würziges Aftershave.

Nein. Er hatte überhaupt keine Ähnlichkeit mit Nate.

Ich drückte mich von Lee ab und brachte einen gewissen Abstand zwischen uns, während Rocky mit seinem Schwanz fröhlich gegen meine Beine schlug. Ich beugte mich vor, um seinen Kopf zu streicheln und mir von ihm einen schlabberigen Kuss auf die Wange geben zu lassen. „Hey, mein Süßer, gehst du spazieren?" Ich musste mich zusammenreißen. Ich war nicht verrückt, nur müde.

Lee kniete sich ebenfalls hin und kraulte Rockys Hals. „Pass auf seine Ohren auf", sagte er. „Da ist er sehr empfindlich." Lees Gesicht war so nah, nur wenige Zentimeter von meinem entfernt.

„Willst du mir wirklich sagen, wie ich einen Hund zu streicheln habe, den ich kenne, seit er ein Welpe war?" Ich stand wieder auf, langsamer dieses Mal, damit mir nicht wieder schwindelig wurde. „Was machst du überhaupt hier?" Ich verschränkte die Arme vor der Brust und trat ein paar Schritte vom Baum weg. Lee blieb auf den Knien beim Hund und streichelte sanft seinen Nacken, als hätte er nichts von dem gehört, was ich gerade gesagt hatte.

„Wonach sieht es denn aus? Ich gehe mit Rocky spazieren." Seine Worte waren abgehackt, aber seine Stimme süß. Er sang Rocky leise ins Ohr: „We're walking, yes, indeed, we're talking, 'bout you and me ..."

„Weiß Mr. Bingham Bescheid?" Ich war genervt von seiner Anwesenheit, genervt von seinem *Wissen*. Er sollte nicht so viel wissen, so sehr Teil von Nates Leben sein. Das war *ich*. Nicht er.

Endlich schaute Lee über seine Schulter zu mir auf und ließ sich dann rückwärts auf den Baumstamm sinken. „Rocky und ich kennen uns schon sehr lange", sagte er, als würde das alles erklären. „Ich habe Nate geholfen, ihn zu trainieren. Ich habe ihn zum Tierarzt gebracht, als er einen Plastikknochen verschluckt hatte."

„Er war Nates Hund."

„Ja, genau. Und jetzt ... tja, ich wollte nur sichergehen, dass Rocky genügend Aufmerksamkeit bekommt." Lee neigte den Kopf zur Seite. „Nates Dad hat ziemlich viel auf dem Zettel, weißt du?"

Er hatte recht. Warum musste er recht haben?

Ich streckte die Hand zu dem armen Rocky aus und strich mit den Fingern durch sein dichtes Fell. „Ja. Okay."

„Ich habe meine Vespa dabei, soll ich dich nach Hause fahren?", fragte Lee. Er bewegte die Hände, als würde er den Motor mit unsichtbaren Handgriffen aufheulen lassen.

„Danke, ich komme schon klar." Aber mir war immer noch ein wenig schwummrig. „Vielleicht sollte ich noch einen Moment hier sitzen bleiben."

Lee rutschte ein Stück zur Seite, und ich setzte mich neben ihn auf den Baumstumpf. Rocky legte sich quer über unsere Füße, sodass wir uns nicht rühren konnten, ohne ihn zu stören.

„Du hast recht, was Mr. Bingham angeht", gab Lee schließlich zu. „Ich sollte ihm vermutlich sagen, dass ich jeden Tag mit Rocky spazieren gehe."

„Ja, er könnte sich sonst wundern, warum Rocky immer so erschöpft ist."

„Er ist alt. Er ist ständig erschöpft." Er sagte das mit Zuneigung in der Stimme.

„Wie bist du überhaupt reingekommen? Hast du einen Schlüssel?"

Lee hob einen Finger an die Lippen. „Es gibt da eine Tür, die nicht ganz schließt."

Ich grinste unwillkürlich. „Die neben dem Keller. Ja, ich weiß." Lee wirkte überrascht. „Was, glaubst du etwa, du kennst als Einziger die Geheimnisse des Bingham-Hauses?"

Lee riss die Augen auf. „Du weißt von den Leichen?"

„Was …?"

Er hob erneut seinen Finger an die Lippen. „Psst … lass uns nie wieder darüber sprechen."

Ich konnte nicht anders, ich musste lachen. Und dann erinnerte ich mich an etwas. „Es hat da wirklich mal eine Leiche gegeben …"

„Pssst!"

„Aber es war eine Rennmaus."

Lee nickte. „Scottys Rennmaus Harry Potter."

Nates kleiner Bruder hatte versucht, den Tod seines Haustieres vor seinen Eltern zu verbergen, indem er einfach so getan hatte, als wäre es noch am Leben. Eines Tages hatte Mrs. Bingham beschlossen, gemeinsam mit den Zwillingen den Käfig zu säubern. Die Schreie der Mädchen hatte man noch Meilen entfernt gehört.

Wir verfielen beide in Schweigen, waren zufrieden damit, dem Rauschen des Wassers über die Steine im Flussbett zu lauschen, dem Singen eines Vogels hoch im Baum und dem stockenden Schnarchen des alten Hundes zu unseren Füßen.

„Was hast du vor Kurzem gemeint?“, fragte ich leise. „Wegen dem Scheiß in deinem Leben?“ Das klang schroffer als beabsichtigt, aber irgendwie war das mit Lee so.

„Such dir was aus. Willst du was über den Scheiß in der Schule hören? Den Scheiß mit meinem Vater? Den Scheiß mit meiner Mutter?“ Er hob einen kleinen Stein auf und warf ihn ins Wasser. Er ging mit einem leisen Platschen unter. „Ich habe viele verschiedene Geschmacksrichtungen an Scheiße anzubieten.“

„Äh, die Schule?“

Er zuckte mit den Schultern. „Miese Noten. Kein Geld. Ergo kein College.“ Er zielte mit einem weiteren Stein aufs Wasser, und der hüpfte ein paar Mal über die Oberfläche, bevor er unterging. „Weiter.“

Ich zögerte. Ich war nicht sicher, was ich über Lees Leben wissen wollte. Vielleicht würde es mir helfen, ein wenig besser zu verstehen, was Nate in ihm gesehen hatte. „Dein Dad?“

„Er ist Bauunternehmer. In Übersee. Ich sehe ihn nicht oft.“

„Oh. Hast du ihn je besucht?“

„Äh, nein“, meinte er. „Er ist im Irak. Super, oder? Weiter.“

Und einfach so ging die Mauer wieder hoch zwischen uns. Sie umgab ihn und beschützte ihn. Ich verstand das, aber hatte er mich nicht gebeten, zu fragen? Hätte ich dieser Bitte nicht nachkommen sollen? Sollte ich es nicht erfahren? Manchmal war mit Lee zu reden so, als ob ich zu einer Unterhaltung dazukam, die schon lange vorher angefangen hatte – als wenn er erwartete, dass ich bestimmte Dinge wüsste. Aber woher sollte ich, wenn Nate nie mit mir über ihn gesprochen hatte?

„Ich sagte, weiter“, schnaubte Lee. „Was noch?“

Mir lief ein Schauer über den Rücken. Ich hatte einen wunden Punkt getroffen und Angst, weiterzubohren. Ich schluckte und schüttelte den Kopf. „Ich glaube, ich gehe jetzt lieber. Ich bin sowieso schon zu spät für die Schule.“

„Schule? Nate ist *gestorben*, um Himmels willen. Gönn dir verdammt noch mal eine Pause."

Die Schärfe seiner Worte war wie eine Ohrfeige. Ich schlug zurück. „Ich kann nicht. Es ist ... wichtig."

„Warum?"

„Äh, damit ich gute Noten bekomme und aufs College gehen kann?"

Lee winkte ab. „Wie du meinst." Das war ganz eindeutig abwertend gemeint, daran gab es keinen Zweifel.

Ich zog meine Füße unter Rocky heraus und stand vorsichtig auf. Mit den Händen stützte ich mich am Baumstamm ab, bis ich sicher war, stehen zu können, ohne zusammenzuklappen.

Lee erhob sich ebenfalls und stapfte auf den Boden neben dem alten Hund, um ihn zum Aufstehen zu bewegen. „Komm, du alter Knochenhaufen", murmelte er.

Ich beugte mich zum Bach hinunter, um einen Schluck zu trinken, bevor ich wieder losjoggte. Mit einer Hand versuchte ich, mir den Pferdeschwanz aus dem Gesicht zu halten, während ich mit der anderen Wasser in meinen Mund spritzte, aber mit einer Hand war es unmöglich, mehr als einen winzigen Schluck zu trinken – und genauso unmöglich, dabei nicht nass zu werden.

Nate hätte Wasser dabeigehabt, dachte ich, oder mich zumindest daran erinnert, eine Flasche mitzunehmen. Aber er war nicht hier. Das Gewicht dieses Verlustes brachte mich beinahe zum Weinen. Würde mich für den Rest meines Lebens jede Kleinigkeit an Nate erinnern?

Ich spürte, dass Lee näher kam und sich neben mich hinhockte. „Ich halte deine Haare."

„Was ..."

„Ich ... ich halte einfach deine Haare, okay? Dann kannst du beide Hände benutzen." Er drückte seine Schulter gegen meine, hob meinen Pferdeschwanz an und ermöglichte es mir so, mit beiden Händen Wasser zu schöpfen.

Nachdem ich so viel getrunken hatte, wie ich konnte, zog ich meinen Kopf von ihm weg und wischte mir den Mund mit dem Ärmel meiner Jacke ab. „Danke."

Ohne ein weiteres Wort stand Lee auf und ging mit Rocky an seiner Seite davon.

„Wir sehen uns!", rief ich ihm nach.

Er hob eine Hand, drehte sich aber nicht um. „Ich ruf dich an, wenn du mich brauchst."

Hä? „Woher willst du wissen ..."

Aber er war bereits zwischen den Bäumen verschwunden.

Mein Gott. Er war so seltsam. Vielleicht würde ich nie wirklich verstehen, was Nate in ihm gesehen hatte.

Nach ein paar Dehnübungen machte ich mich auf den Weg nach Hause. Nachdem ich mir die Kopfhörer aufgesetzt hatte, schaltete ich meinen iPod an – und gleich wieder aus. Für den Rückweg wollte ich keine Musik, sondern den Bäumen und Vögeln lauschen und den Blättern, die auf den Weg fielen.

Und vielleicht würde ich heute nicht in die Schule gehen. Vielleicht würde ich mir eine Pause gönnen.

9. KAPITEL

Noch nie in meinem Leben hatte ich die Schule geschwänzt. Niemals. Aber im Sekretariat zuckten sie nicht einmal mit der Wimper, als ich am nächsten Tag hereinkam. Rektorin McMahon scheuchte mich sanft aus ihrem Büro.

„Du kannst dir gerne noch ein wenig mehr Zeit nehmen, wenn du willst."

Ich schüttelte den Kopf und ging – erleichtert, aber auch ein wenig verwirrt. *Das ist alles? Nicht mal ein Klaps auf die Finger?*

Meinen Freunden war es natürlich aufgefallen, dass ich gefehlt hatte, aber keiner stellte Fragen. Beim Mittagessen gesellte ich mich zu Haley, die mir an unserem Tisch in der hinteren Ecke der Cafeteria einen Platz frei gehalten hatte. Es war ein Tisch, der weit genug von der Salatbar entfernt stand, dass man dort nicht von den Schülerschlangen genervt wurde, aber doch nah genug war, um das Kommen und Gehen zu beobachten.

Ich stellte mein Tablett neben ihrem ab. Ein Dutzend Mal war ich um die Salatbar herumgeschlichen, bevor ich mich für eine Banane und eine Flasche Wasser entschieden hatte. Haley warf einen Blick auf mein Mittagessen, öffnete den Mund und schloss ihn schnell wieder. Auf ihrem Tablett befand sich das übliche, kohlenhydrat- und eiweißreiche Essen für Sportler, dazu hatte sie sich zwei kleine Tetrapacks Milch geholt.

„Tut mir leid, dass ich dich nach der Trauerfeier nicht angerufen habe …", sagte ich zu ihr.

Sie legte mir eine Hand auf den Arm und lächelte warm. „Macht doch nichts."

Eine Minute später kamen Katrina und Debra, die sich eilig an unseren Tisch setzten.

„Middie, du warst so klasse auf der Feier", sagte Katrina, während sie ihren Salat und ihre Limonade auf dem Tablett hin und her schob.

„Und das Kleid“, fügte Debra hinzu. „Woher hast du das? Von Twenty-One?“

„Was? Oh nein, das gehört Allison.“

„Ach, hat sie es von Twenty-One?“

„Debra, Middie will nicht über Klamotten reden“, warf Haley ein.

Oh doch, das will sie, dachte ich. Ich wollte über Klamotten und unser Mittagessen reden und darüber, ob es besser war, Geschichte bei Mr. Quinn zu haben, bevor oder nachdem er seinen zweiten Latte macchiato gehabt hatte. Ich wollte eine Pause – oder eine *verdammte* Pause, wie Lee es so eloquent ausgedrückt hatte.

„Wisst ihr, ich habe gehört, dass Nates Mom es immer noch nicht wahrhaben will“, sagte Debra.

„Du würdest genauso empfinden, wenn es dein Sohn wäre“, sagte Haley.

„Ja, ich glaube, da hast du recht.“ Debra zuckte mit den Schultern. „Aber sie ist nicht mal zur Beerdigung gekommen.“

„Das war keine Beerdigung“, erklärte ich ein wenig zu heftig. „Mrs. Bingham wird zurückkommen. Sie ist nur … sie stellt nur sicher, dass es wirklich keine Chance gibt, dass er …“ Meine Stimme verebbte. *Keine Chance gibt, dass er noch am Leben ist …* Vielleicht war ich auch noch nicht bereit, es laut auszusprechen.

Meine Freundinnen nickten mitfühlend.

„Jedenfalls fand ich, das, was du auf der Trauerfeier gesagt hast, war genau richtig“, sagte Katrina zu mir. „Es war kurz und süß und einfach … einfach … genau richtig.“ Sie rührte so heftig in ihrem Salat, dass eine Kirschtomate von ihrem Teller flog und auf der Ecke des Tisches landete. Alle Augen folgten ihr, als sie über die Tischplatte rollte, eine Spur aus Italian Dressing hinterließ und schließlich liegen blieb. Haley nahm sie zwischen zwei Finger und warf sie Katrina zu.

„Ich bin irgendwie froh, dass du keine Geschichte über Nate erzählt hast", fuhr Katrina fort, während sie die Tomate an ihrer Serviette abwischte und wieder in den Salat legte. „Zu viel Information, weißt du?"

„Was meinst du damit?", wollte Debra wissen. „Ich mag Geschichten."

„Ja, aber es ist besser, geheimnisvoll zu sein", sagte Katrina. „Nate und Middie waren das beste Paar …"

„Oh ja, ihr wärt definitiv zum besten Paar gewählt worden, wenn ihr in die gleiche Stufe gegangen wärt", warf Debra ein.

„Und das Bild will man nicht zerstören, weißt du?" Katrina wickelte ein Blatt Romasalat um ihre Gabel, während sie sprach. „Ich will mich an die beiden auf dem Abschlussball erinnern und beim Sommerfest und wie sie auf dem Flur Händchen gehalten haben …"

Ich spürte, wie mir das Herz schwer wurde, als Katrina weiterredete. Jedes Mal, wenn sie eine Party oder einen Ball oder eine Veranstaltung erwähnte, zu der ich mit Nate gegangen war, blitzte ein entsprechendes Bild vor meinem inneren Auge auf. Ein Schnappschuss von uns beiden – lächelnd, glücklich, perfekt.

„Was hat dich inspiriert, Middie?", wollte Katrina wissen.

„Wie bitte?" Ich schaute auf und sah, dass meine Freundinnen mich anlächelten.

„Bei dem Gedenkgottesdienst. Was du gesagt hast. Was hat dich dazu inspiriert?"

„Oh, äh, das waren nicht wirklich meine Worte", wehrte ich ab. „Ich, äh, jemand anders hat sie vorgeschlagen."

Haley lächelte. „War es Allison? Sie ist so cool."

Ich schüttelte den Kopf. „Nein. Lee Ryan."

„Lee Ryan … du meinst …"

„Nates Freund. Sein bester Freund", erklärte ich. Katrina und Debra schauten mich ausdruckslos an. Da Nate in der

Klasse über uns gewesen war, kannten sie seine Freunde nicht so gut. Haley hingegen schon. Sie zog überrascht die Augenbrauen hoch.

„Wann hast du denn mit Lee gesprochen?"

„Oh, mir ist doch das Benzin ausgegangen, weißt du noch? Als ich dich angerufen habe?"

Haley nickte. „Da hat Lee dir geholfen?"

„Ja. Er hat mich abgeholt und zur Tankstelle gefahren." Ich spürte förmlich Haleys missbilligendes Schnalzen mit der Zunge, auch wenn sie sich zurückhielt, und beeilte mich, fortzufahren: „Er war der Einzige, der ein Auto hatte."

Eine Vespa, um genau zu sein.

„Er ist echt ... nett." Okay, nett war nicht das beste Wort, um Lee zu beschreiben, aber das einfachste.

„Ich glaube, ich weiß wieder, wer das ist", sagte Debra. „Groß und ein wenig schlaksig."

„Ein Kiffer", sagte Katrina, als ob sie sich auf einmal an Lee erinnerte. „Oh mein Gott, er war auf seiner eigenen Abschlussfeier so besoffen."

Er hat gesagt, er hat nur geschlafen, dachte ich. *Oder?*

„Hat er nicht Basketball oder so gespielt?", wollte Debra wissen.

„Nein ...", hörte ich mich sagen. „Aber er und Nate waren beste Freunde."

„Das verstehe ich überhaupt nicht", sagte Haley. „Sie waren so verschieden."

„Wie dem auch sei. Er ist gekommen und hat mir geholfen, als sonst keiner Zeit hatte."

„Schon kapiert." Haley klang gedämpft, als würde ich ihr die Schuld geben.

„Und er hat eine Freundin", fügte ich hinzu. „Sie ist echt hübsch."

„Also ist er kein totaler Loser", sagte Katrina leise lachend.

„Hör mal, ich bin froh, dass er dir geholfen hat", meinte Haley. „Aber wir können dir auch helfen, weißt du?"

„Sie hat recht", sagte Katrina. „Wenn du irgendetwas brauchst, ruf uns einfach an, okay? Zu jeder Tages- und Nachtzeit. Wir sind für dich da." Sie und Debra streckten ihre Hände zu mir aus, aber weil der Tisch so groß war, konnten sie meine nicht erreichen. Gerade einmal unsere Fingerspitzen berührten einander.

„Und wenn du nächstes Mal blaumachen willst, ruf mich an", meinte Haley grinsend. „Du musst nicht Allison den ganzen Weg vom College herkommen lassen."

Ich musste lachen. „Oh, ich war nicht mit …", begann ich, doch dann hielt ich inne. Die Mädchen schauten mich fragend an. „Ich meine, du hast recht, ich rufe dich an."

Ich beobachtete Haley, wartete darauf, dass sie etwas zu mir sagte, mich nach meinem freien Tag fragen würde und danach, mit wem ich ihn wirklich verbracht hatte, aber stattdessen wandte sie sich an Debra. „Denkst du eigentlich noch an irgendetwas anderes als an Mode?"

Debra verzog das Gesicht. „Denkst du eigentlich noch an irgendetwas anderes als Sport?"

Haley schwieg und hielt ihren Blick fest. „Ja, an Jungs." Als sie loslachte, fielen wir anderen mit ein. Dass ich die ganze Zeit den Atem angehalten hatte, merkte ich erst, als ich anfing, mich zu entspannen, und meine Schultern lockerer wurden. Während sich das Gespräch Jungs und Musik und Fernsehsendungen zuwandte, stand ich leise auf, um zu gehen, aber Haley sprang auf und folgte mir. Etwas unwillig fragte ich mich, ob sie noch etwas über meinen freien Tag sagen oder mich sogar geradeheraus fragen würde, mit wem ich ihn verbracht hatte, aber sie beugte sich nur zu mir und flüsterte: „Geht es dir gut, Middie?"

Ich hätte sie beinahe angefaucht. Hundert Mal am Tag wurde ich gefragt, ob es mir gut ging, ich hatte es satt. Aber ich wusste, dass sie sich Sorgen um mich machte, also blieb ich ruhig. „Ja, ja, mir geht es gut. Ich muss mich nur für die nächste Stunde vorbereiten, das ist alles."

„Tja, wie schon gesagt, wir sind für dich da. Wir alle."

„Ich weiß. Danke." Ich liebte Haley. Ehrlich. Sie war eine tolle Freundin, und es war nicht ihre Schuld, dass ihr nur banale Phrasen einfielen wie: *Wir sind für dich da*. Sie steckte nicht in meiner Haut, woher sollte sie wissen, wie ich mich fühlte?

„Ich verstehe das total", sagte sie ernst, als hätte sie meine Gedanken gelesen. „Das ist eine harte Zeit, aber wir stehen sie gemeinsam durch, okay?"

Ich ließ mich von ihr umarmen und sagte ihr, wie sehr ich unsere Freundschaft schätzte, und dann löste ich mich so höflich aus ihrer Umarmung, wie ich konnte. Abgesehen von Nates Familie gab es nur einen Menschen, der wirklich verstand, was ich durchmachte: Lee.

Ich rufe dich an, wenn du mich brauchst.

Aber er hatte an jenem Abend nicht angerufen, nicht einmal, nachdem ich ihm eine SMS geschickt hatte: **Rufst du mich an?**

Es waren sogar zwei weitere Tage vergangen, ohne dass ich etwas von ihm gehört hatte – kein Anruf, keine Nachricht. Irrte ich mich, was Lee anging? Hatte ich ihm zu schnell mein Vertrauen geschenkt? Mein Bauch wollte Nein sagen, aber mein Herz wurde immer schwerer, je mehr Tage vergingen.

Drei Uhr morgens ist die einsamste Zeit der Nacht, wenn die einzige Gesellschaft die wilden Gedanken in deinem Gehirn sind. Verrückte Gedanken; Gedanken wie: *Hat Nate geschlafen, als sein Dorf angegriffen wurde? Hatte er Angst oder war er ganz ruhig? Wie viele Menschen hat er versucht zu retten?*

Und auch dumme Gedanken. *Was hat er angehabt? Hatte er Zeit, seine Schuhe anzuziehen? Hatte er schlechten Atem oder zerwühlte Haare oder Sabber vom Schlafen am Kinn?*

Mein Blick glitt ungefähr zwanzig Mal von meinem Lehrbuch zu meinem Handy, bevor ich bemerkte, dass ich seit einer halben Stunde die gleiche Seite im Chemiebuch anstarrte.

3.05 Uhr: Dichte ist gleich Masse durch Volumen.

3.09 Uhr: Molarität. Wellenverhältnis. Atomare Struktur.

Meine Augen schlossen sich, meine Lider wurden immer schwerer, meine Arme und Beine sanken in die Matratze, hinter meinen Lidern blitzten Lichter auf ...

... und auf einmal rasselte das Handy auf meinem Nachttisch und weckte mich. Mein Herz setzte einen Schlag aus, als mein Unterbewusstsein dachte: *Nate!* Aber natürlich war er es nicht.

Es war Lee. Ich ging nicht ran. Er hatte nicht auf meine SMS reagiert, warum sollte ich also seinen Anruf annehmen?

Doch das Handy vibrierte und wackelte, also zog ich mir die Decke über den Kopf, wie eine Schildkröte, die sich in ihren Panzer zurückzieht. Endlich hörte es auf zu klingeln, und dann ertönte ein Summen. Er hatte mir eine SMS geschickt.

Seufzend streckte ich die Hand aus und schnappte mir das Handy. Dann rollte ich mich damit unter der Decke zusammen, tippte auf das Display und las den Text. Er wollte wissen, wo ich war.

Zu Hause. Im Bett. Ich schlafe. Geh weg, tippte ich.

Eine Sekunde später klingelte das Telefon in meiner Hand.

„Was?", fragte ich ihn.

„Du schläfst nicht."

„Ich lerne."

„Was?"

Was interessierte es ihn? „Chemie."

„Reine Zeitverschwendung. Im echten Leben gibt es für Chemie keinerlei Verwendung."

Ich spürte, wie ich wütend wurde, und warf die Decke von

mir. Die kühle Luft auf meiner Haut war angenehm. „Was willst du, Lee?"

„Was willst *du*?"

„Wie bitte?"

„Du hast mir eine SMS geschickt. Warum?"

„Das war vor zwei Tagen."

„Und? Was hast du gewollt?"

Er kann so ein Sturkopf sein, dachte ich und ermahnte mich dann: Er ist nicht Nate. Er war weder Nates Bruder noch sein Hund noch sein Schatten. Er war ein Einsiedler, dessen einziger Freund tot war.

Ich schluckte schwer. *Dessen einziger Freund tot ist.* Oh Gott, wie herzlos. Ich war herzlos. „Ich muss Schluss machen", sagte ich mit sehr viel freundlicherer Stimme. „Ich muss das hier noch zu Ende lernen."

Lee räusperte sich, und seine Stimme klang belegt. „Komm nach draußen."

„Was? Jetzt?"

„Ja, jetzt."

„Es ist drei Uhr nachts. Ich gehe nirgendwohin." Ich zog die Decke wieder über mich und kuschelte mich darunter. Auf keinen Fall würde ich heute Nacht dieses Bett verlassen, nicht, bis ich nicht mindestens drei Stunden geschlafen hatte.

Seufzend drehte ich mich auf die Seite. Es war sooo gemütlich. Und ich war sooo neugierig.

„Warum soll ich rauskommen? Ich rauche nicht, weißt du", fügte ich hinzu.

„Wer hat gesagt, dass du etwas rauchen sollst?" Er seufzte, als wäre er von der Welt enttäuscht. Oder zumindest von mir. „Vielleicht habe ich etwas, das du sehen willst."

„Das bezweifle ich." Ich spielte mit einem losen Faden von meiner Decke. „Erzähl es mir einfach."

„Das kann ich nicht. Ich muss es dir zeigen."

„Lee …“

„Es ist etwas, von dem Nate wollen würde, dass du es siehst.“

Ich atmete scharf ein und setzte mich auf. „Sag das nicht.“

„Was? Warum nicht?“

„Weil du nicht wissen kannst, was Nate gewollt hätte und was nicht“, platzte es aus mir heraus. Ich spürte Tränen in meinen Augen brennen und blinzelte gegen sie an.

„Aber du?“

„Ja, ich schon.“

Er ließ das Schweigen sich eine Weile ausdehnen.

Verdammt. Schon wieder. Ich war schon wieder egoistisch, was Nates Erinnerungen anging. „Na gut, wie du meinst“, sagte ich. „Gib mir zehn Minuten.“

„Fünf. Ich warte draußen.“

Ich schaute aus dem Fenster und sah Lee mitten im Vorgarten stehen. Ich klopfte gegen die Scheibe und zeigte auf ihn. „Du siehst aus wie ein Stalker“, flüsterte ich in mein Handy. Langsam hob er den Kopf zu mir. Das Mondlicht tanzte auf seinem Gesicht. „Warte unten an der Straße. Ich bin in einer Minute da.“

Ich sah zu, wie er über den Rasen schlenderte. Selbst sein Gang unterschied sich von Nates – er war langsam und locker. Hatte ich ihn im Wald wirklich mit Nate verwechselt? Wie war das überhaupt möglich gewesen?

Fünf Minuten später schlich ich mich die Treppe in unserem Haus hinunter. An der Einfahrt vorbei, ungefähr einen halben Block die Straße hinunter, lehnte Lee an seinem Roller. Mir war ein bisschen kalt in der kühlen Luft, und ich verschränkte meine Arme vor der Brust, als ich mich ihm näherte. Er trug eine leichte Windjacke und keine Handschuhe. „Okay, wo ist es?“

Statt einer Antwort sprang er auf seinen Roller und winkte mich zu sich.

„Wie bitte? Nein. Du hast nichts davon gesagt, dass wir irgendwohin fahren müssen.“

„Was ich dir zeigen will, ist nicht hier. Steig auf. Oder geh zu Fuß.“ Er zuckte mit den Schultern.

„Es ist drei Uhr morgens!“

Lee startete den Motor. „Halt dich an mir fest.“

Ich schaute über meine Schulter zum Haus, das dunkel und schlafend dalag, zugeknöpft für die Nacht. Eigentlich war es egal, ich konnte auch mit ihm mitfahren. Anstatt mich seitlich hinzusetzen wie beim letzten Mal, schwang ich ein Bein über die Sitzbank. Das Leder war kalt unter meiner Jeans. Ich hielt mich mit beiden Händen daran fest, aber als Lee Gas gab, war es schwer, aufrecht sitzen zu bleiben.

Er lehnte sich zurück und wiederholte: „Halt dich an mir fest.“

Da es die einzige Möglichkeit war, nicht herunterzufallen, folgte ich seinem Vorschlag, krallte meine Finger in seine Seiten und hielt mich nur mit den Fingernägeln fest. Er war unter seiner Jacke ganz weich und so dünn, dass ich seine Rippen spürte.

Der Wind war frisch, aber solange ich mein Gesicht zur Seite drehte und hinter Lees Rücken versteckte, fühlte ich sein scharfes Brennen nicht auf den Wangen.

Die Straße war ruhig und still, keine Menschenseele rührte sich. Es kam mir vor, als wären Lee und ich die einzigen Menschen, die in Roseburg am Leben waren. Ich hob mein Gesicht zum Himmel. Sterne zogen sich über die wolkenlose Nacht wie eine Kette aus funkelnden Juwelen, und ich schloss die Augen. Klare, kalte Luft füllte meine Lunge, ich hielt die Luft so lange an, wie ich konnte, und atmete dann aus, entließ die Spannung durch das kleine O meiner gespitzten Lippen.

Lee bog auf einen kleinen Weg ab und wich sorgfältig Pfützen und Baumwurzeln aus. Schließlich kamen wir an eine kleine Hütte, die so dunkel und verschlossen wirkte wie das Haus, das ich gerade verlassen hatte. Lee stellte den Roller hinter der Garage ab, die beinahe so groß war wie die Hütte, und führte mich zu einer Seitentür. „Pass auf, wo du hintrittst", meinte er.

Zusammen betraten wir die absolute Finsternis der Garage. Mit der Hand hielt ich mich an Lees Jacke fest wie an einer Rettungsleine. Irgendetwas Großes stand neben uns, wie ein Boot oder ein Auto, und als Lee das Licht anschaltete, keuchte ich vor Überraschung.

Ein Mustang Cabriolet aus den 1960er-Jahren stand vor mir. Es war dunkelblau mit einem cremefarbenen Dach. Hier und da hatte es Rostflecke, aber ansonsten war es in gutem Zustand. In Oregon war ein Cabriolet reiner Luxus, denn wir hatten im Sommer zwar tolles Wetter, aber den Rest des Jahres regnete es viel.

„Gefällt es dir?", fragte Lee.

Sprachlos nickte ich. Es war unglaublich cool.

„Es gehört Nate."

Ich wirbelte herum. „Was?"

„Ja. Es gehört Nate und mir. Wir haben es zusammen restauriert. Es ist noch nicht fertig, aber vielleicht doch. Ja, vielleicht ist es doch schon fertig." Die Worte purzelten nur so aus seinem Mund. Lee schob die Hände in die Taschen seiner Windjacke und zuckte mit den Schultern, als ob er sich davon abhalten wollte, weiter vor sich hin zu brabbeln.

Ich ging einmal um den Wagen herum, wünschte mir verzweifelt, ihn zu berühren, ihn zu umarmen – ein Teil von Nate, direkt hier, vor meiner Nase! Mit den Fingerspitzen strich ich über die scharfen Kanten der Motorhaube, spürte die Glätte des neuen Lacks. Selbst unter der einsamen Glühbirne an der Garagendecke sah ich, dass Lee ihn erst vor Kurzem poliert hatte. Ich schaute durch das Beifahrerfenster.

„Es ist ein 66er mit V8-Motor und manueller Gangschaltung“, erklärte Lee.

Ich nickte, saugte alles in mich auf. Ein Auto. Nates Auto.

„Steig ein.“

„Darf ich?“ Doch noch während ich das fragte, öffnete ich die Tür und setzte mich auf die lederbezogene Sitzbank – der Wagen hatte vorne einen durchgehenden Sitz statt der beiden Sitze in neueren Modellen. Es roch etwas muffig und feucht mit einem Hauch von Kiefernduft. Am Rückspiegel hingen drei baumförmige Lufterfrischer. Ich spielte mit dem Knoten, der sie hielt, stieß sie sanft an, damit sie ein wenig mehr von ihrem Duft freigaben.

Lee setzte sich auf den Fahrersitz, zog die Tür zu und schloss damit die Welt mit einem sanften Geräusch aus. Wieder fühlte es sich an, als wären wir die einzigen lebenden Menschen auf der Welt. Ich hörte nichts außer meinem eigenen Herzen, das in meiner Brust schlug.

„Holzverkleidung“, sagte Lee und nickte in Richtung Armaturenbrett und Lenkrad, die in einem warmen Braunton schimmerten. „Das ist noch das Originalradio.“

„Kein iPod-Anschluss?“, fragte ich lachend. „Ich liebe die Farbe. Das ist ein hübsches Blau.“

„Es nennt sich Nachtnebel-Dunkelblau“, korrigierte Lee mich. „Und das Innere heißt Palomino.“

Während Lee mir weitere Einzelheiten über den Wagen, seinen Motor, das Zubehör und die Ausstattung erzählte, lehnte ich mich zurück und legte meinen Kopf gegen die gepolsterte Kopfstütze. „Wie?“, fragte ich, als er innehielt, um Luft zu holen. „Wie kann das hier Nate gehören?“

„Und mir.“ Ich hörte Lee seufzen, und als ich ihm einen Blick zuwarf, sah ich, dass er genauso zurückgelehnt dasaß wie ich. Eine seiner Hände ruhte auf dem Lenkrad, die andere auf dem Schalthebel, als wenn er im Schlaf fahren würde. Er lächelte listig. „Nate dachte, es wäre cool, ein Cabriolet zu haben."

„Das ist so … unpraktisch!" Ich lachte. „Wo wollte er seine Basketballausrüstung verstauen? Seinen Trainingsanzug und die Turnschuhe …"

„Und sein Angelzeug! Und seine Gartenwerkzeuge!" Lee lachte auch, ein ehrliches Kichern, vielleicht das erste, das ich je von ihm gehört hatte.

„Vielleicht gab es einen kleinen Teil von Nate, der einfach cool aussehen wollte", sagte ich.

„Nee. Nate war immer cool."

Ich starrte Lee einen Moment lang an. Sein Lächeln war weich, seine braunen Augen schimmerten im harten Licht der Garage, ungeschützt und schockierend offen. In diesem Moment hätte ich ihn alles fragen können, und er hätte geantwortet. Aber was wollte ich ihn fragen? Was wollte ich wirklich über Nates und Lees Freundschaft wissen? Vielleicht war es für Lee besser, wenn er seine Geheimnisse für sich behielt.

„Er hat mir nie erzählt, dass er das hier macht. Ich bin ein bisschen …" Wäre es okay, es zu sagen? „Ich bin ein bisschen angepisst."

„Was? Ich bin mir sicher, du hast gerade nicht ‚angepisst' gesagt. Du wolltest sicher sagen ‚angenehm überrascht'." Sein Mund verzog sich zu einem Lächeln.

„Tja, dieses Mal vielleicht nicht." Ich erwiderte das Lächeln.

„Es sollte eine Überraschung sein." Er drehte sich herum, um die Rückbank, das Dach, das Armaturenbrett, den Boden anzuschauen, als wenn er sich daran erinnerte, wie sie beide gemeinsam daran gearbeitet hatten. „Es war hauptsächlich seine Idee. Er hat den Wagen online gefunden und mich überredet, ihm bei der Restaurierung zu helfen." Er lachte wieder, aber dieses Mal mehr für sich. „Er war total heruntergekommen, als wir ihn bekommen haben. Kein Dach. Der Krümmer war gebrochen. Aber er war total billig." Er legte seinen Arm auf die Lehne. „Und jetzt sieh ihn dir an. Wahrscheinlich läuft er sogar."

„Wirklich? Können wir das mal probieren?" Sofort stellte ich mir den Wagen auf der Straße vor, wie er mit offenem Dach durch die Nacht sauste. Der Wind fuhr durch meine Haare, wirbelte sie um mein Gesicht, und das Radio dröhnte in voller Lautstärke. Irgendein sonniges, warmes, altes Lied. Die Beach Boys. „California Girls".

„Klar, warum nicht?"

Ich klatschte aufgeregt in die Hände. „Das ist unglaublich."

„Ich weiß nicht, ob es unglaublich ist, aber es könnte cool werden." Er holte ein Schüsselbund heraus und wollte den Schlüssel ins Schloss stecken, doch dann hielt er inne und reichte ihn mir: „Willst du dir die Ehre geben?"

„Willst du damit etwa sagen, ihr seid den Wagen bisher noch nicht gefahren?"

„Ich habe ein paar Mal den Motor laufen lassen, aber gefahren bin ich noch nicht." Er schüttelte den Kopf. „Los, steck den Schlüssel rein."

Der Schlüsselring lag schwer in meiner Hand. Es war ein dicker Messingring, an dem ein versilberter Mustang-Schlüssel mit dem Pferd auf der einen und dem Ford-Logo auf der anderen Seite hing. Ich drehte ihn ein paar Mal in der Hand, spürte die Kerben des Schlüsselblatts über meine Haut kratzen. Schließlich beugte ich mich vor und steckte ihn ins Zündschloss.

„Los geht's", sagte ich munter. Es war beinahe, als ob ich träumte – ich saß in Nates Cabrio? Das war einfach total verrückt. Vielleicht lag ich in Wirklichkeit immer noch schlafend im Bett, das Chemiebuch auf dem Gesicht.

„Los geht's." Lee grinste stolz.

Doch der Schlüssel ließ sich nicht drehen. Ich versuchte es noch ein paar Mal, doch er rührte sich nicht. Ich schaute zu Lee, der genauso verwirrt wirkte wie ich.

„Vielleicht ist das Lenkradschloss eingerastet", schlug er vor. „Komm, lass mich mal probieren."

Er beugte sich über mich drüber zum Lenkrad, bevor ich mich zurücklehnen konnte, und plötzlich fühlte ich seinen Atem an meiner Wange, seine Lippen, die über meine Haare strichen. Ich hielt den Atem an und rührte mich nicht.

Die Luft im Inneren des Wagens fing an, sich mit einer Elektrizität zu füllen, die ich noch nie zuvor gespürt hatte. Die Spannung war greifbar, wie eine magnetische Kraft zwischen uns. Mein Herz schlug mir in der Kehle, und ich hatte das Gefühl, zu ertrinken, weil ich nicht in der Lage war, richtig zu atmen.

Ich erwartete, dass Lee sich zurückziehen und eine Entschuldigung murmeln würde, weil er mir zu nahe gekommen war, aber er sagte nichts. Seine Hand ruhte auf meiner und schickte eine Welle der Wärme meinen gesamten Arm hinauf. Ich spürte seine langen, schlanken Finger, die meine streichelten, ihre Spitzen, die über die Ecken meiner Nägel strichen, als würde er sie vorsichtig feilen.

„Lee …?"

„Hmmm?" Ohne sich aufzusetzen, drehte er den Kopf, um mich anzuschauen. Unsere Gesichter waren nur wenige Zentimeter voneinander entfernt, unsere Lippen trennte nur ein Flüstern. Er hielt meinen Blick fest, ohne zu blinzeln. Diese unergründlichen braunen Augen fragten mich … etwas … aber was? Was wollte er von mir?

„Der Schlüssel." Meine Stimme klang so rau, ich erkannte sie kaum. „Deine Hand ist …"

Sofort ließ er meine Hand los und richtete sich errötend auf. „Sorry", sagte er in Richtung Fenster.

Ich rutschte von ihm weg und schaute aus dem Beifahrerfenster. Mein Atem ließ die Scheibe beschlagen, und ich malte mit der Fingerspitze ein Herz hinein; dann wischte ich es schnell weg. *Was mache ich hier?*

Sehr lange saßen wir so, die Köpfe voneinander abgewandt, und dann hörte ich, wie er erneut versuchte, den Motor zu starten. Die Zündung klickte ein paar Mal, während Lee leise fluchte. „Komm schon", flehte er. „Komm schon."

Schließlich gab er auf. „Verdammt." Er ließ seine Stirn auf das Lenkrad fallen. „Sorry. Verdammt. Tut mir leid."

„Hey, ist schon okay. Es ist nur ein Auto, weißt du?"

„Nein. Ist es nicht." Er schlug mit der flachen Hand gegen die Zündung, als wenn er sie so zwingen könnte, ohne Schlüssel anzuspringen. „Wir haben Monate daran gearbeitet. Die Karre müsste eigentlich laufen. Sie müsste wenigstens anspringen." Er schlug erneut mit der Hand zu. „Verdammt!"

Ich schaute mich im Auto um. „Hey, es ist ziemlich toll, dass du das alles hier geschafft hast, auch wenn es jetzt nicht anspringt."

„Was meinst du?"

„Nun, ich hatte keine Ahnung, dass du so etwas kannst."

„Autos restaurieren?"

„Na ja, überhaupt irgendetwas", sagte ich, doch als ich seinen Gesichtsausdruck sah, wusste ich, dass ich das nicht hätte sagen sollen. Die Mauer war wieder da, seine Augen waren dunkel und verschleiert. „Oh, Lee, ich …"

„Vergiss es."

„Ich meinte nicht …"

„Was zum Teufel hast du denn gemeint, Yoko?"

Ich zuckte zusammen. Waren wir wieder an dem Punkt angelangt? Aber ich hatte es verdient. „Ich meinte nur, na ja, du weißt schon, deinen Ruf."

Kiffer. Faulenzer. Loser.

„Meinst du das ernst? Wen interessiert denn schon sein Ruf?“

„Dich nicht.“

„Ganz richtig. Mich nicht. Und Nate auch nicht. Dieser Scheiß hat ihn nie interessiert.“

Die Worte hingen in der Luft, und auf einmal wirkte das Auto unglaublich klein und erdrückend eng. Ich musste hier weg, musste nach Hause und dieses ganze verrückte Abenteuer vergessen. Was machte ich überhaupt hier? In diesem Wagen? Mit Lee …?

Ich fummelte am Türöffner herum. Dann drückte ich mit der Schulter gegen die Scheibe und spürte, wie die Tür nachgab. So schnell ich konnte, stieg ich aus und lief aus der Garage, wobei ich mit den Stiefeln Steine und trockene Zweige aufwirbelte.

Der Mond beleuchtete den Weg die Einfahrt hinunter, an der Hütte vorbei zur Schotterstraße. Eine Million Gedanken rasten wütend durch meinen Kopf, eine Million Gefühle.

Wie kannst du es nur wagen, mich zu manipulieren? wollte ich sagen, wenn er mit seinem Roller neben mir hielt.

Wie kannst du es wagen, Nates Erinnerungen für mich zu zerstören? wollte ich sagen, wenn er darauf bestand, mich nach Hause zu fahren.

Wie kannst du es wagen …

Aber er tat es nicht. Er folgte mir nicht. Und ich lief den ganzen Weg nach Hause, während die Tränen sich an meine Wimpern klammerten.

10. KAPITEL

Was *war* das?

Es war unmöglich, zu schlafen, während mein Herz gegen meine Rippen schlug. Mein Gesicht war erhitzt und verschwitzt, und ich warf mich den Rest der Nacht unruhig hin und her. Die Chemiearbeit am nächsten Tag setzte ich komplett in den Sand, ich war nicht einmal sicher, ob ich meinen Namen richtig geschrieben hatte.

Ich schaffte es, Lee und unser nächtliches Abenteuer über das Wochenende aus meinen Gedanken zu verbannen, und als der Montagmorgen kam, war ich davon überzeugt, dass es alles ganz anders gewesen war und ich mir die Spannung zwischen uns nur eingebildet hatte. Vor allem aber fühlte ich mich schuldig, weil ich Lee so schlecht behandelt hatte, denn er trauerte genauso um Nate wie ich.

Da dieser Montag ein Feiertag war, hatten wir keine Schule, aber Haley musste trotzdem zum Hockeytraining, und Emma war den ganzen Tag bei ihren Pfadfinderinnen. Ich hatte nichts zu tun und beschloss, nach Lookingglass zu fahren und mich zu entschuldigen.

In dem kleinen Kiosk wurde ich von Liza begrüßt, Lees Freundin. Sie trug ein kurzes, tiefviolettes T-Shirt und rosafarbene Jeansshorts, in denen ihre Kurven gut zur Geltung kamen. Ihre Haare waren mit violetten und rosafarbenen Plastikklammern zurückgesteckt. Selbst ihre Ohrringe waren pink und violett.

„Hey! Wie kann ich dir helfen?“

„Äh, ich hätte gerne zwei Slushies.“

„Welche Geschmacksrichtung?“

„Blau?“

Ihre Augen leuchteten auf. „Das sind die Besten!“ Während die Maschine surrte und die knallblaue Eismasse ausspuckte, kassierte Liza. „Das macht sechs Dollar sechsundzwanzig.“

Ich reichte ihr das Geld und wartete, bis meine Getränke fertig waren. „Äh, Liza?“

Sie gab mir das Wechselgeld zurück und schaute mich unter langen, blonden Wimpern an. „Hä? Kennen wir uns?“

„Oh, nein, eigentlich nicht.“ Ich sah zu, wie sie die Slushies fertig machte und so im Becher herumwirbelte, dass sie in einer Spitze endeten. „Ich kenne deinen Freund.“

„Was?“, rief sie über den Lärm der Maschine hinweg.

„Lee? Ich kenne Lee.“

„Oh!“ Lizas Wangen liefen so rosa an wie ihre Haarspangen. Sie wandte den Blick ab, als wäre es ihr peinlich. „Er ist süß, oder?“

Ja, erwiderte mein Gehirn viel zu schnell. „Er arbeitet hier irgendwo in der Nähe, oder?“

„Oh ja! Gleich die Straße rauf.“ Sie zeigte hinter sich durchs Fenster. „Fährst du jetzt dorthin?“ Sie reichte mir die Slushies. „Sag ihm schöne Grüße von mir, okay?“

„Ja, okay, mach ich.“ Ich dankte ihr für die Getränke und dafür, dass sie mir den Weg gezeigt hatte, und ging.

Das ist seine Freundin, dachte ich und war irgendwie erleichtert. Lee hatte eine Freundin. Deswegen konnte letzte Nacht zum Glück gar nichts zwischen uns gewesen sein. Es liegt an mir, schloss ich daraus. Nur an mir und meiner Fehlinterpretation. Wir waren beide angespannt, beide von Nates Tod gestresst, mehr war da nicht.

Puh. Nachdem ich das für mich geklärt hatte, war es an der Zeit, weiterzufahren.

Ich erblickte Lees Vespa auf der Straße vor dem „Charter-Ding“. Es handelte sich um ein winziges, frei stehendes Häuschen, das aussah wie eine malerische Berghütte. Drinnen gab es mehrere Drehständer mit Hochglanzbroschüren für Raftingtouren und Wanderausflüge und Anzeigen für örtliche Hotels und Restaurants.

Ich schaute mir gerade einen Flyer für ein Restaurant an, das jeden nur erdenklichen Fischtaco für weniger als einen Dollar anbot, als Lee durch die Hintertür hineinkam. Sein überraschter Blick war unbezahlbar.

„Was machst du hier?“, fragte er, ohne mir ein Lächeln zu schenken.

Er hasste mich. Ich hatte letzte Nacht einige sehr unhöfliche Dinge zu ihm gesagt, aber ich war hier, um das wieder geradezurücken.

Unhöflich? Du warst grob und gemein. Ja, das stimmte. Und ich dachte nur ungern an den harschen Tonfall meiner Stimme gestern Nacht.

„Brauchst du was?“, fragte er, während er sich an die Hintertür lehnte. Er wahrte Distanz, sprach mit mir quer über den kleinen Raum hinweg.

„Ich brauche einen Fischtaco“, sagte ich und hielt den Flyer hoch. „Die sind billig.“ Nein, nicht einmal der Ansatz eines Lächelns auf seinem Gesicht. Ich zeigte auf die Getränke, die ich mitgebracht und auf den Tresen gestellt hatte. „Magst du einen Slushie? Ich habe deine Lieblingssorte mitgebracht.“

„Blau.“

„Blau schmeckt am besten“, fügte ich an. „Das hat zumindest deine Freundin gesagt.“

Er zog eine Augenbraue hoch. „Du hast Liza getroffen?“

„Sie lässt dich schön grüßen.“

Sein Blick glitt zu den Slushies.

„Habt ihr zwei euch gestritten oder so?“

„Was? Wer? Liza und ich?“ Er nahm sich einen Becher und drehte ihn in den Händen. „Was machst du hier, Yoko?“

Ich hielt ihm einen Strohhalm hin, aber er nahm ihn nicht,

also ließ ich ihn auf den Tresen fallen. „Ich … äh … ich bin weggelaufen, um mich dem Zirkus anzuschließen."

„Aha."

„Ja. Ich habe einen neuen Zaubertrick."

Das reichte, um sein Interesse zu wecken – wenigstens ein wenig. „Ach ja?"

„Ja. Ich werde immer besser darin, in Fettnäpfchen zu treten." Ich trank zu schnell von meinem eiskalten Slushie, und mir wurde ein bisschen schwindelig. Ich massierte mir die Schläfen mit den Fingern.

Er sagte nichts, sondern nahm einen tiefen, bewussten Zug von seinem Getränk. Einen Moment später schloss er die Augen und drückte seine Finger genauso gegen die Schläfen wie ich kurz zuvor. „Wow …"

Wir starrten einander schweigend an, während wir uns von dem Kälteschock erholten. Der Ausdruck in seinen Augen war unlesbar für mich. Verstand er, dass ich hier war, um mich zu entschuldigen? Oder musste ich noch mehr sagen?

„Lee, ich …"

„Lass uns nach draußen gehen, um uns ein bisschen aufzuwärmen."

Ich folgte ihm hinaus. Er drehte ein Schild an der Tür um, auf dem stand: *Bin in 10 Minuten zurück.*

Hatte jedes Geschäft in Lookingglass so ein Schild? Wir gingen hinter das Häuschen, wo im Schatten einer großen Ulme ein Picknicktisch stand. Wir setzten uns auf den Tisch, nicht auf die Bänke. In der Luft hing nur ein leiser Hauch von Herbst, obwohl der schon vor drei Wochen angefangen hatte.

Lee wirbelte seinen Slushie in dem Becher herum, bevor er vorsichtig davon trank. „Es ist dumm, das zu schnell zu trinken, aber ich tue das andauernd. Man sollte meinen, dass ich es inzwischen gelernt habe."

„Wir tun alle hin und wieder dumme Dinge", sagte ich lachend. Ich spürte seinen Blick und drehte mich schnell um, hielt seinen Blick fest, bevor er sich wieder abwenden konnte. „Lee, gestern Abend … was ich da gesagt habe … Es sollte nicht so klingen, als hielte ich dich für einen …“

„Einen Versager? Einen Kiffer?“, schlug er vor.

„Nun …“

„Du hältst mich also nicht für einen Kifferversager?“

„Nein, nein, das tue ich nicht, und es tut mir leid …“

Er hielt seinen Strohhalm in die Luft. „Du musst dich nicht bei mir entschuldigen. Bist du deshalb heute hergekommen?“

Ich nickte. „Hast du gedacht, ich bin nur wegen der blauen Slushies hier?“

„Die sind ziemlich lecker.“ Er lächelte und zeigte dabei seine bläulichen Lippen und seine blaue Zunge. „Oder wolltest du die Wanderung unterm Wasserfall machen?“

„Was ist das denn?“

„So eine Touri-Sache. Die Leute wollen unter einem Wasserfall entlanggehen, darunterstehen und so.“ Er verdrehte die Augen. „Touristen.“

Ich versuchte, mir das vorzustellen. Es klang gefährlich. „Rutscht man da nicht aus und fällt hin?“

„Sie stehen“, sagte er, als wäre ich ein wenig zurückgeblieben. „Unter Wasser.“

„Also … ertrinken sie?“

„Natürlich nicht. Niemand ertrinkt.“

„Ich würde ertrinken. Oder ausrutschen. Und dann ertrinken.“

Lee lachte und schüttelte den Kopf. Er stocherte mit dem Strohhalm in seinem Becher herum und warf mir ab und zu einen Blick zu. „Ich nehme dich irgendwann mal mit. Du wirst nicht ertrinken.“

„Äh, okay.“ Erleichterung durchflutete mich; er hasste mich nicht! „Was ist mit Liza?“

„Was soll mit ihr sein?"

„Ist sie damit einverstanden, wenn du was mit anderen Mädchen unternimmst?"

„Ja. Liza ist cool."

„Das ist gut. Ich will nicht wieder Yoko sein."

Sein Lachen war tief und kam von Herzen. „Das ist nur, wenn ein Mädchen zwei Jungs auseinanderbringt. Aber nicht bei einem Jungen und einem Mädchen."

„Oh, stimmt ja, richtig." Ich wurde rot. Das hätte ich wissen müssen.

„Keine Sorge, du kannst Liza und mich nicht auseinanderbringen", fuhr er fort.

„Sie ist etwas ziemlich Besonderes, oder?" Ich stützte mich auf meinen Händen auf, lehnte mich zurück und schaute Lee von der Seite her an.

Er saugte den blauen Slushie durch den Strohhalm und wandte sich dann schief lächelnd mir zu. Die Blätter des Baumes über uns warfen Schatten auf sein Profil. „Lass mich dir mal etwas erzählen, Meredith Daniels. Mein Mädchen ist klug und lustig und wunderschön. Ich war schon jahrelang in sie verknallt, bevor ich den Mut aufgebracht habe, sie anzusprechen."

Licht und Schatten tanzten auf seinem Gesicht, und ich sah nicht länger den seltsamen, etwas verpeilten Typen, für den ich ihn immer gehalten hatte. Lee Ryan war viel mehr als das, und ich hätte nie gedacht, dass ich jemals so viel über ihn erfahren würde.

Ich fragte mich, ob Nate auch so über mich gesprochen hatte. Hatte er seinen Freunden erzählt, dass er mich für klug oder lustig hielt? Hatte er je so nach mir geschmachtet wie Lee nach Liza? „Das ist schön, Lee. Das freut mich für dich."

„Wenn sie allerdings herausfindet, wie ich wirklich bin, wird sie sofort mit mir Schluss machen." Er zwinkerte mir zu. „Also sag es ihr nicht, okay?"

Ich machte eine Geste, als schlösse ich meine Lippen ab. „Von mir wird sie nichts erfahren."

„Nette blaue Lippen", sagte er.

„Nette blaue Zunge."

„Meine ist violett." Er streckte sie raus und schielte bei dem Versuch, sie anzusehen.

„Wie kann sie violett sein, wenn du Blau getrunken hast?" Ich fing an zu lachen.

„Ich dachte, du lernst Chemie", sagte er. „Weißt du nicht, dass Blau und Rot zusammen Violett ergeben?"

„Äh, das ist nicht Chemie."

„Natürlich ist es das."

„Das ist Kunst. Malen und so. Aber nicht Chemie."

„Siehst du?" Er wedelte mit dem Zeigefinger vor meinem Gesicht. „Ich habe dir gesagt, dass niemand Chemie braucht."

Ich brach in lautes Lachen aus, und er fiel mit ein. Wir ließen uns beide rückwärts auf den Tisch fallen und lachten so sehr, dass wir Liza nicht kommen sahen. Sie rief Lees Namen, und als wir zu ihr hinübersahen, drückte sie gerade eine Zigarette an der Sohle ihres Schuhs aus.

„Oh, hey, Liza!" Lee war sofort wieder ernst. Wir rappelten uns beide auf und sprangen vom Tisch.

Ihr Lächeln funkelte förmlich, als sie ihn anschaute. Sie sah so glücklich aus, ihn zu sehen – es war, als existierte ich gar nicht. Sie schob die Hände in die hinteren Taschen ihrer Shorts. „Bist du noch in der Pause?"

Lee schaute erst mich, dann seinen Becher an. „Nö, ich bin fertig. Brauchst du was?"

„Ja", sagte sie. „Ich wollte ein paar Broschüren für den Laden holen."

„Oh. Okay. Die Hintertür ist offen. Ich bin in einer Sekunde bei dir."

Liza ging in die Hütte und ließ Lee und mich allein.

„Danke für den Slushie“, sagte er.

„Gern geschehen!“ Ich griff in meine Taschen und holte mein Portemonnaie heraus. „Wie viel hat eigentlich das Benzin für mein Auto gekostet?“

„Spar es lieber. Du wirst es brauchen, wenn du irgendwann wirklich wegläufst.“

Ich legte den Kopf schief. „Was?“

„Na, zum Zirkus. Du weißt schon, dein Zaubertrick mit den Fettnäpfchen.“

Ich konnte nicht anders, ich musste grinsen. „Den musst du dir unbedingt angucken! Eines Tages werde ich eine ganz Große sein.“

Er verdrehte die Augen. „Ja, klar. Ruf mich an, wenn es so weit ist.“ Und damit ging er in die Hütte, zu seiner Freundin und seinen Broschüren und seinen Wasserfallwanderungen für Touristen.

Ein Teil von mir wollte den kühlen Schatten der Bäume nicht verlassen, die friedliche Einsamkeit dieser kleinen Stadt. Ich beneidete die Touristen, die herkamen, um einen Nachmittag durch die Natur zu wandern. Und ich fragte mich, wie es wohl wäre, Lee als Führer zu haben.

Ich ließ mir Zeit damit, zum Auto zurückzukehren, einzusteigen, den Motor anzulassen und mich anzuschnallen und …

„Oh, Mist!“ Die Uhr am Armaturenbrett leuchtete auf, als der Motor ansprang. „Emma!“ Ich hatte vergessen, sie abzuholen.

Als ich atemlos wieder zu Hause ankam, war Mom in der Küche und bereitete das Abendbrot vor. Sie trug eine geblümte Schürze und hielt passende Topflappen in beiden Händen.

„Ist schon gut, Süße. Eine von Emmas Freundinnen hat sie vorbeigebracht.“ Sie lächelte mich an, bevor sie mir einen Kuss auf die Schläfe gab. „Du siehst erschöpft aus.“

Ich wartete darauf, dass sie noch etwas sagte, wartete auf eine Bemerkung über meine Verantwortlichkeiten als Schwester und Tochter, wartete, dass sie mir sagte, wenn ich weiterhin das Auto haben wollte, dann ...

„Warum machst du dich nicht kurz frisch und hilfst mir dann, den Tisch zu decken?"

„Aber ... das ist alles?"

Sie drehte mich sanft herum und schob mich in Richtung Treppe. „Dein Dad und ich wissen, dass es im Moment für dich nicht leicht ist."

Ich ließ mich aus der Küche scheuchen und ging nach oben in mein Zimmer, wobei ich an Emmas Zimmer vorbeikam. Sie lag auf dem Bett, um sich herum Bücher ausgebreitet, Kopfhörer in den Ohren. Ich ließ mich auf mein Bett fallen und den Kopf auf die Kissen sinken.

Middie, du bist müde. Middie, du bist traurig. Middie, geh nach Hause.

Wenn ich mir meine Freundinnen, meine Lehrer, meine Eltern anschaute, sah ich nur Mitleid in ihren Augen. Aber ihr Mitgefühl war zu viel – zu banal, zu süß. Ich wusste, dass ihnen viel an mir lag, dass ihnen viel an Nate gelegen hatte, aber sie wussten nicht, wie sie mit mir reden sollten.

Nur Lee behandelte mich wie ein normales menschliches Wesen und nicht wie eine zerbrechliche Glasfigur, die in tausend Stücke zerfallen würde, wenn jemand etwas Falsches sagte.

Ich holte mein Handy heraus und schickte ihm eine SMS, bevor ich es mir anders überlegte: **Wasserfallwanderung.**

Sekunden später antwortete er: **Wann?**

Morgen.

Um die Devil's Rock Falls zu erreichen, mussten wir die Vespa stehen lassen und laufen.

„Devil's Rock?“ Ich schüttelte mich übertrieben, als ich Lee durch den Wald folgte. Ich war froh, dass ich mich für Jeans und Stiefel entschieden hatte statt für Shorts und Sneakers.

„Ach, das hab ich mir nur ausgedacht“, sagte Lee. „Das jagt den Touris einen schönen Schauer über den Rücken.“

„Aber du hast es auch mir erzählt. Macht mich das zum Touri?“

Er warf mir einen Blick über die Schulter zu. „Nö. Du hast ja noch nicht mal Gänsehaut an den Armen.“ Ich wollte gerade etwas erwidern, als er grinste. „Mein Gott, Daniels, entspann dich.“

Er bog auf einen schmalen Weg ab und führte mich durch einen schmalen Durchgang, der unter einem Felsvorsprung in einer dunklen, zurückliegenden Höhle hinter dem Wasserfall endete. Er fiel wie ein Vorhang vor uns herunter und landete in einem Becken ein paar Fuß entfernt. Das Geräusch des fließenden Wassers war so laut wie ein heftiger Sturm, schwer und donnernd hallte es um uns herum und machte mich taub für alles andere als den pochenden Puls in meinem Kopf.

Ohne ein Wort zu sagen, nahm Lee meine Hand und führte mich aus der Höhle näher ans Wasser heran. Ein schmaler Zaun verlief am Rande des Felsens entlang, eine winzige Grenze zwischen Stein und Wasser. Der Felsen war rutschig, aber Lee hielt meine Hand so fest in seiner, dass ich mich sicher fühlte.

Wir waren nur wenige Zentimeter vom Wasserfall entfernt, als Lee seine Hand wegnahm und ich ganz alleine dort an der Kante balancierte. Es war unglaublich. Das Wasser war mächtig und einschüchternd, das Rauschen brandete um mich herum, isolierte mich, war beinahe angsteinflößend, und doch … fühlte ich mich ruhig und gelassen, wie das Auge im Zentrum des Sturms. Ich hörte nichts, nicht einmal meine eigenen Gedanken. Und ich fühlte nichts – keine Angst, keine Anspannung, keine Trauer.

Ich schloss die Augen und erlaubte mir, tief ein- und auszuatmen, die Schönheit der Welt zu bewundern, die mich umgab. Ich lächelte und versuchte, mir vorzustellen, wie ich wohl gerade aussah. Meredith Daniels, die in einem Wald weit weg von zu Hause unter einem Wasserfall stand, ohne einen einzigen Gedanken im Kopf, ohne eine einzige Sorge. Das war verrückt.

Wir blieben noch eine Weile dort stehen – vielleicht zehn Minuten, vielleicht eine halbe Stunde, ich wusste es nicht –, bis Lee uns schließlich durch die Höhle zurück und an das Becken des Wasserfalls führte. Ich lehnte mich gegen einen Baum und schaute zum Wasserfall hinauf. Hatte ich wirklich unter all diesem Wasser gestanden?

„Wie hast du diese Stelle hier gefunden?“, fragte ich ihn, nachdem wir uns einen Moment entspannt und mit dem Wasser aus den mitgebrachten Flaschen erfrischt hatten. „Sie liegt so versteckt.“

„Ich habe mich verlaufen.“ Lee legte den Kopf in den Nacken und ließ die letzten Tropfen aus der Wasserflasche in seinen Mund rinnen. „Ich war ungefähr dreizehn und bin eines Nachts weggelaufen.“

„Du hast dich verlaufen? Mitten in der Nacht?“ Meine Gedanken rasten, überlegten all die Sachen, die Lee hätten passieren können. Ich schüttelte den Kopf. „Ganz schön gefährlich, oder?“

Lee lachte und krabbelte zum Rand des natürlichen Wasserbeckens. „Die besten Dinge sind immer dann passiert, wenn ich ein Risiko eingegangen bin.“ Er spritzte sich ein wenig Wasser ins Gesicht und dann in meine Richtung. „Hast du noch nie etwas total Neues und anderes gemacht?“ Als ich zum Wasserfall zeigte, meinte er: „Abgesehen von heute.“

Das Wort Risiko gehörte nicht zu meinem Vokabular. Ich bekam Panik bei dem Gedanken, unvorbereitet zu sein, etwas falsch zu machen. „Ich mag es nicht, Dinge zu machen, die ich nicht kann“, hörte ich mich schließlich sagen und fing an zu lachen. „Das klingt echt lahm, oder?“

Lee lachte auch. „Ja, allerdings. Es gibt doch immer einen Punkt, an dem man etwas nicht weiß. Und deshalb nicht machen kann. Aber dann macht man es trotzdem, und danach weiß man, wie es geht.“ Er hielt inne und neigte den Kopf, als würde er über das, was er gerade gesagt hatte, nachdenken.

„Aber was, wenn ich es vermassle?“

„Klar vermasselst du's beim ersten Mal. Vielleicht sogar beim zweiten Mal. Oder beim dritten.“

Ich stöhnte vernehmlich.

„Na und? Wen interessiert's?“ Lee tauchte seine Flasche in das Becken und füllte sie mit klarem, kaltem Wasser – und schüttete sich das dann über die Haare. „Ich lebe, um Fehler zu machen.“ Er schüttelte den Kopf wie Nates Hund Rocky nach einem Bad im Fluss. „Zu scheitern ist alles, was ich immer wollte.“

„Du bist irgendwie verrückt“, sagte ich.

„Auf gute Art?“

„Es gibt keine gute Art des Verrücktseins.“

„Pah! Wen interessiert es, was du denkst? Du bist nur ein dummes Mädchen“, zog er mich auf.

Ich tat, als wäre ich beleidigt. „Dich interessiert nicht, was *ich* denke?“

„Nö. Kein Stück.“ Er fuhr sich mit den Fingern durch die nassen Haare, um sie sich aus dem Gesicht zu kämmen. Kleine Perlen aus Wasser tropften von seiner Nase, und er wischte sie mit dem Hemdsärmel ab. „Warum ist es dir so wichtig, was andere denken? Niemand ist perfekt.“

Nate war perfekt, dachte ich. Lee fing meinen Blick auf, und sein Lächeln schwand, als er meine Gedanken las.

„Nicht einmal Nate“, sagte er. „Ich habe vor ein paar Jahren versucht, mit ihm hierherzugehen.“ Lee drehte seine Wasserflasche in den Händen hin und her. Der Gummibezug war an einigen Stellen gerissen, und er pulte mit den Fingernägeln daran herum.

„Er wollte nicht mitkommen?"

„Ich glaube, er hat an dem Tag was mit dir gemacht."

„Oh. Tut mir leid."

Lee sah mich stirnrunzelnd an. „Was tut dir leid? Du entschuldigst dich ständig für irgendeinen Scheiß, für den du nichts kannst. Nate hätte mitkommen können, wenn er gewollt hätte. Aber er wollte nicht."

„Du hättest ihn an einem anderen Tag noch mal fragen können."

„Nö." Lee presste die Lippen zu einer dünnen Linie zusammen. Das stand offensichtlich nicht zur Diskussion. An seinem angespannten Gesichtsausdruck erkannte ich, dass man, wenn man zu Lee einmal Nein sagte, keine zweite Chance bekam, um Ja zu sagen.

Er legte sich auf den Rücken und starrte in den Himmel hinauf. Die Wolken waren dünn wie Spinnweben, durchsichtig und ganz zart grau. Ich rollte mich auf die Seite und schaute auch nach oben. „Warum bist du weggelaufen?"

„Hmmm?"

„Als du dreizehn warst. Du hast gesagt, du bist weggelaufen … warum?" Während ich auf Lees Antwort wartete, zogen die Wolken hinter den Bäumen vorbei, und der Himmel war wieder klar und blau.

„Mir hat es zu Hause nicht gefallen", sagte er schlicht.

„Warum nicht?"

„Gefällt dir dein Zuhause?"

„Ja …"

„Mir meines nicht." Er lachte scharf auf und drehte den Kopf, um mich anzusehen; feuchte Grashalme hatten sich in seinen Wimpern verfangen, und er blinzelte ein paar Mal.

„Weißt du, ich habe doch gerade gesagt, dass Nate nicht perfekt war. Das stimmt nur halb."

Ich setzte mich auf. „Was meinst du damit?"

„*Er* war nicht perfekt, aber seine Familie ist es", sagte er, sehnsüchtig seufzend. „Selbst sein alter Hund. Eine perfekte Familie." Er wischte sich das Gras aus dem Gesicht und sah mich gespielt ernst an. „Und wehe, du behauptest das Gegenteil."

Ich lächelte und schüttelte den Kopf. „Nein. Sie ist perfekt."

Er drehte den Kopf und schaute wieder in den Himmel. „Ich wollte immer Nates Zimmer haben", sagte er. „Als wir noch Kinder waren, hatte er diese Aufkleber von Sternen und Planeten, die im Dunkeln leuchten, und sein Dad hat sie ihm an der Decke angebracht. Ich liebte es, bei ihm zu übernachten, weil diese Sterne das Coolste überhaupt waren."

„Ja, die waren echt cool."

Lee zog eine Augenbraue hoch. „Du hast sie gesehen?"

„Ja, ich habe sie gesehen."

„Du weißt aber schon, dass man sie nur im Dunkeln sieht. Wenn die Lichter aus sind. Und die Tür geschlossen ist."

Ich lachte. „Ja, ich habe sie gesehen."

„Tz, tz, tz, was bist du doch für ein schlimmes Mädchen!", neckte er mich, aber sein Blick war scharf und durchdringend.

Ich spürte, dass ich rot wurde, doch ich würde Lee nichts verraten. „Das war ein schöner Ausflug, Lee", meinte ich. „Vielen Dank."

„Cleverer Themenwechsel."

„Du könntest sagen: Gern geschehen."

„Gib mir dein Handy." Er schnippte mit den Fingern. „Komm schon, gib es her."

Während ich in meinem Rucksack danach suchte, fragte ich: „Warum?"

„Du musst dich an deinen ersten Ausflug zum Wasserfall erinnern“, sagte er. Dann nahm er mein Handy und tippte ein paar Mal auf das Display. „Komm her und lehn dich rüber.“

„Warum setzt du dich nicht auf?“

„Weil ich das Telefon habe. Jetzt mach schon.“

„Bitte.“

„Bitte – jetzt gleich.“

Ich legte mich so aufs Gras, dass mein Gesicht zusammen mit seinem auf dem Foto war. Er streckte seinen Arm aus und rief: „Cheese!“

Wir sahen aus wie Idioten, was ich ihm auch sagte.

„Du vielleicht. Ich sehe umwerfend aus.“

„Und verrückt.“

„Umwerfend und verrückt. Das ist das Beste überhaupt.“

Ich zog ihn auf: „Findet deine Freundin das auch?“

„Das hoffe ich doch.“ Er lachte, und es klang wie das Kichern eines wilden Mannes.

Ich nahm mein Handy zurück und starrte das Bild an. Direkt hinter unseren albernen Gesichtern konnte ich einen Teil des Wasserfalls sehen. Ich versuchte, mir Nate hier vorzustellen, wie er hinter dem Wasserfall stand oder auf die Spitze des Felsens kletterte. Hätte ihm dieser Ort gefallen? Wäre er stolz auf mich gewesen, weil ich etwas Neues ausprobiert hatte?

Später ließ ich mich von Lee am Gemeinschaftsgarten absetzen, wo Abby bereits mit einer langen Liste an Aufgaben auf mich wartete. Trotz der Stunden, die wir gewandert waren, fühlte ich mich erfrischt, als wäre ich gerade erst aus einem langen Nickerchen erwacht.

Das lag am Wasserfall. Ja, der musste es gewesen sein.

11. KAPITEL

Später in derselben Woche klopfte Emma an meine Tür. In der Hand hielt sie einen zerknitterten Block, und hinter ihrem Ohr steckte ein Stift. „Middie, kannst du mal meinen Aufsatz lesen?"

Mir fiel wieder ein, dass sie eine Geschichte über Nate geschrieben hatte. Die ihr helfen würde, ihr nächstes Abzeichen als Brownie zu bekommen. Während ich den Aufsatz las, wanderte sie durch mein Zimmer und berührte alles, was sie sah: meine Schminke auf der Frisierkommode, die Bücher im Regal, die Kleidung in meinem Schrank. Ich erlaubte ihr generell beinahe alles, aber als sie sich meinem Handy näherte, trat ich auf die Bremse. „Nein. Das gehört dir nicht."

Sie schaltete das Telefon nicht an, legte es aber auch nicht wieder zurück. „Das ist nicht fair. Alle haben eins. Warum ich nicht?"

Aus dem Augenwinkel sah ich, wie sie so tat, als telefoniere sie. Sie drehte ihren Kopf hin und her und bewunderte sich dabei im Spiegel. Ich bemühte mich, nicht zu lachen, aber es war wirklich ziemlich süß.

Nate Bingham ist der Freund meiner Schwester, las ich. *Er ist sehr klug und sehr groß und sehr gut aussehend.*

Mein Atem stockte, und Emma drehte sich zu mir um. „Ist es schlecht? Habe ich etwas Falsches geschrieben?"

„Äh … du hast drei Mal hintereinander ‚sehr' benutzt."

„Tja, weil es wichtig ist. Sehr, sehr, sehr."

„Aha." Ich behielt den Blick auf die Seite gerichtet. *Nate hilft anderen Leuten gerne und gibt mir immer ein Geschenk, wenn er mich sieht.*

„Äh, Emma?"

„Hmm?" Sie schaute mich durch den Spiegel an. „Ich habe vermutlich nicht alles richtig geschrieben. Ich komme manchmal noch durcheinander."

„Warst du auch durcheinander, was die Gegenwart und die Vergangenheit angeht?“

Sie sah mich fragend an. „Was?“

„Du weißt, was die Gegenwartsform ist, oder? ‚Ich bin.‘ ‚Sie ist.‘ ‚Er ist.‘“ Ich hielt ihren Aufsatz hoch.

„Oh, klar, das weiß ich.“

„Also …“ Wie sollte ich das taktvoll ausdrücken? „Du schreibst: ‚Nate ist‘, anstatt: ‚Nate war‘.“ Als sie nicht reagierte, fügte ich hinzu: „Du weißt, dass Nate nicht zurückkommen wird, oder?“

Ich erwartete beinahe, dass sie ihre Augen verdrehen würde, doch stattdessen sagte sie leise: „Ich weiß, was ‚tot‘ bedeutet.“

Ich versuchte, mir meine Überraschung nicht anmerken zu lassen. „Okay … also warum hast du den Aufsatz dann im Präsens geschrieben?“

Emma tippte sich mit einem Finger gegen die Schläfe. Der Nagel war abgeknabbert und die Fingerkuppe mit rosafarbener Tinte befleckt. „Weil er für mich hier oben noch lebendig ist.“

„Emma!“, rief Mom die Treppe hinauf. „Du hast dein Wissenschaftsprojekt hier unten liegen lassen.“

„Mein Vulkan!“ Emma verzog die Lippen zu einem kleinen O und rannte aus dem Zimmer, wobei sie mein Handy in letzter Minute noch auf mein Bett fallen ließ. Mit gemischten Gefühlen wandte ich mich wieder ihrem Aufsatz zu. Ich hatte ein bisschen Angst davor, weiterzulesen, aber Emma hatte eine sehr, sehr süße Geschichte über Nate geschrieben, als er ihr gezeigt hatte, wie man Knoten für – wie sollte es anders sein – ein weiteres Brownie-Abzeichen machte. Meine Schwester hatte im Moment nur eines im Kopf. Ohne Zweifel würde sich das ändern, sobald sie ein eigenes Handy bekam.

Ich las weiter, notierte Rechtschreib- und Zeichensetzungsfehler, aber dann kam ich zur letzten Zeile und hatte das Gefühl, mein Herz würde stehenbleiben: *Nate wäre ein toller Arzt geworden, aber er ist gestorben, und jetzt möchte ich auch Ärztin werden.*

Tränen stiegen mir in die Augen, als ich Emmas Aufsatz vorsichtig auf meinen Nachttisch legte, direkt neben meinen Laptop. Ich hatte einen Blick ins Herz meiner kleinen Schwester werfen dürfen.

Nachdenklich öffnete ich meine Bewerbung für die Lewis & Clark. Die *unvollständige* Bewerbung.

Erzähl uns von einem Erlebnis, das dich geprägt hat.

Das hatte Emma getan. Sie hatte die Geschichte erzählt, wie wichtig Nate in ihrem Leben gewesen war. Sein Tod hatte sie nicht nur inspiriert, er hatte sie geprägt. Meine kluge kleine neunjährige Schwester. Ein Teil von mir fragte sich, ob ich das für meinen eigenen Aufsatz nutzen könnte – natürlich ohne die Lektionen in Knotenkunde.

Ich nahm den Stift in die Hand, den Emma zurückgelassen hatte, und tippte damit gegen den Bildschirm, während ich in meinem Kopf ein paar Sätze ausprobierte.

Der Tod von Nate Bingham hatte einen enormen Einfluss auf meine kleine Heimatstadt Roseburg. Ich schüttelte den Kopf. Das war zu kalt, zu unpersönlich.

Nate Bingham war in seiner Heimatstadt beliebt. Er hatte Freunde aus jeder Gesellschaftsschicht, auf der Highschool und … Puh. Langweilig.

Nate Bingham war die Liebe meines Lebens, und sein Tod hat meine Welt zerstört.

Nein! Ich schob den Gedanken so schnell wie möglich aus meinem Kopf. Das konnte ich nicht schreiben. Ich konnte einfach nicht. Auch wenn es stimmte, war es zu intim, zu vielsagend. Der Stift in meiner Hand zitterte, und ich spürte, wie die Panik in mir aufstieg, als ich an Nate dachte.

Anders als meine Schwester fand ich in seinem Tod keine

Inspiration. Da waren nur Trauer und Verlassenheit. Wie sollte ich über ein Erlebnis schreiben, das mich geprägt hatte, wenn ich keine Ahnung hatte, wer ich war? Ich wünschte beinahe, ich könnte die Geschichte meiner Schwester nutzen. Es wäre so leicht, zu sagen: *Das hier bin ich jetzt; die hier werde ich sein.* Aber ich wusste es nicht.

War ich die Freundin, die Nate zurückgelassen hatte? War ich die Schwester, die Allison und Emma haben wollten? War ich die Tochter, die meine Eltern sich wünschten? Wie ich Lee schon gesagt hatte: Ich war niemand, der Risiken einging. Ich war weder abenteuerlustig noch spontan, zwei Charakterzüge, die, wie er behauptete, Nate besessen hatte. Was mich zu der Frage brachte: Hatte ich Nate davon abgehalten, die Dinge zu tun, die er tun wollte?

Ich nahm mein Handy und wählte Lees Nummer. Er ging beim ersten Klingeln ran. „Hey. Was gibt's?"

„Was hat Nate noch nicht mit dir gemacht?"

„Was?"

„Er ist meinetwegen nicht mit zum Wasserfall gekommen."

„Äh, nein, er hatte etwas anderes vor …"

„Was hat er sonst noch nicht gemacht?"

Es folgte eine lange Pause. „Ich weiß nicht. Sachen. Warum?"

„Weil ich die machen will." Ich stand auf, ging zum Fenster und schaute in den Himmel. Heute Abend waren keine Sterne zu sehen, nur ein Halbmond, der von Wolken verdeckt wurde. „Die Sachen, die du mit ihm machen wolltest." Ich tigerte in meinem kleinen Zimmer auf und ab. Bisher hatte ich es immer gemütlich gefunden, aber jetzt kam es mir beengt und vollgestellt vor. Ich wollte raus und Dinge unternehmen. Ich wollte mich inspirieren lassen. „Ich will Sachen ausprobieren, die ich noch nie zuvor gemacht habe", erklärte ich Lee. „Ich kann auch spontan sein."

„Mir zu sagen, dass du spontan bist, ist nicht sonderlich spontan.“

„Du weißt, was ich meine.“

„Beruhige dich, Yoko. Ich hab’s verstanden.“

„Und hör auf, mich so zu nennen. Ich will nicht länger Yoko sein.“ Ich hielt inne und atmete tief durch. „Überlegst du dir was, Lee?“

„Ja. Ja, ich überlege mir was.“ Er beendete das Gespräch abrupt, und ich fiel auf mein Bett. Auf einmal war ich todmüde.

Einen Augenblick später summte mein Handy mit einer SMS von Lee: **Morgen im Baumhaus.**

„Baumhaus? Was zum …“

Dann eine weitere Nachricht: **Bring Sandwiches mit.**

Ich wollte gerade antworten, als eine dritte SMS einging: **Ich mag Erdnussbutter mit Marmelade.**

Was macht man in einem Baumhaus? Nachts? Wenn es regnet?

„Du hast doch Sandwiches mitgebracht, oder?“, fragte Lee, als ich den Baum im Garten unserer Nachbarn hinaufkletterte. Das Baumhaus war in Vergessenheit geraten, als der letzte Sohn aufs College gegangen war, aber es war immer noch (weitestgehend) intakt. Versteckt im dichten Laub des Baumes, hatte es zwar einen festen Boden, aber im Dach waren ein paar Löcher.

Was wir erst bemerkten, als die ersten Regentropfen fielen.

Ich reichte ihm das in Butterbrotpapier gewickelte Sandwich und suchte in meinem Rucksack nach etwas, womit ich meinen Kopf schützen konnte.

„Was ist los?“, fragte er, als er meinen besorgten Blick bemerkte. „Du wohnst in Oregon, hier regnet es eben häufiger.“ Er rutschte zur offenen Tür und ließ seine Beine hinausbaumeln wie ein Kind auf einem zu hohen Stuhl. Der Boden lag gute fünf Meter unter uns, aber da alles so zugewachsen war, konnte ich den Rasen kaum erkennen. Wenn einer von uns fallen würde, würde er in den Blättern verschwinden, als tauchte er in einen See ein.

„Löst du dich etwa im Regen auf?“ Lee beugte sich vor. „Ich schmelze, schmelze …“ Er heulte wie die grünhäutige böse Hexe des Ostens in „Der Zauberer von Oz“.

„Nein, aber normalerweise bin ich nachts nicht draußen.“

„Tja, das ist dein erster Fehler.“ Lee wickelte das Sandwich aus und inspizierte es. „Was für eine Marmelade ist das?“

„Erdbeergelee.“

Er verzog das Gesicht. „Konntest du nicht Weintraubengelee nehmen wie jeder normale Mensch?“

„Jetzt mecker nicht. Ich habe die Marmelade selbst gemacht, mit Emma zusammen. Es war ein Projekt für ihre Brownies.“

Lees Augen leuchteten auf. „Oooh! Hast du auch Brownies mitgebracht?“

„Nein“, sagte ich lächelnd.

Er schüttelte den Kopf und leckte etwas Marmelade ab, die zwischen den beiden Brotscheiben herausquoll. „Nicht schlecht für einen Amateur.“ Er vertilgte das Sandwich in ungefähr vier großen Bissen. „Hast du auch Wasser dabei?“

Ich wühlte in meinem Rucksack herum. „Irgendwo …“

„Ist egal.“ Er lehnte sich weiter vor, drehte den Kopf in den Himmel und öffnete den Mund, um den Regen aufzufangen. Er hielt sich nicht fest und saß so nah an der Kante, dass ich Angst hatte, er würde hinunterfallen. Ganz bis auf den Boden.

Ich griff ihn am Ellbogen und zog ihn hinein, sodass er rücklings zu Boden fiel und auf meinen Füßen landete. Er grinste mich an. „Was soll das, Middie?“

Ich zog meine Füße unter ihm weg. „Saurer Regen“, zog ich ihn auf.

„Ha! Der war gut!“ Er setzte sich auf und zeigte mit einem Finger auf mich. „Du denkst an meine Gesundheit, das ist witzig.“

Ich musste den Kopf ein wenig einziehen, als ich das Baumhaus erkundete, denn es war ursprünglich für kleine Jungs gebaut worden. Es war ziemlich schlicht für eine „Männerhöhle“. Schwaches Netz. Kein Strom. Und das Loch im Dach? Genau in der Mitte? Da regnete es direkt rein.

„Hey, was ist das?“, hörte ich Lee fragen. Als ich zu ihm schaute, sah ich ihn mit dem Kinn in Richtung eines kindgerechten Tisches zeigen, ein Relikt aus der Kindheit der Jungs. „Da liegt irgendetwas drunter.“

Ich hob den kleinen Tisch an und fand einen Stapel Comics. Ich nahm ein paar in die Hand und hielt sie Lee hin. *„Spider-Man. Superman. Richie Rich?“*

Lee klatschte in die Hände. „Ja! Bring sie her.“ Er saß wieder in der Nähe der offenen Tür, aber dieses Mal hatte er seine Füße drinnen behalten. Er sah, dass ich zögerte, und seufzte. „Da drüben gibt es kein Licht. Wie sollen wir sie da lesen?“

„Wir wollen sie lesen?“

„Was macht man denn sonst in einem Baumhaus? Man isst Sandwiches und liest Comics.“

Lee nahm mir den Stapel ab, als ich mich hinsetzte, und hielt dann grinsend einen *Playboy* hoch. „Ich weiß, was ich heute Nacht lese.“

Oh ja, ich errötete in allen Schattierungen. „Lee!“

„Der lag zwischen *Superman* und *Spider-Man*.“ Er hielt die anderen Comics hoch, um sie mir zu zeigen. „Jungs sind Jungs. Soll ich dir einen der faszinierenden und informativen Artikel vorlesen?“

„Äh, nein, behalt die für dich.“ Ich wandte schnell den Blick ab.

„Hast du noch nie zuvor Nacktfotos gesehen?“, fragte er ungläubig.

„Ich habe zwei Schwestern. Wo sollte ich da über einen *Playboy* stolpern?“

„Tja, da war ja noch Nate."

„Nate hat sich keine Nacktfotos angeschaut."

Lee warf den Kopf in den Nacken und lachte so lang und laut, dass ich Angst hatte, wir würden die Nachbarn wecken, denen der Baum gehörte. „Oh ja, klar. Nate hat sich keine Nacktfotos angeschaut." Er blätterte durch die Zeitschrift, sein Blick blieb an jedem Foto hängen. „Glaub mir, jeder Junge guckt Nacktfotos an."

Ich weigerte mich, darauf zu reagieren, und blätterte stattdessen einen *Superman*-Comic durch. Ich musste näher an Lee heranrücken, um etwas von dem Mondlicht abzubekommen, das durch die offene Tür des Baumhauses fiel, aber ich vermied es, das Magazin in seinen Händen anzusehen. „Nate hat das nicht gemacht. Und falls doch, muss ich das nicht wissen."

„Ach, komm. Nackte Körper sind schön." Ich konnte nicht anders, ich wand mich wie ein kleines Kind – und Lee genoss mein Unbehagen. Demonstrativ blätterte er durch das Hochglanzmagazin und gab kleine, stöhnende Geräusche von sich. „Oh ja, das ist nett." Er klappte das Centerfold aus und drehte die Zeitschrift hochkant. „Mal ehrlich, die sind doch nicht echt, oder?" Er beugte sich zu mir herüber und hielt mir das Foto direkt vors Gesicht. „Was meinst du? Echt oder gemacht?"

Ich schloss die Augen. „Hör auf damit!"

„Jetzt sag doch mal. Mich interessiert die Meinung einer Frau."

Auch wenn ich es nicht wollte, verzogen meine Lippen sich zu einem Lächeln. Lee schaffte es immer wieder, mich zum Lachen zu bringen. „Ich habe keine Meinung. Ich weiß es nicht."

„Sie sind unglaublich … üppig", fuhr er fort. „Irgendwie aufgepumpt, was echt komisch aussieht." Er schnalzte mit der Zunge. „Ich weiß nicht. Warum macht ein hübsches Mädchen so etwas? Je größer, desto besser. Ich schätze, einigen Jungs gefällt das. Mir nicht. Ich mag den natürlichen Look. Ohne künstliche Verbesserungen. Wenn sie flach sind, sind sie eben flach, weißt du?“

„Oh mein Gott, Lee, hör auf, über Brüste zu reden.“ Ich schlug mir die Hand vor den Mund, um mein Kichern zu verbergen.

Lee tat schockiert. „Brüste? Wie krass von dir, Meredith. Ich rede von ihren Lippen. Die sehen aus, als hätte sie Kollageninjektionen gehabt.“

Ich riss ihm die Zeitschrift aus den Händen und wollte sie gerade wegwerfen, als mein Blick an dem Model hängen blieb. Sie hatte wirklich aufgepumpte Lippen, die überhaupt nicht natürlich aussahen. „Du hast recht“, sagte ich. „Die sehen gemacht aus.“

Lee hob die Hände. „Siehst du? Mehr sage ich doch gar nicht.“ Dann kniff er die Augen zusammen. „Aber was sagst du zu ihren Brüsten ...“

„Lee! Hör auf!“ Dieses Mal warf ich das Magazin weg. Es landete wieder unter dem Tisch.

„Pssst!“ Er hielt einen Finger an seine Lippen. „Willst du, dass wir rausgeworfen werden?“ Er rollte sich über seinen Rücken und machte ein paar seltsame Purzelbäume, bis er in einer Ecke des Baumhauses gelandet war. Nur zwei der Ecken waren trocken. Er saß in einer davon, und ich setzte mich in die andere. Die Entfernung zwischen uns betrug ungefähr zweieinhalb Meter. Wenn wir unsere Beine vor uns ausstreckten, würden unsere Zehen sich berühren. Ich zog die Knie an die Brust und lauschte auf den Regen, der sanft auf die Blätter fiel. Der Uhr auf meinem Handy nach war es beinahe Mitternacht. Niemand wusste, dass ich hier war, ich war die hintere Treppe in der Nähe meines Zimmers hinuntergeschlichen, nachdem meine Eltern ins Bett gegangen waren.

„Ist das deine erste Nacht in einem Baumhaus?“, fragte Lee leise. Als ich nickte, schaute er sich um – an die Decke, die

Wände, die Tür. Meine Augen hatten sich inzwischen an die Dunkelheit gewöhnt, und ich sah die Grübchen in seinen Wangen, die mir bisher nie aufgefallen waren, weil sie nur auftauchten, wenn er lächelte. „Nicht so schlecht, oder?"

„Ein wenig kalt, aber ja, gar nicht mal so schlecht." Ich zog meine Beine enger an mich und stützte mein Kinn zwischen den Knien auf. Ich spürte, wie meine Lider schwer wurden, aber jedes Mal, wenn ich vor Kälte erschauderte, wachte ich wieder auf. Wenigstens hatte es aufgehört zu regnen.

„Bist du müde?"

„Hmm. Ja."

„Ich lese dir eine Geschichte vor."

Ich hörte das Rascheln von Papier und fing an zu protestieren. „Bitte keine Pornografie."

Sein Lachen klang leicht. „Keine Pornografie." Er räusperte sich und fing im seriösen Ton eines Nachrichtensprechers an zu lesen. „Als wir Superman das letzte Mal gesehen haben, wurde er im Weltall von Lex Luthor zerquetscht." Dann wurde er wieder Lee. „In diesem ersten Bild steckt Superman zwischen zwei Asteroiden, die groß sind wie Häuser, und beißt die Zähne zusammen, als hätte er Verstopfung."

„Was …!"

Sein fröhlich funkelnder Blick traf meinen. „Ich muss sagen, immer, wenn Superman in Schwierigkeiten steckt, sieht er aus, als versuche er, Steine zu scheißen."

„Oh mein Gott, Lee", sagte ich lachend. Meine Wangen wurden wieder ganz warm, aber zum Glück nicht so heiß wie bei der Sache mit dem *Playboy*.

„Ich kann aufhören, wenn du willst", sagte er.

„Nein, nein. Hör nicht auf", sagte ich schnell. „Das ist lustig. Mir gefällt es." Als Lee fortfuhr, die Comicbilder zu beschreiben, spürte ich, wie der Schlaf sich wie eine Decke über mich senkte.

„… und dann: *Knall! Bam!* Supermans Faust fliegt durch die Luft und schlägt den Asteroiden entzwei …“

Ich lehnte meinen Kopf an meine Knie und ließ meine Haare über meinen Nacken fallen.

„Du glaubst, du kannst *mich* zerstören, Superman? Ha!“ Lees Stimme hob und senkte sich, fügte hier ein Lachen für den Fiesling und dort ein tiefes Grollen für den Helden ein. Es war, wie einem Hörspiel im Radio zu lauschen, das nur für mich aufgeführt wurde.

„Ich mag Lex Luthor irgendwie“, hörte ich ihn an einer Stelle sagen.

Ich antwortete ihm schläfrig: „Hmm? Er ist der Böse. Du kannst ihn nicht mögen.“

„Nee. Er wird nur missverstanden.“

Am nächsten Morgen wachte ich auf der Seite liegend auf. Ein Kapuzenshirt – Lees, wie ich bemerkte – war wie eine Decke über mich gebreitet. Sonnenlicht wärmte meine Wangen durch das Loch in dem Dach des Baumhauses. In der Ecke mir gegenüber lag Lee zusammengerollt, nur in seinem kurzärmligen T-Shirt und seiner Jeans. Er hatte den Stapel Comic-Hefte als Kissen benutzt, und in der Hand hielt er noch den *Superman*-Band, den er mir vorgelesen hatte.

Wann er mir sein Sweatshirt gegeben hatte, wusste ich nicht, aber er musste die ganze Nacht über gefroren haben. Ich stand auf und streckte mich, total verkrampft von einer Nacht in einem verfallenden Baumhaus. Im Sonnenlicht sah es aus wie Tarzans Zuhause im Dschungel. Die Blätter und Weinranken, die sich an den Wänden entlangschlängelten, waren nass vom Regen der Nacht, und die Luft roch nach Erdnussbutter.

Ich rutschte näher an Lee heran und sah drei leere Butterbrotpapiere und ein halb gegessenes Sandwich neben den Comics. An Lees Lippen klebte etwas Erdbeergelee, und aus dem Mundwinkel tropfte etwas Speichel. Ich wollte ihn gerade wecken, als mir eine bessere Idee kam. Ich holte mein Handy heraus und machte ein Foto von ihm.

Dann tippte ich auf das Display, um es ihm zu schicken. Dazu schrieb ich: **Danke für die tolle Nacht.**

Ich saß ein paar Tage später im Chemieunterricht, als ich Lees nächste SMS bekam: **Heute Abend Kino, wir schleichen uns hinten rein.**

Unglücklicherweise hatte ich vergessen, mein Handy auf stumm zu schalten, sodass es laut piepte.

„Wessen Handy war das?“, fragte der Lehrer laut.

Erschrocken steckte ich das Telefon in meine Tasche, aber es war zu spät. Der Lehrer suchte mit scharfem Blick nach dem Schuldigen. Der Unterricht fand in dem einzigen Hörsaal der Schule statt, einem Raum mit ansteigendem Fußboden, sodass wir auf die Tafel und die große Tabelle des Periodensystems hinunterschauen mussten. Anders als in den normalen Stunden konnten wir uns in Chemie hinter niemandem verstecken. Mr. Mitchell konnte jeden Einzelnen von uns sehen.

Und er sah mich.

„Tut mir leid, Mr. Mitchell“, fing ich an, aber er unterbrach mich.

„Ist schon gut, Middie.“ Seine Stimme wurde ganz weich, als er erkannte, dass es sich um mein Handy gehandelt hatte. „Aber pass in Zukunft bitte besser auf.“

Gemurmel erhob sich in der Klasse, und Mr. Mitchell klopfte mit den Knöcheln auf sein Pult. „Das war keine Einladung für euch alle, das Quatschen anzufangen! Vor allem nicht nach der letzten Arbeit.“ Er funkelte uns an und kehrte zur Tafel zurück.

Hinter mir hörte ich Geflüster und dann jemanden, der sagte: „Sei nett. Es muss echt schwer für sie sein.“

Jemand anders schnalzte mit der Zunge. „Ich finde nicht, dass sie besonders traurig aussieht.“

Es tat weh, das zu hören, auch wenn eines der Mädchen mich verteidigte. Ich wollte mich zu ihnen umdrehen und sagen: *Muss ich durchgehend weinen, um den Schmerz zu fühlen? Glaubt ihr, es ist leicht, allem aus dem Weg zu gehen, das mich jeden Moment an Nate erinnert?* Aber ich tat es nicht. Ich hielt den Kopf gesenkt, ließ meine Haare über meine Augen fallen und zwang mich, nicht zu weinen.

Ein paar Stunden später traf ich mich vor dem Kino mit Lee. Es war eines der neueren Gebäude in der Stadt mit vier Sälen und einem stark frequentierten Getränkestand.

„Nicht die Hintertür", hatte er mir gesagt. „Sondern der Seiteneingang." Als ich ihn auf dem Parkplatz neben seiner Vespa fand, erklärte er: „Jeder, der sich ins Kino schleichen will, versucht es mit dem Notausgang auf der Rückseite." Er führte mich zu einem riesigen Abfallcontainer, der in der Nähe einer nichtssagenden schwarzen Metalltür ohne Griff stand, die, wenn sie geschlossen war, sich nahezu unsichtbar in den Rest des Gebäudes einfügte.

Und richtig, wir beobachteten sie einige Minuten und sahen, wie ein paar zehnjährige Jungs versuchten, sich durch den Notausgang ins Kino zu schleichen. Beinahe sofort wurden sie von einem der Platzanweiser in einer braunen Weste mit passender Hose hinauseskortiert.

„Keine Sorge", sagte Lee. „Das wird uns nicht passieren."

„Gott, das hoffe ich doch." Die Vorstellung, wie ein streunender Hund weggescheucht zu werden, war mehr als demütigend. „Also, was machen wir? Wie kommen wir rein?"

Wir gingen zur Wand, und Lee grinste manisch, als stünden wir kurz davor, in einen Geheimclub von Geistesgestörten aufgenommen zu werden. „Beobachte die Tür. Die Platzanweiser bringen zwischen den Vorstellungen den Müll raus. Wir haben ungefähr dreißig Sekunden von dem Zeitpunkt, an dem sie rauskommen, zum Müllcontainer gehen und sich umdrehen.“ Er wackelte mit den Händen in der Luft. „Mehr oder weniger.“

Ich versuchte, äußerlich ruhig zu bleiben, während mein Herz wie verrückt schlug. Ich war ein gutes Mädchen. Gute Mädchen schlichen sich nicht ohne zu bezahlen in Kinofilme. „Und was dann?“

Er lächelte, sodass in seinen Augenwinkeln kleine Fältchen erschienen. „So ernst, Meredith Daniels? Ich würde dich jederzeit mit in die Schlacht nehmen.“

„Mach einfach, bevor ich die Nerven verliere.“

„Übrigens, ich weiß es zu schätzen, dass du ganz in Schwarz gekleidet bist. Genau wie ein Ninja.“

„Das war nicht geplant!“ Schwarze Hosen und ein schwarzes Tanktop waren schlicht die einfachste Kombination gewesen. Und vielleicht hatte ich auch versucht, möglichst unauffällig auszusehen.

„Sobald wir drin sind, folge mir nach rechts.“ Lee malte eine unsichtbare Karte in die Luft. „Halte dich eng an der Wand, bis wir durch den Mitarbeitereingang durch sind und die Lobby erreicht haben. Dann ist alles gut. Wir sind hinter dem Kartenabreißer und können überallhin gehen.“ Er hielt inne und kaute auf seiner Unterlippe. „Bist du sicher, dass du das hinkriegst?“

„Ich bin ein Ninja, schon vergessen?“ Ich machte ein paar Karatebewegungen mit den Händen.

„Wenn du *Hai-ja!* sagst, lass ich dich sofort hier stehen.“

Neben uns ging die Tür auf, und ich hörte Lee leise jubeln. „Süß! Kleines Mädchen, große Mülltüte. Los jetzt.“ Er fasste nach meiner Hand und drückte sich flach gegen die Wand. Unsere Hüften berührten sich, unsere Schultern pressten sich gegeneinander. Meine Nase kribbelte, als ich den Zigarettenrauch in Lees Haaren und auf seiner Kleidung roch. *Liza raucht. Vermutlich sind sie heute zusammen gewesen.*

Die Metalltür schwang vollständig auf, und das Mädchen, das den Müll herausbrachte, klemmte mit dem Fuß einen Holzkeil unter die Tür, damit sie offen blieb. Sie war nur etwas über eins fünfzig, hatte stachelige, pinkfarbene Haare und sehr viele Piercings. Sie kämpfte mit dem Müllbeutel, schaffte es aber schließlich, ihn sich über die Schulter zu wuchten und zum Müllcontainer zu schleppen.

Einen Moment lang beobachtete ich sie, total fasziniert von der hübschen Zuckerwattefarbe ihrer Haare, bis ich Lee flüstern hörte: „Meredith! Komm jetzt!“ Er war bereits an der Tür und wartete mit ausgestreckter Hand auf mich. Doch mir war, als steckten meine Füße in Zement fest; ich konnte sie nicht bewegen. Das Mädchen war am Müllcontainer und kämpfte mit dem schweren Deckel, aber das würde nicht lange dauern. Ich musste mich bewegen – jetzt oder nie.

Ich stürzte mich in dem Moment auf Lee, als das Mädchen sich umdrehte und uns beide sah. Sie riss die Augen auf und stemmte die Hände in die Hüften. „Hey! Das könnt ihr nicht machen!“

Ein Teil von mir wunderte sich, dass ein so unangepasstes Mädchen wie sie uns anschrie, während ein anderer Teil von mir dachte: *Los! Jetzt!* Ich rannte zu Lee, und er zog mich an der Wand entlang ins Kino und durch den Mitarbeitereingang. Grinsend vor Erleichterung stolperten wir in die Lobby.

Ich schaute mich um und erwartete halb, von einem Schwarm Platzanweiser eingekreist zu werden, aber es kam niemand. Die Menschen standen in langen Schlangen für Popcorn an, aber wir waren sicher hinter der Absperrung. Bevor das pinkfarbene Mädchen uns finden konnte, eilten wir in den nächstgelegenen Kinosaal. Wir nahmen die ersten freien Sitze, die wir fanden, und machten uns ganz klein. Ich wusste nicht, was gezeigt wurde, aber es war irgendein Actionfilm. Autoreifen quietschten und Hupen dröhnten. Ein Alienraumschiff flog durch die

Luft und feuerte mit Lasern auf die Menschen, die in Deckung liefen.

Im Dunkeln grinste Lee, und seine weißen Zähne schimmerten in der Luft zwischen uns. „Muss wohl der Kostümfilm sein, von dem alle sprechen“, flüsterte er vergnügt.

Ich war total aufgedreht – ich hatte es tatsächlich geschafft, mich in einen Film zu schleichen. Es machte mich richtig glücklich, dass Lee so glücklich war. Vermutlich hätte es das nicht tun sollen, aber so war es nun einmal.

„Gib mir dein Handy“, sagte er leise. „Ich will das hier für die Ewigkeit festhalten.“

Ich schüttelte den Kopf. „Nein, wir sind gerade erst reingekommen. Ich will nicht gleich wieder rausgeworfen werden.“

Er verzog das Gesicht. „Spielverderber.“ Dann hielt er seine Hand vor uns und neigte seinen Kopf näher zu meinem. „Klick“, flüsterte er, als würde er ein echtes Foto schießen. „Hab dich.“

12. KAPITEL

„Oh mein Gott, endlich!“, rief Haley, als ich an meinen Spind kam, um die Bücher für die erste Stunde herauszuholen. Sie beugte sich zu mir. „Wo warst du denn die ganze Zeit?“

Ich schaute mich um. „Äh … in der Schule?“

„Nein, warst du nicht. Das weiß ich so genau, weil ich die ganze letzte Woche hier war …“, sie zeigte erst auf ihre Brust und dann auf meine, „… und du nicht.“

Es war keine ganze Woche gewesen. Das konnte nicht sein. Haley übertrieb mal wieder. „Du bist verrückt, Haley. Wo sollte ich sonst gewesen sein?“

Sie drückte ihre Büchertasche an die Brust und beugte sich noch ein Stück vor. „Im Kino. Mit Lee Ryan.“

Ich spürte, dass ich rot wurde, und steckte meinen Kopf in meinen Spind, um dem forschenden Blick meiner Freundin auszuweichen. „Wo hast du das denn gehört?“

„Klein? Pinke Haare? Das ist die Freundin von meinem Bruder Cal.“

„Du kennst sie?“

„Sie kennt *dich*. Was hast du dir nur dabei gedacht? Dich einfach so ins Kino zu schleichen …“ Sie schüttelte den Kopf. „Das klingt wie etwas, das *ich* machen würde, aber du?“

Ich zog meinen Kopf aus dem Spind und schaute Haley ernst an. Sie trat ein Stück zurück. Ich wollte so gerne fragen: *Warum nicht ich?* Aber stattdessen schloss ich die Spindtür und bemühte mich, sie nicht zuzuknallen. „Ziemlich heiß heute, oder?“, sagte ich. „Als wäre wieder Sommer. Altweibersommer.“

Haley presste die Lippen fest aufeinander. Sie war sauer, aber sie wollte es nicht sein. Ich hatte Geheimnisse vor meiner besten Freundin, und das gefiel ihr nicht. Mir auch nicht.

„Gehen wir zusammen zum Unterricht?“

Sie nickte ein wenig misstrauisch, und wir gingen schweigend den Flur hinunter. Vor dem Klassenzimmer blieb sie stehen. „Aber was ist mit Lee?“

Bei der Erwähnung seines Namens fluteten Bilder mein Gehirn: die Wanderung zum Wasserfall, die Nacht im Baumhaus … Geheimnisse, die ich nicht mit ihr geteilt hatte.

Ich zuckte mit den Schultern. „Er war Nates Freund.“

„Und …?“

„Er war auch für mich da.“ Ich konnte sie nicht anschauen. Es ging einfach nicht. Ich wusste, dass die Frage in ihren Augen mir unangenehm wäre. Sie könnte nicht anders, sie *müsste* mich einfach fragen. Das taten beste Freunde nun mal. Eine andere Schülerin hielt Haley an der Tür auf und fragte etwas wegen des Hockeytrainings. Ich nutzte die Gelegenheit, mich wegzuschleichen und mir einen Platz ganz hinten im Klassenraum zu suchen.

Unsere Lehrerin Ms. Delaney drängte sich mit einem gehetzten „Entschuldigung“ durch die Schüler, die an der Tür standen, und als der erste Gong ertönte, tippte sie mit den Fingern lässig an das Schild vorne im Raum: eine Schwarz-Weiß-Zeichnung von einem altmodischen Klapphandy in einem roten Kreis mit einem fetten roten Strich quer durch. Rasch griff ich in meine Tasche, um mein Handy zu suchen und es auszuschalten.

Und sah, dass ich eine Nachricht von Lee hatte: **Hab heute frei, hast du Zeit?**

Ich schaute zur Uhr hinauf, auf den roten Zeiger, der die Minuten herunterzählte, bis der zweite Gong ertönte und alle auf ihren Plätzen sitzen mussten, bereit, „Anwesend“ zu schreien. Meine Hände, die das Telefon hielten, zitterten, als ich auf die SMS starrte.

Antworten oder ignorieren?

Auf der anderen Seite des Raumes lachte Haley über einen Witz ihrer Hockeykollegin. Hinter mir tippten andere Schüler letzte Nachrichten, bevor sie ihre Handys ausstellten. Die Lehrerin fuhr ihren Kindle herunter. Der rote Zeiger erreichte die Neun, die Zehn …

Trockene, knisternde Hitze blies durch die Fenster und von Körper zu Körper. Plötzlich war es wieder Sommer – wenigstens für einen oder zwei Tage.

Meine Finger tippten schnell: **Ja.**

Beinahe sofort kam seine Antwort: **Ich stehe draußen.**

Ich zögerte nur den Bruchteil einer Sekunde, dann erhob ich mich in dem Moment vom Stuhl, in dem der letzte Glockenschlag durch den Flur hallte. „Ms. Delaney, ich muss weg …“

„Middie, wieso …“ Sie sprach parallel zu mir.

„… weil ich mich nicht gut fühle …“

„… sitzt du nicht auf deinem Stuhl …“

„… meine Mutter holt mich ab …“

„… wo du doch weißt, dass wir gleich anfangen …“ Sie hielt inne. Blinzelte ein paar Mal mit ihren grauen Augen hinter der rechteckigen Brille. „Oh. Ja. Natürlich. Nimm dir so viel Zeit, wie du brauchst.“

Ich sammelte meine Bücher und meine Tasche ein und eilte aus dem Raum, wobei ich Haleys laserähnlichem Blick gezielt auswich. Auf keinen Fall durfte ich vergessen, mein Handy auszuschalten – bestimmt schickte sie mir ein paar Nachrichten mit bohrenden Fragen.

Lee wartete vor der Schule auf mich, und mir kam die flüchtige Erinnerung an den Tag, an dem ich von Nates Tod erfahren und Lee mich hier weggebracht hatte. War das schon so lange her?

Ich sprang auf die Sitzbank der Vespa und hielt mich ohne ein Wort an dem Chromgriff fest. Die Luft war so trocken wie Staub – sie knisterte unter den letzten Anstrengungen des Sommers, ein Versprechen von Maiskolben und Kürbissen und heißer Schokolade mit Marshmallows lag in der Luft. Der Herbst war im Anmarsch, aber noch nicht heute.

Irgendwann bog Lee auf einen schmalen Weg ab, und ich hatte das Gefühl, dass ich die Gegend kannte; nach Einbruch der Dunkelheit war ich hier schon mal gewesen, doch bei Tageslicht sah sie ganz anders aus. Wir waren in Dayton Feed, wo wir vor sechs Wochen unsere Kick-off-Party zum Abschlussjahr gefeiert hatten. Vor uns lag die riesige Scheune, deren Wände grau und verwittert waren. Trockene Büsche wucherten über das Namensschild.

Lee sauste an der Scheune vorbei weiter in Richtung des hinteren Teils der Farm. An einem rostigen Zaun vor uns hing ein Metallschild mit der Aufschrift *Betreten verboten*. War ja klar, dachte ich grinsend. Wo sollte Lee sonst hinfahren, wenn nicht an einen Ort, der verboten war?

Wir stellten die Vespa ab und sprangen behände über den Zaun. Der Weg führte durch Büsche und Zweige und Bäume zu einem Badesee, an dem ich noch nie zuvor gewesen war. Aus einem fröhlich gluckernden Fluss floss Wasser zwischen zwei Felswände und kühlte die Luft und das begrünte Ufer. Das natürliche Becken war nicht so tief wie das unter dem Wasserfall, aber es war breiter und ruhiger.

Die Einsamkeit, die feuchte Luft, die Brise auf meiner Haut – es war wunderschön.

Lee zog seine Turnschuhe und Socken aus und warf sie über einen Ast. „Willst du reingehen?"

„Ich habe keinen Badeanzug dabei."

„Ich auch nicht." Er fasste nach dem Saum seines T-Shirts und zog es über den Kopf, als wäre ich gar nicht da. Verglichen mit Nate war er ziemlich mager, und seine Schultern waren auch nicht so kräftig. Er merkte, dass ich guckte, und grinste. „Ja, ich bin ein echter Kerl, was?" Er zuckte lässig mit den Achseln. „Was soll's. Eines Tages wird mein Typ in Mode sein, und alle wollen so aussehen wie ich."

Okay. Also Nacktbaden.

Könnte ich das?

Ich schaute an mir hinunter; ich hatte mich heute Morgen für ein marineblaues, langärmliges T-Shirt und dunkelblaue Jeans entschieden, weil ich nicht gewusst hatte, wie warm es werden würde. Die schwere Baumwolle klebte mir schweißfeucht am Rücken, meine Achseln waren verschwitzt, und es wäre herrlich, jetzt ins Wasser zu springen.

Ich hörte, wie Lee seinen Gürtel öffnete, und schloss schnell die Augen. Aber er war so nett, sich hinter einen Busch zurückzuziehen, um sich seiner restlichen Kleidung zu entledigen.

Ich fing mit meinen Schuhen an, streifte erst den einen, dann den anderen ab. Dann zog ich meine Strümpfe aus. Hose oder Shirt? fragte ich mich. Was sollte ich zuerst ausziehen?

Ausziehen? kreischte eine kleine Stimme in meinem Kopf auf. Ich konnte mich doch nicht vor einem Fremden ausziehen!

Aber er war kein Fremder. Er war jetzt ein Freund. Und er war selbst beinahe vollständig ausgezogen. Ich zog mein Hemd aus, schlüpfte aus meiner Jeans und hielt inne. BH und Slip anbehalten? Dann musste ich hinterher meine Jeans über feuchte Unterwäsche anziehen, und das klang gar nicht gut. Also streifte ich schnell alles ab, bevor Lee hinter dem Busch hervorkam.

Ich rannte los, watete so weit ins Wasser, bis es mir zur Taille ging, und tauchte dann unter, sodass ich bis zum Hals bedeckt war. Anfangs war es kalt, aber es dauerte nicht lange, bis ich mich an die Temperatur gewöhnt hatte. Ich legte meinen Kopf nach hinten, um meinen Pferdeschwanz nass zu machen, und spürte, wie die Hitze von mir abstrahlte wie Dampf von heißem Asphalt.

Einen Moment später tauchte Lee hinter den Büschen auf. Ich drehte meinen Kopf, doch dann sah ich …

„Du hast noch deine Unterhose an!“, rief ich und zeigte auf seine grün karierte Boxershorts.

Er riss schockiert, aber auch erfreut die Augen auf. „Und du … nicht?“ Er rieb die Hände aneinander wie ein Fiesling in einem Comic. „Das ist so viel mehr, als ich erwartet hatte!“

„Nein! Nein, nein, nein. Das ist nicht fair!“, rief ich.

„Meredith Daniels, warum zum Teufel hast du dich ganz ausgezogen?“

„Weil ich dachte … ich dachte … du würdest das auch tun?“

Lee kam auf mich zu, eine Augenbraue galant hochgezogen. „Ich glaube, da war der Wunsch Vater des Gedankens“, sagte er. „Du *wolltest* mich nackt sehen.“

Meine Wangen brannten. „Oh guter Gott, nein“, sagte ich. „Nichts könnte mir ferner liegen.“

Ach wirklich? fragte die kleine Stimme.

Halt die Klappe, kleine Stimme.

Lee drehte sich um und verschwand wieder in den Büschen.

„Warte! Wo gehst du hin?“ Ich hatte die Worte kaum ausgesprochen, da sah ich auch schon seine Boxershorts über den Busch fliegen. „Oh mein Gott …“ Ich ließ mich ganz unter Wasser sinken, weil ich wusste, was als Nächstes kommen würde. Wie lange könnte ich wohl den Atem anhalten? Zwanzig Sekunden? Dreißig? Eine Minute?

Ich hörte ein leises Platschen und spürte, wie das Wasser um mich herum sich bewegte. Langsam hob ich den Kopf, ein Auge fest zugekniffen, als wenn es irgendwie weniger schockierend wäre, ihn nur mit einem Auge nackt zu sehen als mit beiden.

Lee watete bis zur Taille ins Wasser …

Nun ja, fast bis zur Taille.

Die Röte breitete sich auf meinem Hals und meiner Brust aus, und ich dankte Gott, dass ich beinahe vollständig unter Wasser war. Ich hatte keine Ahnung, wie viel meines Körpers rot angelaufen war.

Lee paddelte wie ein Hund um mich herum. „Bist du jemals hier gewesen?"

Ich schüttelte den Kopf. „Nö."

„Hast du je zuvor nackt gebadet?"

„Würdest du bitte aufhören, solche Worte zu benutzen?" Ich schlang meine Arme um mich, sorgfältig darauf bedacht, ja keinen Körperkontakt mit Lee zu riskieren.

„Also nein."

„Richtig. Nein."

Seine Kreise wurden immer enger und enger; er war nur noch einen knappen Meter von mir entfernt und kam näher. Es war, als forderte er mich heraus, wegzuschwimmen. Oder eben auch nicht ...

Ich schwamm in einer Art Bruststil, bis meine Knie den Boden berührten. Dann kraulte ich an das felsige Ufer, wobei ich darauf achtete, dass alle wichtigen Körperteile immer noch bedeckt waren. Hier war das Wasser seichter, und ich konnte bequem auf dem sandigen Boden sitzen.

Lee fing an, ernsthaft zu schwimmen. Ab und zu durchbrach sein nackter Hintern die Wasseroberfläche und erlaubte mir einen Blick auf seine schockierend weiße Haut.

„Hey, Meredith!", rief er zwischen zwei Atemzügen. „Willst du mal sehen, wie ich rückenschwimme?"

Ich hob die Hand vor die Augen, weil ich mir selbst nicht vertraute, dass ich sie zumachen würde. „Nein!"

„Sicher? Ich bin darin wirklich gut ..."

„Nein, nein, nein, nein!"

Er paddelte zu mir herüber und kniete sich auf den Boden. Seine Brust befand sich oberhalb des Wassers. Sie war glatt und feucht, trocknete unter der Sonne aber schnell. „Ich kann nicht glauben, dass du dich vor mir ausgezogen hast", sagte er mit einem Seitenblick auf mich. „Normalerweise muss ich die Mädchen dazu immer lange überreden."

Er wollte, dass ich rot wurde. Aber das würde ich ihm vermasseln. „Zuerst einmal habe ich mich nicht *vor* dir ausgezogen …"

„Glaubst du wirklich, die drei Zweige wären ein blickdichter Sichtschutz gewesen?", fragte er.

„Und zweitens, ich dachte, dass *du* dich ausziehst, und ich wollte nicht, dass du der einzige Freak im Teich bist."

„Ah, das ist so süß von dir. Du wolltest nicht, dass ich alleine nackt bin."

Von der anderen Seite des Teiches klang das Klingeln meines Telefons herüber. Die ersten drei Töne von Haleys Disco-Klingelton.

„Ich hole es." Er wollte aufstehen, aber ich griff ihn schnell an der Schulter und drückte ihn wieder ins Wasser.

„Nein!"

„Okay, hol es dir selber."

„Sie kann mir eine Nachricht hinterlassen."

Lee beschirmte seine Augen und schaute übers Wasser, als wenn er von hier aus mein Handy sehen könnte. „Du kannst nicht für immer hierbleiben."

„Ich weiß."

„Dann wirst du ganz runzelig." Er schnalzte mit der Zunge. „Wie deine Mama."

Ich bespritzte ihn mit Wasser. „Was?"

„*Was* was? Hast du mich nicht gehört? Ich habe gesagt …"

„Ich weiß, was du gesagt hast, und das war gemein."

„Meine Güte", sagte er gedehnt. „Ich habe doch nur einen Witz gemacht." Er bespritzte mich ebenfalls mit Wasser, das mir sofort in die Nase stieg.

Ich hustete und rief: „Leck mich, Ryan!", wobei ich mit beiden Händen Wasser in seine Richtung schaufelte.

Er machte es mir nach. „Leck mich, Daniels!"

So ging es eine Weile hin und her, begleitet von kindischen Beleidigungen, und vielleicht gab es einen kurzen Blick auf etwas Haut oder einen Körperteil, den ich nicht hatte zeigen wollen, aber es war ja auch nicht so, als wenn Lee irgendetwas bedeckt halten konnte.

„Ihr könnt uns alle mal!", rief Lee. „Und leck mich, Nate Bingham!" Sein Ruf hallte von den felsigen Wänden des Badeteichs wider.

Ich hielt mitten in der Bewegung inne. Ich war nur teilweise untergetaucht, Kopf und Schultern befanden sich oberhalb der Wasseroberfläche, also ließ ich mich schnell auf die Knie sinken, um mich zu verstecken. „Lee …"

Lee schlug mit den Händen hart auf das Wasser, was eine Flutwelle in Richtung des anderen Ufers auslöste. „Nate …" Er drehte sich zu den Felsen um, und ich hörte, dass seine Stimme brach.

„Das war so eine dumme Idee, nach Honduras zu gehen." Er schlug erneut nach dem Wasser. „Eine dumme Idee, sich dafür zu melden." Und noch ein Schlag. „Das habe ich ihm gesagt. Ich meine, wer verdammt noch mal interessiert sich für Kinder in dem Scheiß-Honduras, oder? Wen interessiert's?" Lee reckte seine Arme in die Höhe, als stellte er diese Frage dem Universum.

Mir lief ein Schauer über den Rücken, und ich blieb so reglos, wie es mir möglich war. „Nate hat es inte…"

Lee wirbelte herum und zeigte mit dem Finger auf mich. „Nein, hat es nicht. Es hat ihn nicht interessiert." Seine Augen waren rot gerändert, und das Wasser rann ihm wie dicke Tränen über die Wangen. „Er hat sich dafür interessiert, aufs College zu gehen und Medizin zu studieren …"

„Und dieses Jahr hätte ihm helfen sollen, das zu erreichen!"

„Nein!" Lee schüttelte den Kopf. „Er hätte hierbleiben und Unmengen an anderem Kram tun können, der genauso hilfreich gewesen wäre. Er hätte nicht gehen müssen. Verdammt soll er sein. Verdammt." Er ließ sich ins Wasser sinken, bis es über seinem Kopf zusammenschlug. Ein paar Blasen stiegen an die Oberfläche und hörten dann auf.

Ich wartete. Wenn ich den Atem eine Minute lang anhalten konnte, wie lange konnte er es dann? Die Luft war ruhig und still; nichts störte die Einsamkeit. Bei dem Gedanken, dass Lee ertrinken könnte, bekam ich Panik – könnte er wirklich? Könnte er sich durch pure Willenskraft dazu bringen, zu ertrinken? Wir waren Meilen entfernt von jeglicher Hilfe. Keine Menschenseele ahnte auch nur, dass wir hier waren.

Eine zweite Minute verging und dann beinahe eine dritte, aber Lee blieb unter Wasser.

Das war's. Ich tauchte nach ihm, zog ihn nach oben und schob ihn in Richtung Ufer. Dann beugte ich mich über ihn und drückte mit beiden Händen fest auf seine Brust, bereit, ihm eine Herzmassage zu geben.

Seine Lider flogen auf, und er hustete ein paar Mal, wobei er Wasser ausspuckte. Dann drückte er sich vom Boden ab und setzte sich hustend auf.

Ich paddelte ein wenig von ihm weg. „Jetzt sind wir quitt. Du hast meinen Hintern gerettet …"

„… und du hast meinen wabbeligen weißen Hintern gerettet."

Er wollte sich mit einem Witz aus der Affäre ziehen, aber das ließ ich nicht zu. „Was war das? Was zum Teufel hast du dir dabei gedacht?"

Er zuckte schweigend mit den Schultern.

„Und dieser Scheiß über Nate. Warum hast du das gesagt?"

Er versuchte, von mir wegzuschwimmen, aber ich packte seinen Arm und zwang Lee, mich anzuschauen. „Warum bist du so wütend?"

„Middie, du bist die Freundin."

„Und? Was soll das bedeuten?"

Er seufzte und wand sich. „Du hast eine Million Leute, die

sich um dich kümmern, sich um dich sorgen. Aber wer bin ich? Hm? Ich bin niemand."

„Du warst sein Freund."

„Sein *bester* Freund. Mein Herz ist genauso gebrochen wie deins. Und es gibt keinen einzigen Menschen, den das interessiert." Er wischte sich mit der Hand über die Augen, als wollte er die Gefühle ausradieren, die ich darin so deutlich sehen konnte.

Diese Seite von sich hatte Lee mir noch nie zuvor gezeigt. Ich wollte die Hand nach ihm ausstrecken, ihn wissen lassen, dass es *mich* interessierte.

Wir schwebten Seite an Seite im Wasser, so unglaublich nah beieinander.

Aber Lee konnte einfach nicht zulassen, dass eine Unterhaltung ernst blieb. „Hey, danke noch mal, dass du dich mit mir zusammen nackig gemacht hast. Das war super. Sehr therapeutisch."

„Gern geschehen."

„Wenn du das jemals wieder machen willst, musst du nur …" Er machte eine Geste, als telefoniere er, und formte mit dem Mund die Worte: *Ruf mich an.*

„Aha."

Ich folgte ihm zur anderen Seite und beugte mich vor, um mich zu bedecken. Lee sollte mich nicht sehen, wenn ich aus dem Wasser stieg, mich abtrocknete und anzog. Als er am Ufer ankam, sprang er aus dem Wasser, rannte zu dem Gebüsch, hinter dem er seine Kleidung liegen hatte, und verschwand außer Sichtweite.

„Mach die Augen zu!", rief ich ihm zu. „Ich komme jetzt raus."

„Bitte. Du hast nichts, was ich nicht schon mal gesehen habe."

„Vielleicht ja doch."

„Und was? Einen dritten Nippel? Einen Extrazeh?“ Sein Kopf tauchte auf. „Also, *das* würde ich dann wirklich gerne sehen.“

„Hör auf. Mach die Augen zu. Und zwar jetzt“, knurrte ich. Ich wartete, bis er wieder komplett hinter dem Busch verschwunden war, dann schnappte ich mir meine Klamotten und stolperte zu dem breitesten Baum, den ich finden konnte. Ich war klitschnass und wollte nur ungern meine trockenen Sachen darüberziehen, aber ich hatte keine andere Wahl. Als ich mich schließlich angezogen hatte, trat ich hinter dem Baum hervor und fand Lee, der düster auf den Bach starrte. Ich hatte das Gefühl, als würde ich bei etwas stören.

„Können wir los?“, fragte ich, während ich meine Tasche hochhob und dabei einen kurzen Blick auf mein Handy warf. *Zehn* SMS von Haley und zwei Nachrichten auf der Mailbox.

Lee nickte, und wir gingen durch den Wald zurück zu seiner Vespa. „Danke, dass du mitgekommen bist.“

„Heißt das, du wolltest immer mal mit Nate nacktbaden?“, zog ich ihn auf.

Lee wirkte überrascht. „Ich wollte immer mal zu dieser Badestelle gehen“, sagte er. „*Du* hast daraus ein Striplokal gemacht.“

Ich lachte. Wir traten von der Kühle des Waldes in die brutale Hitze des Nachmittags. „Willst du ein Foto, um dich an diesen Moment zu erinnern?“, fragte ich, als wir weiter zur Vespa gingen.

Er grinste. „Ja. Okay. Aber nimm dieses Mal meine Schokoladenseite.“ Er beugte seinen Kopf zu mir, und ich hielt das Handy vor uns. Seine warme Wange lag an meiner kalten. Der Geruch von frischem Quellwasser hing an seinem Gesicht und seinen Armen. „Sag mal nackt cheese!“

Ich brach in lautes Lachen aus und schloss in dem Moment die Augen, als die Kamera auslöste. *Oh ja, das wird ein Superfoto.*

13. KAPITEL

Ein paar Tage später suchten Haley und ich uns einen Weg durch die voll besetzte Cafeteria, während der Schülerrat den Raum für Halloween dekorierte. Schwarze und orangefarbene Kreppbänder waren kreuz und quer gespannt, und an den Wänden tanzten Papierskelette.

„Du hast also viel gelernt, oder was?“, fragte Haley, als wir glitzernden schwarzen Katzen aus Krepppapier auswichen.

„Chemie“, sagte ich und errötete beinahe, als ich an das Nacktbaden mit Lee dachte. „Das ist echt eine Menge Stoff.“

„Aha.“

„Ich brauchte einfach ein bisschen Ruhe, deshalb habe ich mein Handy ausgeschaltet“, fuhr ich fort. „Und deshalb habe ich deine Nachricht auch erst so spät gesehen.“

Haley setzte sich auf einen Stuhl an unserem Tisch. Ich fand’s furchtbar, meine beste Freundin anzulügen, aber ich wusste, es würde sie nur wütend machen, wenn sie die Wahrheit wüsste. *Lernen* war definitiv akzeptabler als *Nacktbaden mit Lee.*

„Nachricht*en*“, sagte sie mit Betonung auf der letzten Silbe. „Ja, okay. Solange es dir gut geht.“ Sie hielt meinen Blick einen Moment lang fest und musterte mich, während sie ihren Lunch auspackte. „Du siehst … ich weiß nicht … erholt aus.“

Ich nickte und schaute schnell in meine eigene Lunchtüte, bevor Haley mir noch mehr vom Gesicht ablesen konnte. „Ich habe ein bisschen besser geschlafen die letzten Nächte.“

Haley lächelte. „Gut. Schlafen ist sehr gut.“

„Hey! Habt ihr die Deko gesehen?“ Katrina setzte sich uns gegenüber an den Tisch, Sekunden später folgte Debra.

„Ich glaube, die große Kürbislaterne ist dieses Jahr neu“,

merkte Haley an und nickte in Richtung des Eingangs der Cafeteria, wo ein paar Mädchen sich mit einem großen Schaumstoffkürbis abmühten. „Süß."

„Halloween ist mein Lieblingsfeiertag", sagte Katrina, als wenn wir das nicht alle schon wüssten.

„Weil wir alles feiern, was orange ist? Wie deine Haare?", zog Debra sie auf.

„Haha. Ich habe an dem Geisterhaus gearbeitet." Sofort zog Katrina ganz geschäftsmäßig ein kleines Schreibheft aus ihrer Tasche und schlug es auf einer Seite auf, die mit blauer Schrift vollgekritzelt war. Sie schob ihren Salat zur Seite, um Platz zu haben.

Jedes Jahr arbeiteten sie, Debra und Haley freiwillig im Geisterhaus, um Geld für örtliche Wohltätigkeitsorganisationen zu sammeln. Sie verkleideten sich als Hexen und Vampire und erschreckten die Kinder und ihre Eltern, die ein paar Dollar zahlten, um durch ein altes Haus zu wandern, das aussah wie von der Addams Family.

„Ich will dieses Jahr keine Hexe sein", sagte Haley. „Ich wäre lieber ein Zombie."

Katrina konsultierte ihre Aufzeichnungen. „Okay, ich denke, das kriegen wir hin."

„Oh, ich auch!", sagte Debra.

„Ihr könnt nicht beide Zombies sein."

„Warum nicht?"

„Weil ich auch ein paar Hexen brauche. Jedes Spukhaus braucht eine Hexe."

Ihr fröhliches Gestreite über Kostüme und Make-up erinnerte mich daran, dass ich dieses Jahr Halloween nicht mit Nate im Haus seiner Eltern Süßigkeiten verteilen würde. Vielleicht war es an der Zeit, etwas Neues auszuprobieren.

„Hey, ich kann eine Hexe sein", hörte ich mich sagen. Die Mädchen schauten mich an.

„Wirklich?“, fragte Katrina. Als ich nickte, zückte sie ihren Stift und fing an, sich Notizen zu machen. „Super.“

Ich spürte Haleys fragenden Blick. „Echt? Du hast doch noch nie beim Geisterhaus mitgemacht.“

„Dieses Jahr ist anders, weißt du? Ich will etwas Neues probieren.“

Haley strahlte mich an und sah aus, als hätte sie gerade im Lotto gewonnen. „Du wirst so viel Spaß haben. Das verspreche ich dir!“

„Oh ja! Das wird großartig“, warf Debra ein. „Wir erschrecken die ganzen Kinder …“

„Und ihre Eltern auch!“, ergänzte Katrina. „Erinnert ihr euch an den Kerl letztes Jahr? Der ist total ausgeflippt, als Haley aus dem Schrank gesprungen ist. Ich dachte, er kriegt einen Herzinfarkt.“

Den Rest der Mittagspause über sprachen wir über unsere Kostüme und Frisuren, wie man sich echt aussehende Wunden schminkte, ob man die Umhänge leihen oder kaufen sollte und so weiter. Debra und Haley würden als Zombies gehen und in zerrissenen Kleidern und schlammbespritzten Schuhen durchs Haus wandern, während ich Haleys Platz als Hexe im Schrank einnehmen und nichts ahnende Besucher erschrecken würde.

Je mehr Katrina mir darüber erzählte, desto mehr Zweifel bekam ich, ob das wirklich mein Ding war. Konnte ich das überhaupt? Oder würde ich mich und meine Freundinnen zum Narren machen? Gerade, als ich meinen Mund aufmachte, um mein Angebot zurückzuziehen, sagte Katrina: „Das ist unser letztes gemeinsames Spukhaus!“

„Und unser letztes gemeinsames Halloween“, meinte Haley.

Ich schaute mich am Tisch um und sah meine drei besten Freundinnen an. Die Zweifel lösten sich in Luft auf. Natürlich konnte ich eine Halloween-Hexe sein. Die Glocke erklang, aber wir waren immer noch ganz in das Geisterhaus versunken.

„Ich zeige dir, wie du am besten aus dem Schrank springst", sagte Haley zu mir, während wir aus der Cafeteria gingen. „Du solltest anfangen, ein paar Kniebeugen zu machen, um dich vorzubereiten."

„Ja, das wird ein langer Abend", sagte Debra.

„Aber das ist es so was von wert." Katrina grinste. „Das wird super!"

„Woo-hoo!", rief Haley, und dann sah sie mich an und hob meine Hand, um mit mir abzuklatschen. „Das stimmt. Woo-hoo!"

Ein Hexenkostüm zusammenzustellen war wesentlich schwerer, als ich mir vorgestellt hatte, aber zum Glück half Emma mir beim Nähen, wobei ich vermutlich mehr Zeit damit verbrachte, ihr zu zeigen, wie man nähte, als dass sie tatsächlich nähte. Sie hatte außerdem sehr viele Vorschläge, wie ich schreien und „Buh!" sagen könnte.

„Du kannst an mir üben", bot sie an.

„Willst du im Spukhaus nicht überrascht werden?"

Sie schüttelte den Kopf. „Nein, solche Überraschungen mag ich nicht." Sie drohte mir mit dem Finger. „Und sei nicht zu furchteinflößend."

Ich schluckte mein Lachen hinunter und gab ihr ernst ein Versprechen: „Nicht zu furchteinflößend. Verstanden."

Als Halloween da war, hatte ich das Gefühl, gut vorbereitet zu sein. Ich trug eine verrückte schwarze Perücke mit weißen Strähnen, einen spitzen Hut, der über meine Ohren ging, und ein schweres Samtcape, das ich mir von Katrina geliehen hatte. Ein schwarzes Kleid von Debra zu hochhackigen Stiefeln vervollständigte das Outfit, aber der Look war erst komplett, als ich meine Wangen mit grünstichigem Make-up schminkte und mir die Lippen grau anmalte.

Lee schickte mir eine Nachricht, als ich mir gerade eine falsche Warze ans Kinn klebte. **Süßes oder Saures?**

Ich schickte ihm schnell ein Foto von der Warze zurück.

Seine Antwort: **Da müssen mehr Haare dran.**

Lachend antwortete ich: **Igitt.**

Das muss ich sehen. Wo?

Ich schickte ihm die Adresse und schrieb dazu: **Du kannst Liza mitbringen.**

Vielleicht.

Vielleicht würde er kommen? Oder vielleicht würde er Liza mitbringen? Bevor ich ihm zurückschreiben konnte, schien mein Handy förmlich zu explodieren, so viele Anrufe und Nachrichten kamen rein – Katrina war auf dem Weg, um uns alle abzuholen, damit wir gemeinsam am Geisterhaus ankommen und uns auf dem Weg dorthin noch mal „einschwören" konnten. Vermutlich wollte sie einfach nur sichergehen, dass keine von uns zu spät kam, wie Debra angemerkt hatte, aber die Nachrichten flogen hin und her.

Debras und Haleys Zombie-Make-up war fantastisch. Sie waren einem Online-Tutorial gefolgt, um den genau richtigen Grad an untot hinzubekommen, und hatten ein paar alte Jeans und Flanellhemden zerfetzt, die sie über zerrissenen T-Shirts trugen. Beide sahen aus, als wären sie während der Nirvana-Grunge-Ära gestorben. Katrina war ein Vampir, hatte ihre Haare toupiert und mit Haarspray eingesprüht, bis sie wie ein luftiges rotes Nest aussahen.

Um uns in Stimmung zu bringen, ließ Haley uns alle singen: „This is Halloween", was das einzige Halloweenlied war, das ich kannte – außer „Thriller" natürlich. Als wir ankamen, riefen wir aus vollem Hals: „Halloween! Halloween! Halloween!", und schwitzten bereits unter unserer kunstvoll aufgetragenen Schminke.

„Oh mein Gott, da ist schon eine Schlange“, sagte Debra, als Katrina den Wagen abstellte. Und tatsächlich, eine lange Reihe von Kindern mit ihren Eltern schlängelte sich vom Eingang bis weit über den Bürgersteig. „Das müssen mindestens fünfzig Leute sein, und es ist noch nicht mal dunkel.“

Beim Anblick der vielen Kinder wurde ich nervös. War ich furchteinflößend genug? Oder zu sehr? Ich spürte Haley an meiner Seite, fühlte, dass sie meinen Arm drückte. „Ich bin so froh, dass du dabei bist“, flüsterte sie. „Das wird ein Heidenspaß.“

Ein Bild tauchte vor meinem inneren Auge auf. Die kleinen Kinder, die an Halloween bei Nates Haus vorbeigekommen waren. Während seine Eltern mit seinem Bruder und seinen Schwestern durch die Nachbarschaft gezogen waren, waren wir zu Hause geblieben, um die Süßigkeiten zu verteilen und auf der Couch rumzumachen.

Ein wenig sehnsüchtig betrachtete ich die Kinder in ihren Kostümen. Das hier war eine ganz neue Halloween-Erfahrung, so viel war sicher. Aber ich war dafür bereit. Ich wollte es. „Ich bin auch froh!“, flüsterte ich und drückte ihren Arm.

Der Wind frischte auf und wirbelte trockenes Laub über den Weg – Mutter Naturs ganz eigener Special Effect. Als wir näher zum Haus kamen, hörten wir das von Menschen erzeugte Stöhnen und Knacken; Trockeneisnebel verlieh dem Weg etwas Gruseliges und sorgte dafür, dass die Luft sich eiskalt anfühlte.

Im Inneren des Hauses hingen falsche Spinnweben von den Deckenbalken, und fette Kunststoffspinnen fraßen fette schwarze Kunststofffliegen. Der Flur war an einigen Stellen stockdunkel, nur ein paar elektrische Kerzen in ausgehöhlten Kürbissen spendeten ein wenig Licht. Haley kicherte neben mir, und ihr nervöses Lachen war ansteckend.

„Das ist unglaublich!“, flüsterte sie laut. „Findest du es nicht auch toll?“

„Oh Gott, ja, ich find's großartig!"

„Hi!" Zwischen unseren Schultern erschien Katrinas Gesicht. Wir schrieen auf und brachen dann kichernd zusammen. „Ihr beide geht dort rüber." Sie zeigte auf das andere Ende des Flurs, wo sich unter der Treppe eine Tür befand. „Wenn ihr Leute kommen hört, springt ihr raus und schreit."

Haley fasste nach meiner Hand, und wir liefen zur Treppe. Zusammen drängten wir uns durch die schmale Türöffnung. In der Kammer dahinter war kaum genug Platz für zwei, schon gar nicht, wenn eine davon einen hohen spitzen Hut trug.

Wir kauerten uns zusammen, als würden wir Verstecken spielen. Haley linste aus der Tür. „Was wirst du sagen?", fragte sie.

„Ich glaube, ich schreie einfach nur. Und du?"

„Gehiiiiiirne!" Sie schloss die Augen halb und streckte einen Arm durch die Tür. Wir hörten einen kleinen Jungen kreischen. Haley riss die Augen auf und zog ihre Hand zurück. „Sorry!"

„Oh mein Gott. Du hast ihm den Schrecken seines Lebens eingejagt."

Wir fielen uns lachend in die Arme wie kleine Kinder.

„Pssst! Da kommt noch einer." Haley schob mich zur Tür. „Los, du bist dran."

„Ich? Warum ich? Ich dachte, wir machen das gemeinsam?"

„Los, los!"

Ich atmete tief ein und sprang aus der Tür, wobei ich schrie und meine Arme über den Kopf hob. Zwei Jungs in Emmas Alter schrien und stolperten ein paar Schritte zurück. Ich verschwand schnell wieder in der Kammer, und Haley schloss die Tür.

„Du hast es gemacht!"

„Ich hab es gemacht! Oh mein Gott!"

„Hat es sich gut angefühlt?"

„Es hat sich super angefühlt!"

Haley lachte. „Manchmal bringt es Spaß, einfach zu schreien."

Ich erinnerte mich an Lees Schrei letzte Woche am Badeteich. Komisch, reinigend, wie auch immer man es nennen wollte, aber es fühlte sich gut an, mal loszulassen.

Haley quiekte und umarmte mich. „Ich bin so froh, dass du heute mitgekommen bist."

„Ja?"

„Ja. Wir sind gerne mit dir zusammen."

Ich spürte, wie mir der Mund offen stand. „Wirklich?" Es war schwer, sie mit ihrem blassen Zombie-Make-up und der aufgemalten offenen Halswunde ernst zu nehmen, aber ich wusste, was sie meinte.

„Tja, lass dir das nicht gleich zu Kopf steigen!" Sie grinste vergnügt.

„Ach, unter meinem Hut ist doch Platz genug", sagte ich, und wir lachten beide los.

Haley sang flüsternd: „I am the one hiding under your stairs …"

„Fingers like snakes and spiders in my hair …" Unsere Stimmen wurden lauter und erfüllten die kleine Kammer. „Halloween, Halloween!"

Haley warf die Tür auf, und wir stürzten uns mit erhobenen Armen in den Flur, wo wir inmitten einer Gruppe von Kindern und Eltern landeten, die lachend und schreiend davonliefen.

Alle, bis auf einen. Lee. Er stand mit offenem Mund mitten im Flur, die Augen amüsiert zusammengekniffen. Sein Blick glitt von meinem Hut bis zu meinen Stiefeln und dann zu Haley, die neben mir stand. Wir schauten einander einen Moment lang an; Schreie und Rufe hallten durch das alte Haus, Schritte waren auf den knarrenden Dielenböden zu hören.

Ich schaute Lee an, hob meine Hände wie Krallen und sagte: „Buh!"

Haley nahm das Stichwort auf. Ihre Arme schossen vor, und sie griff nach Lees Kopf. „Gehiiiiirne!"

Ein breites Grinsen erhellte sein Gesicht, und er lachte laut auf. „Das ist mehr ein Snack als eine vollständige Mahlzeit", sagte er.

Haley blieb in ihrer Rolle, stöhnte und schwankte, tastete mit schlaffen Fingern in der Luft um Lee herum. „Unhhhhh ..."

„Nicht schlecht", sagte er und nickte in meine Richtung. „Das solltest du öfter tragen."

Aber wie Haley versuchte auch ich, in meiner Rolle zu bleiben und mich so hexenmäßig wie möglich zu verhalten. „Ich kriege dich, mein Hübscher!"

„Diese Warze ..." Lee zeigte auf sein Kinn. „Ja, genau die. Die solltest du mal untersuchen lassen, okay?"

Ich versuchte, nicht zu lächeln, aber das war schwer, wenn Lee alles versuchte, um mich zum Lachen zu bringen. Zum Glück kam in diesem Moment eine weitere Gruppe den Flur hinunter, also schob ich ihn mit beiden Händen zur Seite. „Und deinen kleinen Hund auch!"

Er schaute mich grinsend an, und ich war froh, dass mein Make-up meine Röte verdeckte. Haley zog mich in die Kammer zurück, um mich auf den nächsten Auftritt vorzubereiten, aber ich konnte nicht aufhören, an Lee zu denken, und war auf eine ganz irrationale Art froh darüber, ihn zum Lachen gebracht zu haben.

Ich bereitete mich auf einen weiteren Sprung vor, Ellbogen angespannt wie Federn, als mir plötzlich auffiel, dass ich Liza gar nicht gesehen hatte.

„Buh!"

14. KAPITEL

Mit dreizehn fand meine Schwester Allison eine Weile den Boho-Chic toll: Zigeunerblusen und lange Röcke mit floralen Mustern, abgetragene Cowboystiefel über Leggins, riesige Sonnenbrillen und lange Haare. Aber ihr Interesse schwand, weil ihre Freundinnen fanden, dass sie aussah wie eine obdachlose Mary-Kate Olsen. Bald danach wanderten ihre bestickten Blusen und Patchworkröcke in den hintersten Bereich ihres Schranks.

Als ich in der Woche nach Halloween nach einem Outfit suchte, wurde ich an diese Zeit im Leben meiner Schwester erinnert. Es war lustig gewesen, mich fürs Geisterhaus zu verkleiden und meine Mode-Komfortzone zu verlassen. Meine üblichen Jeans-T-Shirt-Turnschuhe-Kombinationen waren zwar bequem und verlässlich, fühlten sich aber irgendwie langweilig an. Jedes Mal, wenn ich die Hand nach einem Oberteil ausstreckte, dachte ich: langweilig, vorhersehbar …

Mein Blick wurde von Allisons cremefarbenem Top mit den Dreiviertelärmeln angezogen, die knapp unter den Ellbogen weiter wurden. Der herzförmige Ausschnitt war mit pfirsichfarbenen und jadegrünen Stickereien verziert und ging tiefer als bei meinen üblichen T-Shirts. Ich wirbelte vor dem Spiegel herum und fand es schön, wie die weiten Ärmel in der Brise flatterten. Die Stickerei zog die Blicke auf sich, während der Ausschnitt ein Dekolleté andeutete, das gar nicht vorhanden war.

Das gefällt mir. Ich mochte es, wie die dünne Baumwolle über meine Schultern fiel, wie der Saum gerade bis zu meinen Hüften ging. Ich griff tiefer in den Schrank hinein und fand einen Rock mit Lagen aus hauchdünnem Crêpe und Chiffon. War das zu hübsch für mich? Zu verspielt? Ich klappte das Bündchen zwei Mal um, um den Rock ein wenig kürzer zu machen. Er passte perfekt zu der Bluse. Dazu zog ich Lederstiefeletten an und stellte mich erneut vor den Spiegel.

Immer noch gut, aber irgendetwas passte nicht. Ich hob die Hand und zog das Gummiband aus meinen Haaren, sodass sie mir über die Schultern und den Rücken fielen. Es war lange her, dass ich sie offen und ohne wenigstens eine Spange getragen hatte, die sie mir aus dem Gesicht hielt. Aber zu diesem Outfit passte ein strenger Pferdeschwanz einfach nicht.

Mit dem für mich neuen Outfit und dem Auto, das meine Mutter mir geliehen hatte, ließ der Tag sich vielversprechend an – bis ich in der Schule ankam. Sekunden nachdem die Glocke ertönt war, unterbrach eine der Sekretärinnen aus dem Büro der Rektorin den Anwesenheitsappell und reichte Ms. Delaney einen grünen Zettel. Grün bedeutete, es war etwas Offizielles, das sofortige Beachtung erforderte. Ms. Delaney las die Nachricht und ließ ihren Blick dann durch den Raum schweifen, bis sie mich gefunden hatte. Sie winkte mir zu, und ich erhob mich automatisch und ging zu ihr.

„Mr. Ziegler möchte dich sofort in seinem Büro sehen", sagte sie leise und zeigte mir den Zettel. *ASAP* stand in schwarzer Tinte darauf. „Nimm den mit, für den Fall, dass jemand wissen will, warum du nicht im Unterricht bist."

Unsicher nahm ich den Zettel. Ich war noch nie in meinem Leben aus dem Unterricht gerufen worden.

Mr. Z empfing mich warmherzig, was so gar nicht zu dem offiziellen Zettel in meinen Händen zu passen schien. „Komm rein, Middie. Ich bin froh, dass du kommen konntest", sagte er.

Hatte ich denn eine Wahl gehabt?

Das letzte Mal war ich an dem Tag in seinem Büro gewesen, an dem wir alle das von Nate gehört hatten. Mein Blick ging zu der Couch, auf der ich damals gesessen hatte, der Ecke des Schreibtischs, an dem ich geweint hatte.

Warum bin ich hier? Ist noch etwas passiert?

„Bitte setz dich, Middie. Ich wollte mir nur ein paar Minuten nehmen, um mich mit dir zu unterhalten."

Vorsichtig setzte ich mich auf die vorderste Kante des einzigen freien Stuhls im Büro. Mr. Z legte die miteinander verschränkten Hände auf einen Stapel aus Papieren und Büchern auf seinem Schreibtisch und stützte sein Kinn auf die Fingerspitzen. „Ist bei dir alles … in Ordnung? Wird es langsam … besser?" Er zog hoffnungsvoll die Augenbrauen hoch.

„Was meinen Sie?"

„Nun, Middie, du bist nicht regelmäßig im Unterricht gewesen."

Er klang ein wenig wie Haley. „Natürlich war ich das."

„Nein, warst du nicht. Und du hast auch einige Hausaufgaben nicht abgegeben."

Das kann nicht sein. Ich ging doch in den Unterricht, machte meine Hausaufgaben. Oder nicht? Ich versuchte, mich zu erinnern, wann ich das letzte Mal vor meinem Computer gesessen hatte. War das einen Tag her? Oder zwei?

„Im Vorbereitungskurs für den SAT-Test hast du auch ein paar Stunden versäumt", fuhr er fort. „Und was ist mit deinen Collegebewerbungen? Werden die langsam fertig?"

Werden die langsam fertig? Als wenn kleine Gnome sich nachts in mein Zimmer schleichen und sich für mich um alles kümmern würden. Irritiert von der Frage runzelte ich die Stirn.

Und dann merkte ich, dass mich die Frage an sich gar nicht so irritierte, sondern die Art, wie sie gestellt wurde. Ich erhob mich von dem Stuhl. „Mr. Z, kann ich jetzt zurück in den Unterricht?" Ich war hier fertig.

„In einer Minute, Middie, in einer Minute."

Ich seufzte sehr laut, aber er ignorierte es.

„Du bist nach Nates Tod nicht zu der Trauerberatung gegangen, oder?", fragte er.

Ich schüttelte den Kopf.

Er wählte seine Worte sorgfältig. „Wirst du denn sonst irgendwie im Trauerprozess … unterstützt?“

„Nein“, erwiderte ich ausdruckslos. „Werde ich nicht.“

„Ich verstehe … Glaubst du nicht, dass es … hilfreich für dich sein könnte?“ Er schob seine Brille auf der Nase hoch, womit seine Augen und seine Wimpern und ein paar Altersflecken vergrößert wurden.

„Ich glaube nicht, dass ich das brauche.“

„Genau dann ist es am hilfreichsten.“

Ich rückte ein Stück von dem Schreibtisch weg. Ich hatte keinerlei Interesse daran, mich mit einem Berater zu treffen, „therapiert“ zu werden, zu hören, wie jemand all die dummen, trivialen Dinge sagte, die man trauernden Menschen so sagte. Die Dinge, die ich täglich zu hören bekam.

Dass ich Zeit bräuchte, um zu heilen. Dass ich den Tod meines Geliebten akzeptieren und lernen musste, weiterzuleben. Dass ich im Laufe der Zeit …

„Alles wird wieder gut“, sagte Mr. Z in einem Tonfall, den er vermutlich für beruhigend hielt. „Du brauchst nur etwas Zeit …“

Was auch immer er danach sagte, wurde von dem lauten Dröhnen meines Pulses in meinen Schläfen übertönt. Ich war es leid, von meiner Familie und meinen Lehrern beschwichtigt zu werden. Ich war es leid, sie in diesem zuckersüßen Ton reden zu hören.

„Nein, es wird nicht alles wieder gut!“, sagte ich lauter, als ich beabsichtigt hatte. „Nate ist tot, und nichts wird ihn je wieder zurückbringen.“

„Middie …“

„Mr. Z, Sie verstehen das einfach nicht. Niemand versteht es. Ich … ich …“ Mein Magen zog sich zusammen, und mir wurde schwindelig. Ich wollte nicht hier sein, wollte diese Unterhaltung nicht führen. Ich stürmte aus dem Büro, aus der Schule und direkt zum Wagen meiner Mutter, der auf dem Parkplatz stand. Heiße Tränen brannten in meinen Augen, und ich konnte kaum etwas sehen, als ich losfuhr. Ich wischte mir mit der hübschen Bluse meiner Schwester über die Augen und verschmierte Wimperntusche überall auf dem flatterigen Ärmel.

Lee war bei sich zu Hause in der Garage, den Kopf tief in den Motorraum des Mustangs gesteckt. *Nates Mustang.* Ich überlegte kurz, ob ich mich erst frisch machen sollte, bevor ich ihm sagte, dass ich da war, aber dann überlegte ich es mir anders. Er hatte bereits alles von mir gesehen, da würden ihn Waschbäraugen auch nicht mehr schocken. „Hey."

Er schaute unter der Motorhaube auf und sah mich mit zusammengekniffenen Augen an. „Weinst du?"

„Ja."

„Okay."

Er beließ es dabei, fragte nicht nach und versuchte nicht, mich zu trösten, worüber ich unsagbar froh war. Nach einer Weile zeigte er auf den Werkzeugkasten, der auf der Betontreppe neben der Tür stand. „Reich mir mal bitte einen Engländer."

Ich schaute in die Werkzeugkiste und hatte keine Ahnung, wonach ich suchte, aber wenigstens hatte ich eine Aufgabe. Ich raffte meinen Rock und beugte mich vor. „Was ist ein Engländer?"

„Der sieht ein bisschen aus wie … Pac-Man am Stiel."

Ich versuchte, mir den kleinen, gelben, mondförmigen Charakter vorzustellen, der alle Punkte auffraß, während er bunten Geistern auswich, und durchsuchte die Werkzeugkiste nach etwas, das so ähnlich aussah.

„Ms. Pac-Man war besser", ertönte Lees Stimme unter der Motorhaube. „Sie hatte eine Schleife im Haar."

„Ich hab ihn!“ Der Schraubenschlüssel war außen rund und im „Mund“ flach. Ich reichte ihn Lee, der mit ihm den … Vergaser bearbeitete? Den Kühler? Ich hatte keine Ahnung von Autos.

Er wischte sich die Finger an seinem T-Shirt ab, das von Öl- und Fettflecken übersät war und ihm aus der Hose hing, was seine schmale Gestalt noch betonte. Ich weiß, wie er unter dem T-Shirt aussieht, dachte ich. Sofort spürte ich, wie ich rot wurde, und wandte den Blick ab, um stattdessen die unordentliche Wand hinter mir anzuschauen. Die Werkstatt war unorganisiert und schmutzig und weit entfernt von Nates tadellos gepflegten Kästchen zu Hause; er hatte offensichtlich keinen großen Einfluss auf seinen besten Freund gehabt.

Ein Kalender aus dem Jahr 1987 hing neben einem Regal voller rostiger Gartengeräte, die mich daran erinnerten, dass ich schon länger nicht mehr bei Roseburg Farms gewesen war. Ich hatte ein schlechtes Gewissen deswegen. Der fröhlichste Fleck zwischen all dem staubigen Krimskrams und den mit Schrauben und Nägeln gefüllten Babybreigläsern war ein Blatt liniertes Papier mit einer schlichten Zeichnung eines trabenden Pferdes mit fliegenden Hufen und wehender Mähne und Schweif, das mit einem Stück Tesafilm an die Wand geklebt war.

„Hey, kannst du mir das Red Bull geben?“, fragte Lee.

Vier schmale, rot-silber-blaue Dosen standen auf einem hölzernen Tritt. Das Ensemble sah aus wie ein kleiner Altar. Ich nahm die erste Dose hoch – leer, genau wie die zweite und die dritte. Die vierte war noch halb voll. Ich reichte sie Lee, und er trank sie mit einem Schluck aus.

„Die hast du alle schon getrunken?“, fragte ich ungläubig. „Es ist noch nicht mal zehn.“

Er klopfte sich mit der Faust gegen die Brust und rülpste vernehmlich. „Es ist nicht früh, es ist spät.“

„Wann bist du denn aufgestanden?“

Er lehnte sich lässig mit dem Hintern gegen die verchromte Stoßstange des Mustangs. „Aufstehen impliziert …", er rülpste noch einmal, „… dass es ein Hinlegen gegeben hat. Und das gab es nicht." Er warf dem Wagen einen gezielten Blick zu. „Mein blecherner Freund hat dafür gesorgt, dass ich gar nicht erst geschlafen habe."

Ich betrachtete sein Gesicht. „Du bist die ganze Nacht auf gewesen?" Unter seinen Augen zeichneten sich leichte Ringe ab, und seine Wangenknochen wirkten schärfer und betonter als normal – aber in seinen Augenwinkeln lag ein seltsames Zucken, und mit seinen abgehackten Bewegungen sah er ein bisschen aus wie eine lebende Vogelscheuche.

Er warf die leere Dose hinter seinem Rücken über seinen Kopf, und sie landete mit einem leisen *Ping* in einem Metallabfalleimer. „Ich wollte das hier fertig kriegen. Hilfst du mir jetzt oder nicht?"

„Helfen?" Ich zögerte. „Ich weiß doch gar nicht …"

„Deshalb bist du doch hergekommen, oder? Um mir mit dem Auto zu helfen?" Er beugte sich vor und hielt meinen Blick so lange fest, als wollte er mich herausfordern, ihm zu widersprechen.

Ich wusste nicht, was ich sagen sollte, denn die Wahrheit war, dass ich keine Ahnung hatte, warum ich hierhergekommen war, warum ich aus der Schule gelaufen war, warum ich auf einmal den Raum und die Zeit gebraucht hatte, um zu atmen … und warum ich gewusst hatte, dass ich beides hier bei Lee finden würde. „Das Auto. Klar."

„Dann stell dich da rüber und hilf mir mit dem Keilriemen."

„Dem was?"

„Das ist dieser lange Riemen, der hier drübergehört." Er steckte eine Hand tief in den Motor. „Und hier und hier. Er verbindet alles miteinander. Wasserpumpe, Luftpumpe, Servolenkung und natürlich die Lichtmaschine."

„Natürlich."

„Das war nicht immer so." Er sprach immer schneller, als er mir alles erklärte. „Dieses Auto hatte früher fünf Keilriemen, die jeweils separat die Maschinen antrieben. Aber das war nervig, und die Riemen waren schwer zu tauschen, also haben Nate und ich es auf einen einzelnen Keilriemen umgebaut." Lee hob seinen Zeigefinger. „Du siehst übrigens hübsch aus."

Überrascht schaute ich auf meine Stiefel. „Wirklich?"

„Ja, das Kleid und die Haare …" Er winkte mit einer ölverschmierten Hand in Richtung meines Outfits.

„Das ist ein Rock mit Top, kein Kleid."

„Was auch immer. Es ist schick, mehr nicht."

„Äh, danke …"

„Gib mir mal das Handbuch, ja? Das liegt im Handschuhfach."

Als ich auf den Beifahrersitz glitt, klappte ich kurz die Sonnenblende herunter, um mich in dem kleinen rechteckigen Spiegel anzuschauen. Ich befeuchtete eine Fingerspitze und wischte mir die Waschbäraugen weg, wobei mir auffiel, dass meine Haare tatsächlich zur Abwechslung einmal hübsch aussahen. Schnell klappte ich die Sonnenblende wieder hoch und ertappte Lee dabei, wie er mich zwischen dem Spalt aus Motorhaube und Windschutzscheibe anschaute. Als unsere Blicke sich trafen, stand er sofort auf und machte sich wieder an die Arbeit. „Das Handbuch, Meredith. Beeil dich."

Ich spürte den Anflug eines Lächelns auf meinen Lippen.

Den Rest des Tages arbeiteten wir zusammen und machten nur eine kurze Pause, um ein Sandwich zu essen und eine Limo zu trinken. Ich schaffte es, Öl und Fett von Allisons Kleidung abzuhalten, aber den Schmutz an meinen Händen würde ich mit normaler Seife und Wasser wohl nicht abkriegen. Die musste ich sicher richtig schrubben.

Gegen fünf Uhr am Nachmittag verkündete Lee endlich,

dass die Arbeit erledigt sei. Wir hatten nicht nur den Keilriemen getauscht, sondern auch die Kühlflüssigkeit ersetzt und den Kühler und die Luftfilter gereinigt. „Wenn er jetzt nicht läuft …“

„Wird er es nie tun?“

Lee schnaubte. „Du bist so eine Pessimistin! Wenn er jetzt nicht läuft, muss ich etwas anderes versuchen.“ Er ging zur Beifahrertür und hielt sie mir auf. „Komm, steig ein.“

„Machen wir jetzt eine Spritztour?“ Ich war irgendwie nervös, weil ich so sehr hoffte, dass der Wagen lief. Für Lee … für Nate …

„Rein da“, wiederholte er, und ich gehorchte.

Ich hörte, wie das Garagentor sich klappernd öffnete, und als ich darauf wartete, dass Lee zurückkehrte, fiel mein Blick wieder auf die Zeichnung an der Wand. Sie war so schlicht, eigentlich nur ein dicker schwarzer Umriss eines Pferdes, aber es fühlte sich trotzdem so lebendig an. Sobald Lee eingestiegen war, zeigte ich auf das Bild. „Was ist das?“

„Das ist ein Pferd.“

„Ach was. Ich nehme an, du magst Pferde?“

„Ja.“ Er hielt den Schlüssel mit dem Ford-Logo auf der einen und dem Mustang auf der anderen Seite hoch. „Nate und ich … wir wollten uns Tattoos machen lassen.“ Er sagte das beinahe flüsternd, als würde es unwahr werden, wenn er es laut ausspräche.

„Ehrlich?“ Nate hatte mir gegenüber *nie* etwas darüber gesagt, dass er sich tätowieren lassen wollte. Andererseits hatte er mir auch nie von diesem Auto erzählt.

Lee rollte seinen linken Ärmel hoch und rieb mit der Hand über die nackte Haut. „Genau hier.“

„Tattoos?“ Ich kapierte das immer noch nicht. Ich spürte, wie das Lachen in mir aufstieg. „Nate?“ Ich schüttelte den Kopf. „Niemals. Einfach … nein.“

„Du kanntest ihn nicht so wie ich“, meinte Lee. „Er *wollte* sich stechen lassen.“

„Stechen lassen?“

„Ja, Miss Meredith Daniels. So nennt man das. Sich stechen lassen.“

Ich verschränkte die Arme vor der Brust. „Tja, ich glaube nicht, dass Nate sich *stechen lassen* wollte. Du? Klar. Aber er?“

Ein verträumter Ausdruck huschte über Lees Gesicht. „Ich ja, aber Nate nicht? Warum?“

„Weil es dauerhaft ist, Lee. Ein Tattoo ist für immer.“

„Nicht unbedingt, aber von mir aus. Und?“

„Was, wenn es dir nicht mehr gefällt?“

Lee trommelte gedankenverloren mit den Fingern gegen sein Kinn. „Und …?“

„Und? Und!“ Ich ließ meine Hände so dramatisch in meinen Schoß fallen wie nur möglich.

Lee drehte sich zu mir um und verkürzte die Distanz zwischen uns ein gutes Stück. „Wen interessiert es, ob man seine Meinung ändert? So wie ich das sehe, gilt: Sag jetzt Ja, und kümmere dich später um die Probleme.“ Grinsend steckte er den Schlüssel ins Zündschloss und hielt dann inne. Er nahm meine Hand und hielt sie an den Schlüssel. Unsere Finger zitterten vor Aufregung. „Bereit? Eins, zwei …“

„Drei!“, sagte ich. Wir hielten beide den Atem an, als der Schlüssel sich drehte, pausierte und dann der Motor dröhnend zum Leben erwachte! Das Lächeln auf Lees Gesicht war so strahlend, wie ich es noch nie gesehen hatte. Es erhellte die dunklen Ringe unter seinen Augen und vertrieb die Schatten von seinen Wangen. Er nickte und grinste dabei wie ein kleines Kind. „Es hat funktioniert!“

„Woo-hoo!“, rief ich und klatschte in die Hände. Das war albern, aber ich konnte nicht anders. Die Arbeit des Tages hatte sich ausgezahlt, der Mustang lief.

Plötzlich spürte ich Lees Arme um mich. Er zog mich ganz fest an sich. Der Duft von Schmierfett und getrocknetem Schweiß und Red Bull hing an ihm, hing an mir, als die Haut an unseren Hälsen sich traf und unsere Wangen einander berührten. Ich fühlte seine Hand an meinem Rücken. Meine eigenen Hände wanderten wie von selbst zu seinem Nacken, und ich hielt ihn ganz fest.

Atemlos saß ich da, wollte mich nicht bewegen, wollte aber auch nicht still sitzen bleiben. Das ist keine Umarmung, sagte ich mir, also keine *richtige* Umarmung, sondern eine nette Umarmung unter Freunden.

Schließlich zog Lee sich zurück und umfasste das Lenkrad mit beiden Händen. Er sagte nichts, aber ich sah, dass es um seine Lippen zuckte. Er schaute mich kurz an. „Bereit?"

Ich nickte und zwang mein Herz, langsamer zu schlagen, zwang mein Gehirn, sich zu konzentrieren. Zu wenig Schlaf und zu viel Red Bull, sagte ich mir. *Oh, warte, das gilt für ihn, aber nicht für mich. Was für eine Entschuldigung habe ich?*

Lee legte den Rückwärtsgang ein und fuhr den Wagen langsam aus der Garage. Die Aussicht, mit dem Mustang über die Landstraße zu sausen, überlagerte jedes seltsame Gefühl zwischen uns. Hier ging es nur um den Wagen, um sonst nichts.

Wir waren die lange Auffahrt zur Hälfte hinunter und in Richtung der Hauptstraße unterwegs, als Lee anhielt und den Leerlauf einlegte. Er stieg aus, kam zur Beifahrerseite und öffnete meine Tür. „Rutsch rüber, du fährst", sagte er und versuchte mit beiden Händen, mich hinter das Lenkrad zu schieben.

„Was? Das kann ich nicht!" Es war ein Wagen mit Gangschaltung, und ich war bislang nur Automatik gefahren. Eine normale Schaltung zu bedienen hatte ich nicht gelernt.

„Du und deine *Nicht*igkeiten", sagte er. „Will ich nicht. Kann ich nicht. Los, mach schon, oder ich setze mich auf dich drauf."

Ich krabbelte hinter das Steuer und starrte auf den Fußboden – eine Fremde in einem fremden Land. Bremse, Gaspedal … und die Kupplung? Was zum Teufel sollte ich damit anstellen? Hilflos drehte ich mich zu Lee um. „Ich … ich …"

„Versuch es einfach", sagte er. „Was ist das Schlimmste, das passieren kann?"

„Ich fahre mit dem Wagen gegen einen Baum und wir sterben."

Er warf den Kopf zurück und lachte. „Oh mein Gott, nein. Du kannst ihn nur abwürgen."

„Oh." Ich legte den Kopf schief. „Bist du sicher?"

Er wedelte mit der Hand in der Luft. „Zu fünfzig Prozent. Mit Sicherheit werden wir es in einer Minute wissen."

Ich starrte den Schaltknüppel an. Ich wusste nicht mal, wo ich anfangen sollte.

„Die Kupplung", sagte Lee hilfreich. „Tritt mit dem Fuß darauf – nein, mit dem linken Fuß."

„Mit dem linken …? Aber ich mache alles mit meinem rechten Fuß."

„Die Kupplung bedient man aber mit dem linken Fuß. Dein rechter Fuß steht auf der Bremse. Also los, mach mal."

Er war so geduldig, so ermutigend. Vielleicht konnte ich doch einen geschalteten Wagen fahren?

Linker Fuß auf der Kupplung, rechter auf der Bremse. „Okay." Ich klammerte mich mit aller Kraft ans Lenkrad. Ich war mir ziemlich sicher, dass meine Kniegelenke eingerostet waren.

„Jetzt leg deine rechte Hand auf den Schaltknüppel. Den schiebst du in den ersten Gang. Während du deinen linken Fuß langsam von der Kupplung löst, nimmst du deinen rechten Fuß von der Bremse und stellst ihn aufs Gaspedal."

„Warte, warte, warte! Das ist zu viel auf einmal." Meine Hände waren feucht, und meine Füße stemmten sich so fest gegen die Pedale, dass ich fürchtete, sie durchs Bodenblech zu drücken.

„Du schaffst das“, sagte Lee ruhig. „Du bist klug …“

„Aber nicht so klug.“

„… und ich bin bei dir.“

Mein Herz machte einen Satz. *Oh Gott, oh Gott, oh Gott …* Ich atmete tief durch und tat, was Lee gesagt hatte: Kupplung, Schaltknüppel, Gas … Der Wagen machte einen Satz nach vorne, und der Motor erstarb. „Oh nein!“, schrie ich auf. „Ich habe ihn kaputt gemacht.“

Lee lachte. „Wie schon gesagt, du hast ihn nur abgewürgt. Versuch's noch mal. Komm schon, du schaffst das.“

Gut, meinetwegen. Ich wappnete mich für einen zweiten Versuch. Kupplung, schalten, Gas geben. Abgewürgt.

Und noch mal. Kupplung, schalten, Gas geben. Abgewürgt.

„Verdammt!“, schrie ich gegen die Windschutzscheibe. „Warum klappt das nicht?“

Lee versuchte, nicht zu lachen, aber ich sah das fröhliche Funkeln in seinen Augen.

„Damit kannst du gleich wieder aufhören“, sagte ich.

„Das werde ich auch. Es ist nur …“

„Was?“

„Es ist lustig, zu sehen, wie du dich aufregst.“

„Lustig?“ Ich fing an zu schäumen. „Du guckst mir gerne beim Versagen zu?“

„Das ist ein Auto“, sagte er. „Wen interessiert's?“

„Ja, aber …“ *Ich will gut darin sein.* Ich verschränkte die Arme vor der Brust und lehnte mich schmollend zurück. „Vergiss es. Du fährst.“

Lee riss die Augen auf. „Das war's schon? Du gibst aber schnell auf.“

„Ich habe dir doch erklärt …“

„Ja, hast du.“ Er schüttelte den Kopf. „Versuch's noch mal.

Nur ein Mal. Für mich?“ Er klimperte kokett mit den Wimpern.

„Okay, ein Mal noch.“ Ich startete den Motor. Kupplung. Schalten. Gas geben.

Und mit der Kraft von einhundert Pferdestärken abwürgen.

„Verdammt!“, schrie ich. „Das werde ich nie, nie wieder machen!“

Lee sagte nichts, sondern stieg nur aus und ging hinten um das Auto herum. Ich rutschte über den Sitz und kuschelte mich in die Wärme, die er hinterlassen hatte. Soll er das Ding doch fahren, dachte ich. *Immerhin ist es jetzt sein Auto.*

Ich hörte, wie die Kofferraumklappe geöffnet wurde, dann kehrte Lee mit einer kleinen Kühlbox nach vorne zurück. Er öffnete den Deckel und holte ein Bier heraus.

„Hast du immer eine Kühltasche mit Alkohol im Kofferraum?“

Lee öffnete die Flasche mit dem Flaschenöffner an seiner Schlüsselkette und reichte sie mir. „Normalerweise fahre ich Vespa, also nein, habe ich nicht. Aber ich hatte das Gefühl, dass wir das Schätzchen hier zum Laufen kriegen, und wusste, dass ich das feiern wollen würde.“

„Mit mir.“

„Ehrlich gesagt“, sagte er prustend, „hatte ich nicht geplant, zu teilen.“ Er nahm ein weiteres Bier heraus und zeigte mit dem Flaschenhals auf mich. „Also trink bitte nicht alles aus.“

Ich hielt die Flasche gegen das schwindende Sonnenlicht. „Weißt du, ich trinke höchstens ein Bier im Jahr, wenn überhaupt.“

„Unsinn. Ich habe dich auf der Party gesehen, und da hattest du ein Bier in der Hand.“

„Ich habe es aber nicht getrunken, Sherlock.“

Er seufzte. „Super. Das hier ist ein tolles Bier, und ich habe gerade eines an dich verschwendet. Wenigstens einen Schluck aufs Auto, okay? Schaffst du das?“ Er stieß seine Flasche gegen meine. „Auf unsere unglaublichen Fähigkeiten als Mechaniker.“

Ich wappnete mich für den bitteren Geschmack und hob die Flasche an die Lippen. Aber es war nicht das übliche wässrige Zeug aus den Partyfässern. Es hatte einen leicht nussigen Geschmack, war ein wenig süß, und die Kohlensäure prickelte an meinem Gaumen und auf meiner Zunge.

Ich trank noch drei Schlucke, bevor ich eine Pause einlegte, um Atem zu holen. Ich drückte mir die kühle Flasche gegen die Brust. „Äh, das ist echt gut.“

„Ja, das ist auch das Lieblingsbier meiner Mom. Wenn sie denn mal da ist.“

Mom. Lee sprach nie über sie.

„Ach ja?“, sagte ich so neutral wie möglich.

Er legte den Kopf in den Nacken und trank die Hälfte der Flasche in einem Zug aus. „Ich wette, du hattest nie eine Mom, die Single *und* verheiratet ist, oder?“

„Ich, äh … nein. Meine Mom ist nur verheiratet. Du weißt schon, mit meinem Dad.“ Ich trank noch einen Schluck von dem Bier und hoffte, dass Lee weiterreden würde. Wenn er das denn wollte.

„Weißt du, Sherry Ryan ist mit meinem Dad verheiratet, und Sherry Livingston ist nicht mit meinem Dad verheiratet. Sie sehen aus wie die gleiche Frau, aber das ist nur äußerlich.“ Er trank sein Bier aus und knibbelte langsam das Etikett von der Flasche. „Wenn mein Dad in der Stadt ist, bekomme ich Sherry Ryan zu Gesicht, und wenn er nicht da ist, dann ist sie Sherry Livingston.“

„Meinst du …“

„Sie vögelt in der Gegend herum, wenn er nicht da ist. Ja.“ Die Unverblümtheit seiner Worte raubte mir den Atem. Gott sei Dank machte Lee mein Schweigen nichts aus.

„Zum Glück für Sherry Livingston ist mein Dad sowieso nicht gerne hier, also kann sie meistens so leben, wie sie will."

Sein Lachen war mehr ein raues Ausatmen. Ich wusste nicht, was ich sagen sollte, also blieb ich still und ruhig. Einen Moment später griff er in die Kühlbox, um sich ein zweites Bier herauszunehmen. Dabei runzelte er die Stirn. „Willst du auch noch eins?"

„Oh nein. Danke. Ich hab noch." Ich ließ das Bier in meiner Flasche kreisen, um ihm zu beweisen, dass sie nicht leer war, aber als ich hinschaute, sah ich, dass nur noch wenige Schlucke darin waren. „Wie ist das denn passiert?"

„Ich sagte doch, meine Mom kennt sich aus mit Bier. Trink aus." Er legte einen Finger an den Boden meiner Flasche und hob sie gegen meine Lippen.

Ich schluckte und dachte nach. „Was ist mit deinem Vater?", fragte ich, als ich fertig war. „Ist es ihm egal, dass deine Mom in der Gegend herumschläft?"

„Wer hat gesagt, dass meine Mom in der Gegend herumschläft?", gab Lee angespannt zurück. „Habe ich das gesagt? Nein. Ich sagte, *Sherry Livingston* schläft herum. Das ist nicht meine Mom." Er trank noch einen großen Schluck und endete mit einem zufriedenen „Ahhh".

Nun griff ich auch in die Kühlbox und holte mir ein zweites Bier heraus. Lee reichte mir schweigend den Öffner, und ich öffnete die Flasche wie ein Profi. Dann hielt ich sie ihm hin, und er erlaubte sich den Anflug eines Lächelns, als er mit mir anstieß. Wir setzten die Flaschen gleichzeitig an. Ich versuchte, mit ihm mitzuhalten, aber das gelang mir nicht mal ansatzweise – was Alkohol anging, war ich immer noch ein Fliegengewicht.

„Wir müssen ihr einen Namen geben." Lee tätschelte den Sitz. „Was meinst du?"

„Einen Namen … für das Auto?" Mir war etwas schwindelig. Das ganze Bier auf einen beinahe leeren Magen war nicht klug gewesen, aber ich wollte spontan sein und kein Spielverderber.

„Ja, wie sollten wir sie nennen?“ Lee fuhr liebevoll mit der Hand über das Lenkrad und den Schaltknüppel.

„Christine?“, platzte es aus mir heraus, und dann lachte ich wie eine Irre.

Lee riss schockiert den Mund auf. „Meredith, glaubst du, unser Auto ist böse?“

Unser Auto?

„Vielleicht. Sie hat sich nicht von mir fahren lassen, also …“

Sein Lachen erfüllte den Wagen. „Du schiebst deine miesen Fahrkünste auf Christine?“

„Dann haben wir sie also getauft?“

„Na ja … Christine war kein Mustang, weißt du?“

„Wenn Stephen King beim Schreiben des Buchs jünger gewesen wäre, wäre sie das vielleicht gewesen.“

Lee wirkte überrascht. „Du bist so klug, Meredith Daniels.“

Alles um mich drehte sich ein wenig, als ich meinen Kopf Lee zuwandte. Vielleicht hätte ich das zweite Bier doch nicht trinken sollen. „Ich mag es, wenn du mich bei meinem richtigen Namen nennst.“

„Wirklich?“ Er musterte mich eindringlich. „Warum?“

„Weil … es mein Name ist.“ Ich lachte und zog die Nase kraus. „Ich mag Middie nicht. Oder *Yoko*.“ Ich versuchte, seinen Blick festzuhalten, hatte aber Schwierigkeiten, ihn zu fokussieren. „Es fühlt sich echt nicht gut an, wenn du Yoko zu mir sagst.“ Ich lehnte meinen Kopf gegen die gepolsterte Kopfstütze und zog meine Stiefel aus, bevor ich die Knie anzog und meine Füße gegen das Armaturenbrett stemmte. „Meinst du, das macht Christine etwas aus?“

„Ach was. Christine ist cool.“

Ich setzte die Flasche wieder an, trank aber dieses Mal in

kleinen Schlucken, wohl wissend, dass ich langsam betrunken wurde. Mein Kopf wurde leichter, ich hörte, dass ich etwas lallte, aber ich wollte nicht aufhören. Ich wollte nicht planen und mir keine Sorgen über die Zukunft machen.

Sag jetzt Ja, und kümmere dich später um die Probleme.

„Bin ich spontan und lustig?"

„Ein bisschen."

Ich schlug ihm mit schlaffer Hand gegen die Brust. „Nur ein bisschen? Ich trinke mit dir Bier in einem bösen Auto. Was muss ich denn noch alles tun?"

„Du könntest ... dich tätowieren lassen."

„Oh nein! Auf keinen Fall! Nein, nein, nein." Ich schüttelte den Kopf und stampfte mit den bloßen Füßen gegen das Handschuhfach vor mir. „Denk dir etwas anderes aus."

„Hmmm ... nein, sonst gibt es nichts."

„Tja, ich werde mich nicht *stechen* lassen", erklärte ich. Meine Stimme klang selbst für meine Ohren laut. Ich war definitiv beschwipst, wenn nicht sogar betrunken. Ich brauchte etwas frische Luft, aber das Fenster war zu. „Kannst du das Fenster runtermachen?"

„Das kannst du selber, es ist nicht elektrisch", erwiderte Lee.

„Oh." Ich starrte die altmodische Kurbel an und versuchte, sie mit reiner Willenskraft dazu zu bringen, sich zu bewegen.

„Hier, ich mach das." Lee griff über mich hinweg, um das Fenster herunterzukurbeln. Als er sich über mich beugte, verspürte ich den überwältigenden Drang, an ihm zu schnüffeln, ihn einzuatmen, seinen Duft in mich aufzunehmen, seine Haare, seine Haut – nur in diesem Augenblick zu existieren.

Aber ein kleiner Teil von mir wusste, dass ich da nicht aufhören würde und dass das falsch wäre – falsch für mich, für Lee, für Liza.

Für Nate.

Ich presste meine Hände flach auf den Sitz und krallte mich

am Leder fest. Ich hielt den Atem an, hielt meine Nerven an, bis ich die frische Luft an meinem Gesicht spürte und Lee wieder auf seine Seite zurückkehrte.

Wie ein Hund stützte ich mein Kinn auf das offene Fenster. Die Brise wehte mir die Haare aus dem Gesicht, und ich schloss die Augen. „Ich schätze, ich kann spontan sein", sagte ich. „Aber ich bin nicht so, wie du mich gerne hättest."

Ich hörte Lees Stimme hinter mir. Sie klang weit weg. „Ich will dich auf gar keine bestimmte Weise haben. Ich will nur, dass du die bist, die du nun mal bist, Meredith."

Ich lächelte. „Deine Freundin hat wirklich Glück", sagte ich. „Liebst du sie?"

„Ja, ich liebe sie."

„Ist es für sie in Ordnung, dass du mit mir abhängst?"

Lee lachte leise. „Ja, das ist es."

„Ich mag sie. Sie ist nett. Obwohl sie raucht." Ich schnalzte mit der Zunge, doch sie blieb einen Moment an meinem Gaumen kleben, als wenn mein Speichel ausgetrocknet wäre. Ich griff nach dem Bier und nahm noch einen Schluck, um meine Zunge zu lösen.

„Sie ist auch lustig. Und klug. Und wunderschön."

„Ja?" Ein weiterer Schluck Bier und ich spürte, wie ich auf dem Sitz weiter nach unten glitt. „Ich wünschte, ich könnte sein wie sie."

„Das wünschte ich auch", sagte er. „Sie ist die Einzige, der etwas an mir liegt."

Mein Herz zog sich zusammen. Ich öffnete die Augen und wandte meinen Kopf Lee zu. Das Auto drehte sich ein wenig um mich, und mir wurde etwas flau im Magen. „Das stimmt nicht. Mir liegt auch etwas an dir."

Er schaute mich an, sagte aber nichts.

„Sehr viel sogar." Ich versuchte, mich aufzusetzen. „Ich bin deine Freundin."

„Ich habe dich schon beim ersten Mal verstanden."

„Und ...?"

„Und nur weil du sagst, dir liegt etwas an mir, soll ich ... was? Sagen, dass mir auch etwas an dir liegt?"

„Äh ... etwa nicht?" Irgendwie war ich davon ausgegangen, dass ihm etwas an mir lag – an meiner Meinung, an meinen Gefühlen. Jedenfalls war es mir so vorgekommen.

Aber vielleicht, ganz vielleicht, irrte ich mich.

Der Versuch, eine Unterhaltung aufrechtzuerhalten, mich selbst aufrecht zu halten, war auf einmal zu viel, und ich sank zurück und mein Kopf knallte gegen die Metallstreben, die die Kopfstütze hielten. „Au ...", stöhnte ich. Das würde morgen wehtun.

Meine Wimpern fühlten sich bleischwer an; sie zogen meine Lider nach unten wie Jalousien ...

Schatten, Erinnerungen, Bilder aus der Vergangenheit ...

Ich spürte, dass Lee mich an der Wange berührte, fühlte, wie er mit seiner warmen Hand mein Kinn hielt. „Mir tut das alles so leid. Ich denke nur immer, dass du irgendwann deine Meinung ändern wirst. Dass du aufhören wirst, mit mir zu reden. Und dann wird alles wieder so, wie es vorher war."

„Pssst ..."

Ich rollte mich enger zusammen. *Ich ändere meine Meinung nicht. Ich weiß, was* für immer *bedeutet.*

15. KAPITEL

So fühlt sich also ein Kater an.

Obwohl ich noch nie einen gehabt hatte, wusste ich sofort, dass die quälende Übelkeit und der unglaubliche Druck in meinem Kopf und in meiner Brust die klassischen Symptome waren. Es fühlte sich an, als wenn ein Elefant meinen Brustkorb zerquetschte, *nachdem* er quer über mein Gesicht getrampelt war.

Als ich anfing, mich ein wenig zu bewegen auf der verzweifelten Suche nach Wasser, löste selbst das kleinste Zucken einen Tsunami an Übelkeit aus. Als es mir nicht gelang, meine Beine zu bewegen, bekam ich Panik, doch dann erkannte ich, dass ich sie in meinem Nachthemd verheddert hatte.

Nachthemd? Was zum Teufel …? Seit der Grundschule hatte ich kein Nachthemd mehr getragen. Damals hatte Haley auf einer Pyjamaparty erklärt, dass meine hübschen Baumwollnachthemden altmodisch und total langweilig seien. Das hier war ganz weiß und aus feinster Seersuckerbaumwolle mit einem bestickten Oberteil und einem hellrosafarbenen Seidenband, das durch kleine Löcher an den breiteren Trägern gezogen worden war.

Aber warum hatte ich es an? Ich konnte mir nicht vorstellen, dass ich noch fähig gewesen war, mir dieses Nachthemd herauszusuchen. Warum hatte ich mir nicht einfach eine Jogginghose und ein T-Shirt angezogen – oder war einfach so, wie ich war, aufs Bett gefallen, ohne mich umzuziehen.

Auf der anderen Seite des Raumes sah ich meine Handtasche und die Klamotten, die ich angehabt hatte. Wie war ich nach Hause gekommen? War ich hergefahren? Gegen die starke Empfehlung meines sich in Aufruhr befindlichen Magens lief ich zum Fenster und schaute auf die Einfahrt. *Oh, Gott sei Dank!* Das Auto meiner Mutter war noch heil.

Ich starrte es eine Weile an, aber in meinem Kopf herrschte gähnende Leere. Während ich mich für die Schule anzog, ging ich mental noch einmal den vorherigen Tag durch: Unterricht, Mr. Z, Lee, Bier …

„Oh mein Gott! Was ist das denn?" Ich schaute auf meinen nackten Oberarm und sah darauf den schwarzen Umriss eines Pferdes.

Ein Tattoo? Es war ungefähr zehn Zentimeter breit und fünf Zentimeter hoch und sah genauso aus wie die Zeichnung, die in Lees Garage hing. Ich rieb mit dem Finger darüber, aber wie der Rest meines Körpers reagierte die Haut hier empfindlich auf Berührungen und war zudem gerötet und geschwollen.

Lee! Hatte er mich in ein Tattoostudio mitgenommen, als ich betrunken gewesen war? Wie konnte er nur? Ich warf mir Jeans und T-Shirt über und stürmte aus meinem Zimmer. Auf dem Weg nach unten huschte ich schnell ins Badezimmer, um mir ein Aspirin gegen meine hämmernden Kopfschmerzen einzuwerfen.

Ich war innerlich gerüstet, mir in der Küche was von meinen Eltern anzuhören, aber als ich eintrat, war sie leer. Ein Zettel mit einer Notiz in der Handschrift meiner Mutter lag neben ihren Autoschlüsseln auf dem Tresen:

M, ich wollte dich nicht wecken. Du brauchst den Schlaf. Nimm das Auto zur Schule, sobald du wach bist.

Oh nein! Vor der Schule hatte ich noch etwas anderes zu erledigen. Ich schnappte mir die Schlüssel und eilte zum Wagen. Erst fuhr ich zu Lees Haus. Der Mustang stand da, aber die Vespa war weg, also raste ich weiter nach Lookingglass. Mit jeder Meile wurde meine Wut exponentiell größer. Ich übte alles, was ich zu ihm sagen wollte, schrie jede Profanität, die mir einfiel, gegen die Windschutzscheibe. Für die Fahrer der mir entgegenkommenden Autos sah ich wahrscheinlich aus wie eine entlaufene Irre.

Wie konnte er mir das antun? Wie sollte ich das meinen Freunden und meiner Familie erklären? Eine Tätowierung? Ehrlich? Ich fuhr so rasant auf den Parkplatz vor der Chartertour-Hütte, dass der Kies aufspritzte wie in einem Actionfilm. Hand auf dem Türgriff, Flüche auf den Lippen … hielt ich inne, als ich das *Bin-in-10-Minuten-zurück*-Schild im Fenster sah. *Verdammt!*

Und, oh mein Gott, mein Kopf! Das Aspirin wirkte zwar ein wenig, aber ich brauchte mehr. Koffein. Wasser. Ich brauchte Kaffee. Ich eilte zu dem kleinen Lebensmittelladen auf der anderen Straßenseite.

Die Türglocke, die meine Ankunft ankündigte und wie ein Gong klang, dröhnte viel zu laut in meinen Ohren. Als Liza mir fröhlich „Hallo!“ zurief, hätte ich mich beinahe auf dem Fußboden zusammengerollt.

Ich schlich auf Zehenspitzen zu ihr, damit meine Nikes nicht auf dem frisch gebohnerten Linoleumboden quietschten. „Hi …“, sagte ich leise. „Kann ich bitte einen großen Kaffee haben?“

Liza musterte mich von Kopf bis Fuß mit ihren großen blauen Augen. So wie es aussah, verstand sie sofort, dass ich einen schlimmen Morgen hatte. Sie legte einen Finger an die Lippen und machte sich daran, mir sehr leise einen Kaffee zuzubereiten.

Ich lehnte mich gegen den Tresen und hielt meinen Kopf mit beiden Händen. Liza trug wieder beinahe nur Lila; sie war definitiv ein Mädchen, das eine Lieblingsfarbe hatte, so viel stand fest. Ihre Haare wurden mit violett gepunkteten Klammern aus dem rotwangigen Gesicht gehalten, und an ihren Ohren baumelten Plastikohrringe mit weißen Punkten auf einem violetten Hintergrund.

Sie hatte eine attraktive Art, die Hüfte zu bewegen, während sie meinen Kaffee einschenkte, und ich verspürte einen irrationalen Anflug von Eifersucht. *Lee liebt sie? Was sieht er nur in ihr?* Klar, sie war attraktiv und hatte ein angenehmes Lächeln und einen fröhlichen Blick aufs Leben. Aber sie rauchte, was eklig war, und sie mochte *Lila*, um Himmels willen.

Ich schüttelte den Kopf. Eigentlich konnte es mir ja egal sein. Es interessierte mich nicht. Lee war ein Idiot. Wenn überhaupt, sollte ich sie vor ihm warnen. Wie von selbst wanderte meine Hand zu dem Tattoo. Vorsichtig schob ich meinen Ärmel hoch, um es anzuschauen, und als ich das tat, hörte ich, wie Liza vor Überraschung scharf einatmete.

Sie war ganz blass geworden und schob mir schweigend den Kaffee über den Tresen zu, wobei ihr Blick ganz schnell von meiner Tätowierung zur Kasse huschte. „Eins fünfundvierzig“, sagte sie laut.

Ich fischte zwei Dollar aus meinem Portemonnaie und reichte sie ihr.

„Milch und Zucker sind da drüben.“ Sie zeigte mit dem Kinn an mir vorbei und ließ das Wechselgeld klappernd auf den Zahlteller fallen. Ich sammelte es ein und steckte es ins Trinkgeldglas in der Hoffnung, dass ich durch meine Großzügigkeit das schlechte Karma wiedergutmachen könnte.

Dann schüttete ich mir Milch und Zucker in den Kaffee, bis er die Farbe von Sand hatte und weit genug abgekühlt war, um ihn trinken zu können.

„Äh, hast du das Tattoo gerade erst neu?“, fragte Liza mit zittriger Stimme.

Ich nickte und trank einen großen Schluck; leider war der Kaffee doch noch heißer, als ich gedacht hatte, und verbrannte mir den Gaumen.

„Oh.“ Sie blinzelte ein paar Mal, als versuche sie, sich zu konzentrieren. „Ihr beide also, hm?“ Das war weniger eine Frage als das Eingeständnis einer Niederlage. Sie meinte Lee.

Offensichtlich hatten wir uns *beide* gestern Abend tätowieren lassen. Na super.

„Bist du deshalb hier?", fragte sie und sah dabei aus dem Fenster. Draußen überquerte Lee gerade die Straße. Er hatte eine ganz seltsame Körperhaltung – Knie und Kopf vor, der Rest des Körpers folgte.

Na endlich. Ich machte mich auf den Weg zur Tür und drehte mich dann noch mal um. „Es ist nicht so, wie du denkst."

Ein Hoffnungsschimmer erhellte ihr Gesicht. „Wirklich?"

„Wir sind nur Freunde."

„Oh." Sie verdrehte die Augen. „Das höre ich auch immer. ‚Nur Freunde, Liza. Mehr kann es nicht sein'", äffte sie Lee nach und senkte dann die Stimme. „Gott, das hasse ich an ihm. Er ist so … verschlossen, weißt du?"

„Warte mal … du bist nicht seine Freundin?"

Liza schüttelte den Kopf, und ihre Ohrringe wackelten. „Liza und Lee klingt aber gut, oder nicht? Lee und Liza, Liza und Lee." Sie zuckte mit den Schultern und senkte den Blick, als hätte sie zu viel verraten. „Vielleicht eines Tages. Wer weiß."

Ich war aus der Tür, bevor sie das letzte Wort noch ganz zu Ende gesprochen hatte. Er hatte meinen Arm ohne meine Zustimmung tätowiert. Warum sollte es mich überraschen, dass er mich angelogen hatte, was Lizas Status als seine Freundin anging? Angetrieben von frischem Kaffee und einem Zuckerrausch, rannte ich hinter ihm her.

Ich schlug mit der flachen Hand gegen die Tür und rief seinen Namen. Mit einem verwirrten Gesichtsausdruck kam er hinter dem Tresen hervor. „Hast du heute keine Schule?"

„Wie konntest du mir das antun?" Mein Ärger setzte jeden meiner Nerven in Flammen und gab mir das Gefühl, hilflos ausgeliefert zu sein. Ich reckte ihm meinen Arm hin und krempelte den Ärmel hoch, als ob ich ihm den Beweis für meinen Schmerz präsentieren wollte.

Er hatte gerade zu einer Erwiderung angesetzt, doch jetzt lächelte er nur, was mich noch wütender machte!

„Lee! Ich meine es ernst. Ich habe dir vertraut!"

Er hielt meinen Blick einen langen Moment fest, dann gab er mich frei. „Du bist *uneingeladen* zu *meinem* Haus gekommen, hast mein ganzes Bier ausgetrunken, und jetzt bist du sauer auf mich? Ich habe dich nach Hause bringen und ins Haus schleppen müssen, ohne dass deine Eltern etwas davon mitbekommen, und dann bin ich *morgens um zwei* zu Fuß den ganzen Weg nach Hause gegangen."

Ich konnte es nicht fassen. „Das ist aber nichts im Vergleich mit einem Tattoo!"

„*Du* hast das doch gewollt. Du hast gesagt, du willst, was Nate wollte."

„Blödsinn! So etwas hätte ich nie gesagt." Aber noch während ich die Worte aussprach, schlich sich ein Hauch von Zweifel in mein Gehirn. *Vielleicht habe ich das doch gesagt?*

Lee erwiderte nichts, sondern fasste meinen Arm und zog mich aus der Hintertür in den kleinen Hof hinter der Hütte. Ich stemmte mich gegen ihn wie ein sturer Hund, aber er zerrte mich Schritt für Schritt weiter.

„Lass mich los!", rief ich und versuchte, mich zu befreien, doch er hielt meinen Arm fest. Auf der anderen Straßenseite sah ich eine Bewegung hinter der Scheibe des Kiosks und wusste, dass Liza uns beobachtete.

Lee hielt mich immer noch mit einer Hand fest, während er mit der anderen nach dem Gartenschlauch griff, der zusammengerollt auf dem Boden lag. Er drehte ihn auf und schickte einen Schauer an Wassertropfen in die Luft. In einer fließenden Bewegung zog er mich dann hinter sich und schob erst meinen und dann seinen Ärmel hoch, um seinen linken Bizeps zu enthüllen, auf dem das gleiche Pferd prangte. Mit den beiden Tattoos nebeneinander zielte er mit dem Wasserstrahl auf unsere

Haut. Das kalte Wasser war ein Schock für meinen Kreislauf und machte mich wacher, als Kaffee es vermocht hatte.

„Was zum Teufel machst du da?", schrie ich. „Lass mich los!" Ich wand und drehte mich, aber es hatte keinen Sinn. Sehr lange zehn Sekunden später drehte Lee das Wasser ab und ließ mich los. Ich stand da mit tropfnassem Arm und einem durchweichten Schuh samt Socken. Meine Jeans und mein T-Shirt waren ebenfalls auf einer Seite nass. „Warum hast du das gemacht?"

Er trat näher und umfasste meinen Ellbogen mit einer Hand, dann rieb er mit der anderen langsam und vorsichtig über die Tätowierung auf meinem Oberarm. Ich sah zu, wie die Tinte verschwand. Erst der Schwanz, dann die Hufe und so weiter, bis nichts mehr übrig war außer dem schwachen Umriss des Pferdekopfes. Er legte meine Hand auf seine „Tätowierung", und ich tat es ihm gleich, rieb mit der Fingerspitze ein wenig der Farbe von seiner Haut ab. „Das war ein Filzstift", sagte er. „Das war nicht dauerhaft."

„Oh." Ich kam mir vor wie die letzte Idiotin.

„Nächstes Mal solltest du lieber duschen, bevor du mich wegen irgendetwas beschuldigst."

„Ich … ich dachte …"

„Wie konntest du so etwas von mir denken?", fragte Lee leise. „Das würde ich dir niemals antun."

Ich schaute von Lees Arm hoch, von seiner Hand auf meine, um in seinem Gesicht nach Anzeichen von Hinterlist oder Spott zu suchen, doch da war nichts. Ich hörte ein Echo seiner Stimme in meinem Kopf.

Ich war schon jahrelang in sie verknallt.

Sie ist die Einzige, der etwas an mir liegt.

Mein Mädchen ist klug und lustig und wunderschön.

Und Lizas Stimme, die ihn nachmachte:

Nur Freunde. Mehr kann es nicht sein.

„Du hast nicht von Liza gesprochen“, sagte ich. „Also, wen hast du …“

Ich spürte, wie der Raum zwischen uns sich schloss, fühlte eine Mauer der Hitze, als Lee mich an sich zog.

Er ließ sein Kinn auf die Brust sinken, nahm mich in seine Arme und näherte sich meinem Gesicht mit seinem. Meine Lippen verschmolzen mit seinen, und wir küssten uns – sanft erst und dann mit mehr Kraft, mehr Beharrlichkeit. Meine Arme waren an seinem Rücken, meine Hüften pressten sich gegen seine, während er mich umschlang und mich beinahe mit seinem Körper zu verschlucken schien.

Ich spürte die Wärme seines Mundes, das Kribbeln unserer Zungen. Meine Lider öffneten sich flatternd, und ich schaute über seine Schultern und sah Liza am Fenster stehen. Es hätte mir etwas ausmachen sollen, doch das tat es nicht. Ich wollte mich für nichts interessieren als für diesen Kuss, diese Umarmung, diese Verbindung. Ich wollte nicht, dass das jemals endete.

Lee zog sich ein wenig zurück, und sein Atem kam in kurzen, abgehackten Stößen. Ich konnte sein Herz durch sein T-Shirt im gleichen Rhythmus schlagen spüren wie meins.

„Was …“, setzte ich an, doch er schüttelte den Kopf und küsste mich noch mal.

Ich ließ keinen klaren Gedanken zu, ließ alle Sorgen und Bedenken aus meinem Bewusstsein gleiten, ließ meine Hände finden, was sie finden wollten, berühren, was sie berühren wollten.

Lees Finger waren an meinem Nacken. Ich verlor den Halt, und wir stolperten gegen die Wand der Hütte. Als Lee sich an mich drückte, wurde mein T-Shirt am Rücken feucht von den nassen Schindeln. Er wandte den Mund von meinen Lippen ab, um mein Ohr, meinen Hals, meine Schultern zu liebkosen, und mit seinen Händen wanderte er von meiner Taille zu meinen Hüften und …

Genug, schoss es mir durch den Kopf. Das reichte für den Moment.

Aber das stimmte nicht. Ich brauchte mehr.

Ich griff nach Lees Hand und verschränkte meine Finger mit seinen, presste meine Handfläche so fest gegen seine, als würden wir miteinander kämpfen, als wären unsere Hände und Arme im Krieg. Er nahm meine beiden Hände und hob sie über meine Schultern, um mich gegen die Seitenwand der Hütte zu drücken.

Dann strich er mit seinen Lippen über meine Wange. Ich öffnete meine Augen und sorgte dafür, dass er mich anschaute.

„Küss mich noch mal", sagte ich.

Sein Lächeln war aufreizend. „Nein."

„Doch. Küss mich noch mal." Ich packte seine Hände fester, zog seine Arme um meinen Hals und wartete darauf, dass Lee nachgab.

„Nein", meinte er. „*Du* küsst mich."

Ich lächelte und wirbelte ihn herum, sodass er nun gegen die Wand der Hütte gepresst wurde. Schließlich reckte ich mein Kinn vor und beugte mich nach vorne, damit ich meine Lippen auf seine drücken konnte. Ich konnte und würde ihn nicht gehen lassen.

Irgendwann verließ die Dringlichkeit uns – wie ein Wasserstrahl, der stark beginnt und dann langsam tropfend zum Erliegen kommt. Mein Herzschlag wurde wieder ruhiger, meine Energie war verbraucht. Ich atmete tief ein, wollte jedoch die Verbindung zwischen uns nicht unterbrechen. Also ließ ich meinen Kopf gegen Lees Schulter sinken und spürte, wie sich seine Brust bei jedem Atemzug unter meiner Wange hob und senkte.

„Meredith …"

„Nein. Bitte. Nicht." Ich hatte Angst, ihn anzuschauen, Angst, in seinem Gesicht zu sehen, was das hier war, was es ihm bedeutete. Es war für ihn nicht das Gleiche wie für mich – das konnte nicht sein.

„Aber …"

„Ich muss los."

Er richtete sich auf und hielt mich auf Armeslänge von sich weg. „Jetzt? Ernsthaft?"

Ich wand mich aus der Umarmung, löste vorsichtig seine Hände von meiner Taille. „Ich … ich kann das nicht. Was auch immer das hier ist."

„Das. Du meinst ‚uns'?"

Ich zuckte zusammen. *Uns.* Gab es ein *Uns*? Konnte es das geben? Wenn Nate …

Nate ist fort, sagte eine kleine Stimme in mir.

Nein. Das hier war nicht okay. Noch nicht.

Ich zog mich zurück, den Blick auf meine Füße geheftet. „Ich werde …"

„Mich anrufen, wenn du dich dem Zirkus angeschlossen hast?", unterbrach mich Lee mit einem Hauch von Sarkasmus in der Stimme.

„Ich arbeite noch an meinem Zaubertrick", murmelte ich und eilte mit gesenktem Kopf davon.

Hinter mir hörte ich Lee sagen: „Wie man verschwindet, weißt du auf jeden Fall schon."

In der Schattenbox, die ich Nate geschenkt hatte, lag ein kleiner Zettel, eine Quittung für einen Spind an der Eislaufbahn. In dem Jahr waren Olympische Spiele gewesen, und alle auf unserer Junior-High waren totale Fans von Schnee- und Eissportarten. Bis dahin waren Nate und ich nur Freunde gewesen. Er war eine Klasse über mir und bereits Freshman an der Highschool. Als es an der Zeit gewesen war, nach Hause zu gehen, hatte ich nicht lange gebraucht, um meine Schlittschuhe aufzubinden und in meine Nikes zu schlüpfen, aber aus irgendeinem Grund war Nate echt lahmarschig gewesen. Ich erinnere mich noch, wie viel Zeit er sich gelassen hatte, erst mit jedem einzelnen Socken, dann mit jedem Schuh. Zum Schluss war er aufgestanden, hatte seine Jacke und seine Handschuhe angezogen, sich eine Baseballkappe aufgesetzt – und sich dann vorgebeugt und mir einen Kuss direkt auf die Lippen gegeben. Ich war so überrascht gewesen, dass ich nicht mal meine Augen geschlossen hatte.

Seine Lippen waren so neu gewesen für meine, so weich und sanft, und seine Hände lagen an meinen Ellbogen, hielten mich, als wenn ich sonst hätte davonschweben können. Obwohl er nicht länger als eine oder zwei Sekunden gedauert haben konnte, hatte sich dieser Kuss – mein erster Kuss – in mein Gedächtnis eingebrannt.

Bis jetzt. Bis zu Lee. War ich bereit, diese Erinnerung zu ersetzen? Ich wollte Nate niemals vergessen, aber ich hatte Angst, dass ich Lee nicht vergessen könnte.

16. KAPITEL

Der Tag meiner Führung auf dem Campus von Lewis & Clark rückte immer näher. Obwohl ich versucht hatte, mich rauszureden, beharrte meine Mutter darauf, dass ich hinfuhr. „Fahr nach Portland. Verabrede dich mit Allison. Und wenn du zurückkommst, wette ich, dass du dich wieder voller Elan in all deine Aktivitäten stürzt!"

Irgendwie hatte sie angenommen (so wie alle anderen auch), dass ich irgendwann zur Normalität zurückkehren würde. Doch ich hatte das Gefühl, dass „normal" inzwischen etwas ganz anderes bedeutete.

Allison traf sich mit mir am College, um gemeinsam mit mir die Führung zu machen und die Fragen zu stellen, an die ich eventuell nicht denken würde. Ehrlich gesagt war das Einzige, woran ich denken konnte, Lee. Ich bekam ihn einfach nicht aus dem Kopf.

Meine Mom hatte recht, auch wenn sie nicht wusste, warum. Ich brauchte Distanz. Es war zu leicht, ständig zu Lee zu laufen, wenn ich down war. Und jetzt, nach dem, was zwischen uns passiert war ... da brauchte ich mehr als je zuvor Raum für mich.

Ich war schon einmal mit Nate auf dem Lewis & Clark gewesen, aber als ich über die gewundene Straße durch das große Tor fuhr, kam es mir fremder vor, als ich erwartet hatte. Ich erkannte beinahe gar nichts wieder.

Während der gesamten Führung war ich wie in einem Nebel. Die Gebäude waren charmant, die Landschaft hübsch, und die Studenten wirkten nett. Und dennoch ...

Es fühlte sich nicht richtig an.

Es mochte für Nate richtig gewesen sein, oder für Nate und mich, aber nicht für mich.

Nicht für mich allein.

Nach der Tour fanden Allison und ich einen kleinen Coffeeshop, dessen Schild auf dem Bürgersteig verkündete: *Gönn dir einen Latte!* Ich ließ sie für mich bestellen, während ich uns einen Tisch am Fenster schnappte, das auf den Parkplatz hinausging. Ich schaute mich um. An allen Tischen saßen Studenten. Die Luft war wie elektrisch aufgeladen. Ein Rausch von Koffein und Zucker in Verbindung mit der Bitte nach Ruhe, die zischend von einigen Studenten geäußert wurde, die tatsächlich hier saßen und lernten.

Ich wartete, bis meine Schwester vollauf damit beschäftigt war, den Kaffee für uns zu bestellen, bevor ich mein Telefon herausholte. Während der gesamten Führung war ich geduldig gewesen, hatte unserem Campusführer zugehört, aber jetzt musste ich es wissen: Hatte Lee versucht, Kontakt mit mir aufzunehmen? Ich hielt den Atem an, als ich mein Handy anschaltete, und tippte mit den Schuhspitzen auf den Boden, während das Telefon nach einem Signal suchte. Zehn Sekunden vergingen, zwanzig, eine Minute, aber selbst, als die Balken größer wurden, wurde keine Nachricht geladen. Keine einzige SMS oder Nachricht auf der Mailbox. Nur um sicherzugehen, scrollte ich durch die alten, aber da war nichts.

Mein Herz wurde schwer, und ich ließ mich gegen die Rückenlehne meines Stuhls sacken.

Wie konnte es sein, dass er mich nicht angerufen hatte? So, wie wir auseinandergegangen waren … war es ihm egal?

Wäre er Nate, hätte er angerufen.

Aber wenn er Nate wäre, hätte ich nicht …

Ich errötete, als ich mich an unseren Kuss erinnerte. Mich an *meinen* Kuss erinnerte. Mit Nate war ich nie so aggressiv gewesen, so *beharrlich*.

Allison riss mich aus meinen Gedanken, als sie einen riesigen Pappbecher mit Kaffee über den Tisch zu mir schob und ein paar Zuckertütchen hinterherwarf. „Süße Baristas haben sie hier!“, sagte sie grinsend. „Sie geben einem einen Extraschuss Espresso, wenn man ihnen seine Telefonnummer gibt.“

„Das hast du nicht gemacht.“

Sie nahm den Plastikdeckel von ihrem Becher und blies über die cremige Oberfläche ihres Kaffees, um ihn abzukühlen. „Ich habe ihm *eine* Nummer gegeben, aber nicht meine.“ Sie nippte ein paar Mal an ihrem Kaffee, dann lehnte sie sich auf ihrem Stuhl zurück und sagte: „Ahh, so ist es schon besser. Jetzt kannst du mit mir reden.“

„Wer hat gesagt, dass es irgendetwas zu bereden gibt?“

„Ich bitte dich. Mom hat mir alles erzählt.“

Alles? Ich starrte in meinen Kaffee und wünschte, ich könnte bis zum Grund des Bechers tauchen und mich in dem schmelzenden Zucker vergraben. „Dann musst du es ja nicht noch mal von mir hören.“

„Schule schwänzen, Hausaufgaben nicht abgeben ... das klingt gar nicht nach dir, Middie.“

Ich schaute scharf auf. „Sie haben mir doch gesagt, ich brauche nicht zu kommen“, sagte ich mit lauter werdender Stimme. „Sie haben mir gesagt, ich solle es ruhig angehen lassen und mich nicht stressen.“

Meine Schwester zeigte die Andeutung eines Lächelns, als wenn sie genau verstünde, was ich sagte. „Ja, aber sie hatten nicht damit gerechnet, dass du ihr Angebot annimmst, zumindest nicht für lange. Sie hatten von *dir* erwartet, dass du schnell wieder zur Normalität zurückkehrst.“

„Ach, darum geht es also?“ Ich machte mit den Händen eine Geste, die den Coffeeshop, den Campus, die Studenten einfasste. „Mich wieder normal zu machen?“

„Klar.“ Allison lachte. „Ein Roadtrip nach Portland war nur die Eintrittskarte.“ Ihr Lachen verebbte. „Vielleicht wäre es keine so schlechte Idee, hierherzukommen. Nate hat sich aus einem bestimmten Grund für dieses College entschieden. *Du* hast dich aus einem Grund dafür entschieden …"

„Ich habe mich *wegen Nate* so entschieden."

„Ach so? Und deshalb ist es für dich keine gute Wahl mehr?"

Meine Schwester verschwendete normalerweise nicht viele Gedanken an meine Gefühle. „Wann bist du so nett und philosophisch geworden?"

„Ich habe keine Ahnung. Vielleicht liegt es an der Vorlesung in Frauenforschung, die ich letztes Semester absolviert habe."

„Was, wenn ich überhaupt nicht aufs College gehen will?"

„Du meinst, du willst ein Jahr freimachen? Klar, das könntest du tun."

„Nein, ich meine, wenn ich *gar nicht* gehen will. Oder vielleicht später. Ich weiß es nicht. Muss ich das jetzt schon wissen?"

„Äh, du musst aufs College gehen." Sie nippte an ihrem Kaffee und checkte dabei ein paar Typen ab, die gerade hereinkamen. Ihr Blick folgte ihnen zum Tresen.

„Nicht jeder geht aufs College."

„Sei nicht albern. Mom und Dad bringen dich um, wenn du nicht irgendwo studierst."

Wir beide hörten mein Handy summen, das Signal dafür, dass eine Nachricht eingegangen war. *Lee?*

Meine Schwester schnappte es sich und keuchte. „Oh, oh."

Ich riss es ihr aus der Hand und tippte aufs Display. Aber es war nicht Lee. Es war …

„Wesley? Wer bitte ist Wesley?" Ich öffnete die SMS und las eine Nachricht, die definitiv *nicht* mir galt. **Hey, Expresso-Girl!**

„Expresso?", sagte ich lachend. „Ist das …" Ich schaute zum Tresen, wo ein Junge, der definitiv zu jung für Allison war, grüßend zwei Finger in unsere Richtung hob. „Ist das der Typ da drüben?"

Als meine Schwester nickte, lachte ich los. „Expresso! Mit x! Oh mein Gott, er macht den ganzen Tag Kaffee und weiß nicht, wie man das schreibt? Ali, du hast ihm *meine* Nummer gegeben? Wie konntest du nur?"

Allison schnappte mir das Handy wieder weg und ließ ihre Finger über das Display fliegen. „Ich weiß nicht. Das war die Erste, die mir einfiel."

Ich schüttelte den Kopf. „Den Typen musst du sofort wieder loswerden! Ich brauche definitiv keinen Kaffee-Clown, der nicht mal richtig schreiben kann."

„Ja, ja", winkte sie ab. Dann tippte sie auf Senden und ließ sich wieder gegen die Stuhllehne fallen. „So, und du hast also meine alten Boho-Klamotten für dich entdeckt, hm?"

„Woher weißt du, dass ich sie getragen habe?"

„Emma hat mir eine Nachricht geschickt."

„Sie hat noch nicht mal ein Handy!"

„Sie sind nicht wirklich *du*, aber …" Allison tippte abwesend mit den Fingern auf dem Display meines Handys herum und drehte es dann auf die Seite. Dabei stahl sich ein überraschter Ausdruck auf ihr Gesicht. Sie tippte noch einmal mit dem Finger auf das Display – und noch einmal und noch einmal und …

Oh Mist, meine Selfies mit Lee.

Ich sprang beinahe über den Tisch. „Ali, gib mir das wieder", sagte ich, aber sie hielt es gerade außerhalb meiner Reichweite und drehte sich von mir weg. Dabei behielt sie die ganze Zeit den Blick auf das Telefon gerichtet.

„‚Danke für letzte Nacht' … Middie, was zum …" Sie blätterte noch ein paar mehr Bilder durch und schaute mich dann an. „Was. Zum. Teufel. Was ist das?"

Sie hielt das Handy mit spitzen Fingern, als wenn es aus Plutonium gemacht wäre.

„Ich kann das erklären, Ali. Lee …"

„Lee Ryan“, sagte sie nickend. „Ich kenne ihn.“

„Ich kann das erklären.“

„Das hast du schon gesagt.“

„Er ist eigentlich ganz in Ordnung.“ Ich versuchte, nicht zu defensiv zu klingen. „Er ist nur …“ Ich erinnerte mich, was Lee über Lex Luthor gesagt hatte. „Er wird nur missverstanden.“

Allison verschränkte ihre Arme vor der Brust. „Also ist er gar kein seltsamer, faulenzender Kiffer?“

„Nein. Er hat sogar einen Job und … und er raucht gar kein Gras.“ Zugegeben, er war ein bisschen seltsam. „Er hat mir echt geholfen, Ali.“

„Ja, das sehe ich.“ Allison schaute mich herablassend über ihre Nase hinweg an. Das erinnerte mich an die Zeit, als wir Kinder gewesen waren und ich nicht das gemacht hatte, was sie wollte.

Jetzt wollte ich lachen. Lee hätte gelacht. Aber ich hatte das Gefühl, dass Witze gerade nicht sonderlich gut ankommen würden.

„Nate ist gerade erst gestorben“, sagte meine Schwester absichtlich brutal. „Weißt du, wie das aussieht?“

Kurz überlegte ich, ob ich ihr erzählen sollte, wie er mich getröstet hatte, ohne mich zu verhätscheln, wie er mich ermutigt hatte, ohne mich zu bevormunden. Aber die Fotos erzählten eine andere Geschichte. Eine komplett andere.

Ich wandte mein Gesicht ab. Egal, wie sehr ich mich erklärte, wie oft ich meine Taten verteidigte, ich würde nur noch mehr so wirken, als würde ich Nate betrügen.

„So ist es nicht“, sagte ich deshalb nur. „So ist es nicht.“

„Das nennt man eine Übergangsbeziehung. Was auch immer du glaubst, aber mehr ist es nicht. Für euch beide nicht. Es ist nicht real.“ Meine Schwester erhob sich vom Tisch und trank ihren Kaffee aus. „Ich muss los.“ Sie beugte sich vor und umarmte mich, bevor sie mir im Gehen über die Schulter zurief: „Fahr vorsichtig, okay?“

Ich schaute auf mein Handy. Immer noch keine Nachricht von Lee.

Sie hat recht, dachte ich; Allison hat recht.

Ich hatte Nate betrogen.

Mit etwas, das überhaupt nichts war. Es konnte kein „Uns“ geben. Kein „Lee und ich“. Ich musste loslassen – musste *ihn* loslassen – und zur Schule und meinen Freunden und in mein echtes Leben zurückkehren.

17. KAPITEL

Chemieklausuren, Englischtests, Matheprüfungen und Unmengen an Übungen für den SAT-Test, den man zur Zulassung fürs College benötigte – die nächsten drei Wochen war ich mit Hausaufgaben und meinen Freundinnen beschäftigt.

Ich tat alles, worum man mich bat, und mehr. Ich feuerte Haley bei ihren Hockeyspielen an und verbrachte meine Nachmittage im Gemeinschaftsgarten. Wenn Emmas Brownie-Truppe für einen Ausflug ins Naturkundemuseum eine Aufsichtsperson brauchte, meldete ich mich freiwillig. Und an Thanksgiving räumte ich sogar die Küche auf. Ich war nicht gerade die beste Köchin, aber Töpfe und Pfannen schrubben konnte ich.

Ich machte den SAT-Test und fiel mit Pauken und Trompeten durch. Das war nicht weiter überraschend. Alle sagten, dass das erste Mal das schlimmste wäre und ich einfach nur mehr lernen müsste. Ich versprach meinen Eltern – und mir –, dass ich ihn noch einmal machen und besser abschneiden würde.

Ende November war die Normalität in mein Leben zurückgekehrt, auch wenn mein Leben sich immer noch nicht wieder normal anfühlte.

Ich vergaß Lee. Ich hörte auf, alle fünf Minuten auf mein Handy zu schauen, um zu sehen, ob ich eine SMS von ihm hatte, ich hörte auf, an das letzte Mal zu denken, als wir uns gesehen hatten. Seine Hand an meiner Taille, sein Atem an meinem Hals ... Okay, vielleicht hatte ich es noch nicht ganz vergessen, aber ich versuchte es.

Am Sonntag nach Thanksgiving stand ich früh auf, im Haus war alles noch ruhig, und nur ab und zu fuhr ein Auto auf der Straße vorbei. Ich fing mit einer leichten Laufrunde an und spürte jeden Muskel in meinem Körper. Seit Wochen war ich nicht mehr laufen gewesen.

Der Wind wehte mir meinen Pferdeschwanz ins Gesicht,

und auf meinen Wangen spürte ich Regentropfen. Dunkle Wolken wirbelten über mir herum, unbeständig und bedrohlich, aber ich lief einfach weiter. Dabei dachte ich an die Nacht im Baumhaus und Lee, wie er mich fragte, ob ich im Regen schmelzen würde.

Nein. Ich nicht. Meredith Daniels schmilzt nicht.

Sehr schnell ertönten die anderen Stimmen in meinem Kopf: meine Mutter, meine Freundinnen, meine Schwester, meine Lehrer …

Was willst du, Middie?

Was fängst du mit dem Rest deines Lebens an, Middie?

Wann kehrst du wieder zur Normalität zurück, Middie?

Normal.

Zurück zu der Person, die ich mal gewesen war.

Aber warum wollten sie, dass ich diese normale Person war? Diese Person war hauptsächlich wegen Nate Bingham so gewesen. *Er* hatte alles geplant. *Er* hatte das Leben verstanden. Ohne ihn … wer war ich da?

Nein. Ich konnte nie wieder der Mensch werden, der ich einst gewesen war.

Denn es gibt keinen Nate mehr. Und diese Person hat ohne ihn nie existiert.

Ich bog um eine Kurve und lief auf eine mir vertraute Weggabelung zu. Wenn doch nur alle Entscheidungen im Leben so einfach wären: eine Gabelung sehen und sich für die eine oder andere Seite entscheiden. Nates Tod war eine Entscheidung, die man mir abgenommen hatte – aber das bedeutete nicht, dass ich von jetzt an allen anderen erlauben sollte, Entscheidungen für mich zu treffen.

Wenn ich noch nicht genau wusste, was ich wollte im Leben, war das okay. Welche Lektion sollte ich aus all diesem hier lernen, wenn nicht die, dass es besser war, zu *leben*, anstatt nur zu *planen*.

Sag jetzt Ja, und kümmere dich später um die Probleme.

Ich joggte vor Lees Haus auf der Stelle, während ich ihm eine SMS schrieb: **Bist du wach? Ich bin hier.**

Keine Antwort. Aber was hatte ich denn erwartet? Ich schrieb ihm noch einmal und wartete noch ein bisschen, aber nach zehn Minuten sah es so aus, als würde er nicht herunterkommen.

Also schlenderte ich zur Garage hinüber, um einen letzten Blick auf den Mustang zu werfen. Die Seitentür war nicht verschlossen, also schlich ich auf Zehenspitzen hinein. Das Auto war so makellos und wunderschön. Das Chrom, die klaren Linien, das aufgepolsterte Leder – es war alt, aber gleichzeitig zeitlos, ein echter Klassiker. Wir hatten dieses Auto zusammen repariert – und in gewisser Weise hatte auch ich mich repariert.

Ich fühlte mich, als hätte Lee mir ein Geheimnis anvertraut, eines, das nur Nate gekannt hatte: Lee war ein großartiger Freund. Endlich sah ich in ihm, was Nate immer in ihm gesehen hatte, was Nate so an Lee geschätzt hatte, als er noch am Leben gewesen war.

„Hast du vor, sie zu klauen?", hörte ich eine Stimme hinter mir.

Lee stand auf der Treppe neben der Tür; er war nur als Silhouette zu erkennen, hinter ihm fiel leise der Regen.

„Das wäre schwierig, weil sie mich ja immer noch nicht fahren lässt", witzelte ich.

Da sein Gesicht im Schatten lag, hatte ich keine Ahnung, ob er lächelte oder finster dreinschaute. „Du hast nie angerufen", sagte er. „Du bist einfach … verschwunden."

Ich wollte einen Witz reißen. *Ich bin eine Zauberin, weißt du noch?*

„Jetzt bin ich hier."

„Ja, das stimmt."

Wir machten ein paar zögerliche Schritte aufeinander zu. Meine Gedanken und mein Puls rasten. War das hier das Richtige?

Ich wusste es nicht. Und es war mir egal. Nur der Moment war wichtig.

Ich beeilte mich mit den letzten paar Schritten, fasste Lee an den Schultern und küsste ihn. Mir wurde schwindelig, und mein Herz flatterte in meiner Brust, als er reagierte und den Kuss mit all der Intensität erwiderte, auf die ich gehofft hatte.

Für die du hierhergekommen bist, gab ich zu.

„Bist du real?", fragte ich leise. „Allison meinte, das hier wäre nicht echt."

Er antwortete mit seinen Lippen. Wir pressten uns aneinander, wanden uns umeinander – unsere Stimmen waren gedämpft. Ich fühlte seinen Atem an meinem Ohr, hörte, wie er meinen Namen flüsterte, meinen echten Namen, nicht diesen dummen, dummen Spitznamen, und die gesamte Spannung floss aus meinem Körper.

Lee hatte keine Erwartungen *an* mich, keine Pläne *für* mich. Er verstand und akzeptierte mich. Das tat sonst niemand.

Einer von uns öffnete die Wagentür, und einer von uns zog den anderen hinein, und es war egal, wer es war, weil wir beide das Gleiche empfanden, weil wir beide das Gleiche wollten. Wir küssten uns – abwechselnd leidenschaftlich und süß und drängend – und lachten über uns und den Regen. Ich schmeckte pfefferminzige Zahnpasta auf seiner Zunge und lächelte, als ich mir vorstellte, wie er sich in den zehn Minuten, bevor er heruntergekommen war, die Zähne geputzt hatte. Es war die Vorstellung, dass er aufgeregt gewesen war und sich gefragt hatte, ob das hier passieren würde, wodurch es mir so leicht fiel, mir keine Gedanken mehr darüber zu machen, wo er endete und ich begann.

Irgendwann lösten sich unsere Münder voneinander, und

wir ruhten uns aus, immer noch ineinander verschlungen. Lee kurbelte eines der beschlagenen Fenster herunter, sodass der kühle Wind ins Auto wehte und über unsere Haut, die vor Schweiß ganz feucht war. Erschauernd kuschelte ich mich näher an ihn und ließ meinen Kopf auf seine nackte Brust sinken. Ich spürte seinen Herzschlag unter seinen Rippen, der langsam zu seinem normalen Rhythmus zurückfand, und streckte eine Hand aus. Mit der Fingerspitze folgte ich der Linie seiner Wange bis zu seinen Lippen. Er küsste meinen Finger und versuchte dann, hineinzubeißen. Ich zog ihn schnell zurück und drückte ihm stattdessen lachend einen dicken Kuss auf den Mund.

„Ich laufe weg, um mich dem Zirkus anzuschließen", sagte ich. „Willst du mitkommen?"

Er grinste und ließ einen ganzen Schauer an Küssen über meinen Hals und meine Schultern regnen. „Ich dachte schon, du würdest mich nie fragen."

Mein Handy kündigte eine Nachricht an. Gerade wollte ich es auf stumm schalten, aber dann, beinahe gleichzeitig, klingelte auch Lees Telefon. Wir suchten auf dem Boden nach unserer Kleidung und kicherten wie kleine Kinder, als wir ungelenk in unseren Sachen wühlten, bis wir endlich unsere Handys gefunden hatten.

Ich sah den Ausdruck auf Lees Gesicht, bevor ich die Chance hatte, meine Nachricht zu lesen. Er saß mit offenem Mund da und blinzelte viel zu schnell. „Lee? Ist irgendetwas …"

Und dann schaute ich auf meine SMS. Von Nates Mutter:

Ich bringe Nate mit nach Hause.

„Oh mein Gott", flüsterte ich.

Lee und ich tauschten einen Blick. *Ist das ein Scherz?* Wir starrten auf unsere Handys. Wenn ja, dann war er echt gemein. Aber die Nachricht stammte eindeutig von Mrs. Binghams Telefon.

Konnte das sein? Konnte Nate wirklich noch am Leben sein?

Bei dem Massaker in dem winzigen Dorf in Honduras waren die Leichen teilweise bis zur Unkenntlichkeit verbrannt. Die Rebellen hatten das Dorf über eine Woche in ihrer Gewalt gehabt und allen Behörden verweigert, die Leichen zu identifizieren. Selbst die Journalisten hatten nur begrenzten Zutritt zu dem Gebiet gehabt. Alle waren davon ausgegangen, dass Nate zu den Toten gehörte.

Alle außer seiner Mutter. Auch wenn alle anderen es für irrational gehalten hatten, hatte sie die Hoffnung nie aufgegeben und war in Honduras geblieben.

Sehr lange saßen wir regungslos in der Garage. Das einzige Geräusch kam vom Regen, der aufs Dach prasselte und gegen die Fensterscheiben schlug. Und von unserem Atem, der nur ein weiches Seufzen war.

Schweigend zogen wir uns an, total in unsere jeweiligen Gedanken versunken, und schlüpften nacheinander aus dem Wagen. Als Lee die Tür schloss, war es, als schlösse er das weg, was gerade zwischen uns passiert war; schlösse ab, als wäre es ein Gegenstand, den man für später aufbewahren könnte.

Unsere Blicke trafen sich, und plötzlich grinste Lee. „Er lebt." Er nahm mich in die Arme und drückte mich ganz fest an sich – und diese Umarmung hatte nichts von der Leidenschaft, die wir gerade miteinander geteilt hatten.

Er wirbelte mich in der Garage herum und lachte vor Glück und Erleichterung und Dankbarkeit. „Nate ist doch echt ein Mistkerl! Was für eine krasse Nummer!"

Ich keuchte und lachte. Es war wirklich krass. „Meinst du, das ist echt?"

„Warum sollte es das nicht sein? Wenn es jemand da draußen im Dschungel schafft, dann Nate."

Mein Handy klingelte erneut: Haley. Und noch mal: meine Mutter. Und noch mal: Allison.

Und noch mal und noch mal und noch mal. Meine Inbox quoll über mit den ganzen glücklichen Nachrichten. Als ich bei fünfundzwanzig Nachrichten angekommen war, erlaubte ich mir endlich, zu glauben, dass es wahr war.

„Er lebt, er lebt, er lebt!“, sang ich, als ich Lees Hand nahm und wir um den Mustang herumwirbelten. Unseren Mustang. Nates Mustang.

„Dschungelkrieger!“ Lee warf den Kopf in den Nacken und lachte. „Oh Mann, ich freue mich so drauf, ihn zu sehen.“

Bzz … bzz … bzz … Weitere Nachrichten, weitere Namen, weitere Erleichterung. „Einen Moment. Ich muss ein paar Leuten antworten.“ Ich schaute Lee an. „Und du?“

Er schüttelte den Kopf. „Nö.“

„Oh. Okay. Tja, ich habe hier eine, die echt wichtig ist.“ Ich trat näher an die Tür heran, um die Nachrichten im regnerischen Tageslicht zu lesen. Lee saß hinter mir auf der Holzbank und umklammerte sein Handy so fest, als hätte er Angst, dass die Nachricht ihm entgleiten könnte.

Mitten im Schreiben klingelte mein Telefon. „Hey, Mom … Ja, ja! Ich hab sie auch gekriegt …“ Die Stimme meiner Mutter war ganz hoch vor Aufregung. „Ich weiß! Unglaublich! Ist es in den Nachrichten? … Oh. Ich … äh, ich bin laufen gegangen.“

Ich schaute über meine Schulter zu Lee. Er hatte jetzt etwas anderes in den Händen – einen Zettel. Das Pferd, das er gezeichnet hatte. Unser Tattoo. Nates Tattoo.

„Bei uns zu Hause? Jetzt? Ja, ja. Ich bin so schnell da, wie ich kann.“ Ich lachte. „Regen? Wen interessiert’s? Ich bin auf dem Weg.“

Ich verabschiedete mich und steckte mein Telefon ein. „Nates Dad ist bei mir zu Hause.“ Lee hatte mir den Rücken zugedreht und starrte die Zeichnung an. Ich hielt an der Tür inne und warf ihm einen Blick zu. „Ich muss los. Hey?“

Langsam kam er auf mich zu, und ich wartete, bis er neben mir stand und durch die offene Tür in den Regen hinausschaute. Ich spürte, wie er meine Hand nahm, fühlte seine Finger, die leicht über meine Handfläche strichen, seine Nägel, die die weichen Spitzen meines Daumens und meines Zeigefingers streiften. So klein und zart diese Berührung auch war, sie entspannte mich ungemein.

Gerade als ich meinen Arm um seine Taille legen wollte, kam ein weiterer Anruf. Ich schaute auf die Nummer und ging dann ran. „Hey, Dad. Ja, ich bin auf dem Weg", sagte ich und hob den Kopf gen Himmel; die Wolken zogen schnell vorbei, und direkt über mir war ein kleiner blauer Fleck zu sehen. An Lee gewandt, formte ich stumm mit den Lippen: *Ich muss los*, und dann ging ich telefonierend auf die Straße hinaus und machte mich laufend auf den Weg nach Hause. Als ich mich kurz darauf noch einmal zu Lee umdrehte, war er verschwunden.

Und jetzt zu meinem nächsten Trick, dachte ich. *Ich werde Nate wiederauftauchen lassen.*

Emma sah mich als Erste, als ich die Auffahrt hinaufjoggte. Sie lief mir entgegen und stürzte sich in meine Arme. „Middie! Nate kommt nach Hause!"

„Ich weiß!" Ich hob sie hoch und trug sie ins Haus.

„Mein Wunsch ist in Erfüllung gegangen!"

„Wirklich? Das hast du dir gewünscht?"

Sie legte den Kopf schief. „So in der Art. Ich habe mir gewünscht, es wäre nie passiert."

In der Küche ließ ich sie herunter, und gemeinsam liefen wir ins Wohnzimmer, wo unsere Eltern und Nates Dad fröhlich feierten – SMS schrieben, telefonierten und E-Mails verschickten.

„Caroline hat vor ungefähr einer halben Stunde angerufen", erklärte meine Mutter mir, während sie Kaffee einschenkte.

„Sie hat Tom erzählt, dass Global Outreach endlich neue Informationen über Nate in Erfahrung gebracht hat. Er ist während des Angriffs geflohen und mit ein paar anderen in den Dschungel gerannt. Irgendwann hat er sich das Denguefieber eingefangen. Er ist immer noch sehr schwach und konnte ihnen noch nicht die ganze Geschichte erzählen. Aber er lebt. Er ist im Krankenhaus und in Sicherheit." Ihr stockte der Atem, und sie griff Halt suchend nach meinen Händen. Ich wusste, dass sie die gleiche Erleichterung empfand, die Nates Mutter im Moment empfinden musste. Ich half ihr, Dad und Mr. Bingham den Kaffee zu bringen.

Nates Dad umarmte mich und erzählte dort weiter, wo meine Mutter aufgehört hatte. „Wir werden erst wissen, wie schwer seine Verletzungen sind, nachdem Caroline bei ihm war und mit ihm reden konnte. Aber er *lebt*, und das ist alles, was zählt."

„Wie lange, bis er herkommt?", fragte mein Dad.

„Fünf Tage? Eine Woche? Die Regierung von Honduras hätte gerne, dass er ihr hilft, die Angreifer zu identifizieren, wenn er kann."

Emma stieß mich mit dem Ellbogen an, damit ich auf der Couch ein wenig Platz machte, und pflanzte sich dann zwischen meine Mom und mich. „Wird er immer noch Arzt, wenn er nach Hause kommt?", fragte sie Mr. Bingham.

„Oh ja. Da bin ich mir ziemlich sicher."

Emma runzelte die Stirn. „Aber das ist so gefährlich. Er könnte erneut getötet werden."

Das kleine Wort „erneut" berührte mich irgendwie, aber Mr. Bingham achtete nicht darauf. „Das Arztsein ist nicht das Gefährliche, Emma. Sondern der Ort, an dem er war."

„Ohhh …" Sie nickte, als es ihr dämmerte. „Dann müssen Sie dafür sorgen, dass er nirgendwo mehr hingeht. Er soll für immer bei uns bleiben."

„Hier? In Roseburg?“, fragte ich.

„Ja. Und nie wieder weggehen.“ Dann zupfte sie an meinem Ärmel und schaute mich ernst an. „Und du auch nicht. Geh nicht weg.“

Ich legte einen Arm um ihre Schultern und zog sie an mich. „Okay. Wir bleiben alle immer hier.“

Emma überlegte einen Moment, dann hob sie einen Finger. „Abgesehen vom Pfadfinderinnencamp. Da muss ich hin.“

Ich lachte, doch in meinem Kopf wirbelten die Gedanken umher, und mein Gehirn summte vor gespannter Erwartung. Nate lebte! Er würde in einer Woche nach Hause kommen, vielleicht sogar früher.

Kurz darauf verabschiedeten wir uns von Nates Dad, der schnell nach Hause wollte, um Vorbereitungen für seine Reise zu treffen. Er wollte seine Frau in Honduras treffen, und gemeinsam würden sie Nate nach Hause holen. „Caroline hatte recht“, hörte ich ihn zu meinen Eltern sagen, die ihn zu seinem Auto begleiteten. „Ich habe ein schlechtes Gewissen, weil ich schnell aufgegeben habe, aber jetzt bin ich einfach nur unglaublich dankbar, dass er noch lebt.“

Bei diesen Worten zog sich mein Magen zusammen. Ich hatte das Gleiche getan. Aber das war jetzt egal; das war unsere Vergangenheit, und Nates Rückkehr war unsere Zukunft.

Es hatte aufgehört zu regnen, und ich atmete die frische Luft ein, die nach Herbst roch. Ich betrachtete die Szenerie mit Nates Blick. Was würde er sehen, wenn er zurückkehrte? Der Sommer war offiziell vorbei, der Winter lauerte schon am Horizont. Auf der Roseburg-Farm war es an der Zeit für das Wintergemüse, für Rüben und Spinat und Radieschen. In der Schule begann die Basketballsaison, Nates Lieblingssportart.

In meiner Hosentasche vibrierte mein Handy. Eine Nachricht von Allison: **Yay!**

Ich lächelte und schrieb ihr zurück: **Ich bin soooo glücklich!**

Es ist vorbei, oder?

Was meinte sie damit?

Lee? Meinte sie Lee? Sofort beschleunigte sich mein Puls, und ein Teil von mir wollte kindisch erwidern: *Ich weiß, was ich tue!* Aber vielleicht hatte sie das gar nicht gemeint? Vielleicht bezog sich „Es ist vorbei“ auf Nates Tortur in Zentralamerika. Was auch immer sie gemeint hatte, ich schrieb ihr zurück: **Alles ist gut.**

Ich war immer noch Nates Freundin. Ich war froh, dass er nach Hause kam. Lee war Nates bester Freund. Er war auch froh.

Meine Wangen brannten, als ich an den Wagen dachte, an uns. Es *war* vorbei. Es musste vorbei sein.

Oder?

18. KAPITEL

In der Schule hob die überraschende Nachricht die Stimmung in der gesamten Schülerschaft. Alle nachklingenden Traurigkeiten über Nates Tod – sein Verschwinden, wie wir es jetzt alle nannten – waren wie weggewischt und die Atmosphäre von Erleichterung und Aufregung geprägt.

Während der Mittagspause saßen Haley und ich mit Katrina und Debra am Tisch und besprachen den Winterball, der Ende Januar stattfinden sollte, für den aber alle schon vor Weihnachten anfingen zu planen.

Katrina wedelte mit ihrer Plastikgabel durch die Luft und zeigte auf mögliche Kandidaten für ein Date. „Wie wäre es mit Daves Freund, dem, der gerade erst hierher gewechselt ist?"

„Ist der nicht erst in der Zehnten?", fragte Debra.

„Aber er war im Footballteam."

„Juniorenliga." Debra verdrehte die Augen. „Ich bitte dich."

„Besser als außerhalb deiner Liga." Katrina grinste, und die Mädchen lachten schallend auf.

Ich liebte es, meine Freundinnen lachen zu hören.

„Was ist mit dir, Haley?", fragte Katrina. „Irgendwelche Vorlieben?"

Meine beste Freundin zuckte mit den Schultern. „Vielleicht Rick. Ich weiß es nicht."

„Was ist aus dem Abschlussjahrfreund geworden?", fragte ich.

„Ach so. Tja, wer sagt, dass man nicht mehrere Freunde haben kann?"

Katrina hob ihre Faust, mit der sie die Gabel umklammerte, und stieß sie gegen Haley. „Amen."

Mein Blick wanderte zum Nachbartisch, an dem eine Gruppe von Jungs saß. Sie sahen aus, als würden sie viel lieber mit Pappschwertern *Game of Thrones* nachspielen, als mit einem Mädchen auf einen Ball zu gehen.

„... und Nate geht doch auch hin, oder, Middie?", fragte Haley.

„Wie bitte?" Ich riss mich von den Jungs los.

„Du und Nate. Ihr geht doch gemeinsam, oder nicht?"

„Äh, ich schätze schon", sagte ich langsam. „Wir müssen sehen, wie es ihm geht, wenn er wieder hier ist."

Meine Freundinnen nickten weise und mitfühlend.

„Natürlich. Er braucht Zeit, gesund zu werden", meinte Debra. „Aber es ist klar, dass du nicht mit einem anderen hingehen kannst."

Die Glocke, die das Ende der Pause verkündete, ertönte, und die Mädchen aßen schnell ihre Salate auf und tranken ihre Limos aus. Einen Tisch weiter steckte einer der Jungs sein iPad in seine Tasche und stand auf. „Der Kerl ist neunzehn, überlebt ein Massaker, schlägt sich alleine durch den Dschungel und kehrt wieder nach Hause zurück? Das ist eine umwerfende Story. Buch, Film, vielleicht eine Fernsehserie."

„HBO?"

„Netflix."

Nate, dachte ich. *Sie sprechen über Nate.* Ich nahm mein Tablett und folgte meinen Freundinnen aus der Tür.

Er kommt nach Hause. Er kommt wirklich nach Hause.

Ich hatte mich in den Studienführer für den SAT-Test vertieft, während ich vor der Schule darauf wartete, dass meine Mutter mich abholte. Eine vertraute Stimme rief meinen Namen.

„Yoko, was geht ab?" Lee hielt mit der Vespa vor mir und klappte den Ständer so lässig wie möglich aus.

„Oh, hey", stammelte ich. Ich stand auf, hielt aber die Bücher wie einen Schutzwall an meine Brust gedrückt.

Lee glitt von dem Roller und beugte sich ein wenig zu nah

zu mir; ich roch den Hauch von Rasierschaum auf seiner Haut und das Waschpulver in seinem T-Shirt. Mich überkam der plötzliche Drang, meine Hand auszustrecken und an seinen Nacken zu legen, ihn an mich zu ziehen und seine Lippen auf meinen zu fühlen. Schnell trat ich einen Schritt zurück.

„Was machst du hier?"

„Du bist eine Freundin. Wir sind doch Freunde, oder?" Er sah mich mit schief gelegtem Kopf an.

Ich nickte. Ich konnte nicht sprechen. Wir waren Freunde. Wir konnten *nur* Freunde sein. Selbst nach allem, was in dem Mustang passiert war, konnten wir nicht mehr sein.

„Ich habe dich hier sitzen sehen und dachte, ich sage mal Hallo."

Ich schaute mich um, hielt auf hoffentlich nicht zu offensichtliche Weise nach möglichen Zuschauern Ausschau. „Hi."

„Ich dachte, wir könnten einen Ausflug an den Badeteich machen."

Der Badeteich. Mein Gesicht wurde ganz heiß, als ich an das Nacktbaden mit Lee dachte. „Oh, äh …"

„Freunde, richtig?" Sein Blick bohrte sich in meinen.

„Ja", sagte ich schnell. „Aber …"

„Aber?"

„Es ist kalt", sagte ich lahm.

„So kalt nun auch wieder nicht."

Ich schaute zur Schule zurück, als wenn sie mich wieder reinrufen könnte oder mir sagen, dass ich nicht gehen sollte – aber niemand kam herausgeeilt, um mich aufzuhalten. Während Lee die Vespa startete, schrieb ich meiner Mom eine SMS: **Werde von Haleys Mom mitgenommen.**

Ich setzte mich hinter Lee und schlang meine Arme um seine Brust. Er lehnte sich gegen mich, und ich atmete seinen Duft ein. Er roch nicht länger nach Zigarettenrauch; es gab keine Spur mehr von Liza, keine „Freundin".

Niemanden außer uns.

Innerhalb weniger Minuten waren wir am Dayton Feed und gingen rasch durch den Wald in Richtung Wasser. Mit jedem Schritt wurde ich aufgeregter, erinnerte mich an das letzte Mal, als wir hier gewesen waren. Aber sobald wir aus der Sonne waren, fiel die Temperatur um mehrere Grad, und je näher wir dem Wasser kamen, desto kälter wurde es. Mein Nacken kribbelte, als der Wind mir die Haare zerzauste.

Falsch, sagte die kleine Stimme. *Das hier ist falsch.*

Es ging nicht darum, zu schwimmen. Das hier war eine Frage – ein Test. Eine Antwort bedeutete das eine, die andere bedeutete etwas total anderes.

Ich wollte nicht reingehen. Nicht, wenn das alles verändern würde.

Aber falls Lee auf meine Antwort wartete, so ließ er es sich nicht anmerken. Er wirkte total unbeschwert. Als wollte er wirklich nur kurz schwimmen gehen.

Am Ufer zog er seine Schuhe aus und winkte mich zu sich. „Komm schon! Wie schlimm kann es sein?"

Ich zog meine Nikes und meine Socken aus, zögerte aber, als ich barfuß war. War es bei unserem letzten Besuch hier auch so kalt gewesen? Die Einsamkeit des Ufers war in der Hitze der letzten Sommertage ein Segen gewesen, aber jetzt, sechs Wochen später, war sie mehr ein Fluch.

Lee rollte seine Jeans bis zu den Knien hoch und begann, ins Wasser zu waten. Ich zitterte schon bei dem Gedanken daran. „Scheiße, ist das kalt!", rief er.

Er griff nach meiner Hand und zog mich zum Wasser. Ich kreischte auf, als das Wasser meine Knöchel umspielte und an meinen Waden hochspritzte. Ein Schauer lief mir über den Rücken, so heftig, als hätte ich gerade einen elektrischen Schlag bekommen. Ich ließ Lees Hand fallen und rannte kopfschüttelnd zum Ufer zurück. „Sorry, aber nein."

Verloren starrte Lee mich über seine Schulter hinweg an.

Wenn wir unsere Erinnerungen nur intakt gelassen hätten, sicher in unseren Köpfen verwahrt wie die Erinnerungen in Nates Schattenboxen.

Es hatte sich alles verändert. Das Wetter. Die Badestelle. Wir.

Und konnte es auch anders sein? In den letzten drei Monaten hatten wir in einer selbst gemachten Blase gelebt, hatten einander getröstet, hatten gewusst, was der andere brauchte, hatten dem anderen gegeben, was niemand anders geben konnte.

Aber Nate würde bald zu Hause sein, und dann konnten die Dinge nicht so bleiben.

„Wir hätten nicht wieder hierherkommen sollen", sagte ich.

„Ist egal", murmelte er und zog seine Schuhe wieder an. „Wir fahren wieder."

Nach dem Ausflug zum Teich beschränkten Lee und ich unsere Kommunikation auf Textnachrichten – die sich alle um Nate drehten.

Hast du was von seinen Eltern gehört? fragte er mich.

Bist du mit Rocky spazieren gegangen? fragte ich ihn.

Was glaubst du, wann ...

Was ist mit ...

Sollten wir ...

Es war ... geschäftsmäßig. Höflich. Ich hatte das Gefühl, wir versuchten herauszufinden, wer wir füreinander waren, wer wir füreinander sein würden, aber nur zu schreiben war kalt und unpersönlich, und jede getippte Nachricht trieb uns weiter auseinander. Jedes Mal, wenn ich seinen Namen auf meinem Handy sah, schlug mein Herz schneller, aber die Nachricht war immer harmlos. Und die meisten begannen mit dem Wort „Nate".

Hör auf, an ihn zu denken, schalt ich mich. *Hör auf, daran zu denken …*

Aber ich konnte nicht.

Ich musste die Luft klären. Und zwar, bevor Nate zurückkehrte. Vielleicht war das egoistisch, aber ich musste ihn noch mal sehen. Eines Morgens joggte ich vor der Schule zu seinem Haus, weil ich wusste, dass er noch nicht zur Arbeit gefahren war.

„Ich will Christine fahren", erklärte ich ihm, als er mich fragend anschaute.

„Ich weiß nicht …"

„Nur einmal. Für Nate."

Er rieb sich mit der Hand über den Kopf, während er darüber nachdachte. Eine Strähne stand an seinem Scheitel ab, und meine Hand streckte sich wie von selbst aus, um sie glatt zu streichen, aber ich hielt mich zurück. Ich spürte, dass ich rot wurde, und wandte mich ab, damit er es nicht sah.

„Okay, aber nur kurz." Lee fuhr den Wagen rückwärts aus der Garage und rutschte dann rüber, damit ich mich hinters Lenkrad setzen konnte.

Ich versuchte, mich daran zu erinnern, was er mir beim letzten Mal erklärt hatte. Wie man sanft schaltete, wie man die Kupplung mit dem linken Fuß kommen ließ, anstatt mit dem rechten.

Er saß ganz am äußersten Rand der Sitzbank, den Rücken zum Fenster, und starrte mich an.

„Okay, wenn du das machst, werde ich sie abwürgen", sagte ich. „Das weiß ich."

„Wenn ich was mache?"

Ich wurde rot und schaute auf den Tacho. „Mich anstarren."

„Du wirst sie nicht abwürgen. Tu einfach, was ich dir gesagt habe." Er kaute auf einem Finger, das einzige Anzeichen dafür, dass er genauso nervös war wie ich. Ich saß da mit dem Motor im Leerlauf, die Windschutzscheibe beschlug, ich umklammerte das Lenkrad so fest, dass ich fürchtete, meine Finger würden brechen.

„Meredith …"

Ich hörte ihn meinen Namen sagen, konnte aber nicht antworten. Was tue ich hier – was tue ich hier nur? fragte ich mich. Meine Augen füllten sich mit Tränen, und meine Kehle zog sich zu. Ich konnte kaum noch atmen.

„Meredith?"

Ich spürte, dass Lee zu mir hinüberrutschte. Er wischte eine Träne von meiner Wange und legte seine Hand unter mein Kinn, um mich sanft an sich zu ziehen. Dann küsste er mich. Ich schmeckte Salz auf seinen Lippen, Zucker und Milchkaffee auf seiner Zunge. Ich setzte mich auf seinen Schoß. Erwiderte den Kuss und ließ ihn mein Gesicht und meinen Hals mit Küssen bedecken. Die Fenster beschlugen und erschufen einen dunstigen Kokon.

Der Raum zwischen uns erhitzte sich, die Luft war dick und warm und lebendig. Ich spürte Lees Hände unter meinem T-Shirt, seine Hand an meinem Bauch.

„Das hier", stieß ich keuchend hervor. „Das ist …"

Er atmete tief ein und schob mich hinters Lenkrad zurück. „Ich bringe dich jetzt nach Hause", erklärte er. Er schaltete die Lüftung an, und sofort fingen die Fenster an, klar zu werden.

„Was? Jetzt?", rief ich. Aber ich wusste, dass es jetzt sein musste. Wir mussten aufhören, bevor das hier weiter lief, als es sollte. Dass es überhaupt dazu gekommen war, war meine Schuld. Ich hatte schon am Teich gewusst, dass unsere Beziehung so nicht weitergehen konnte. Aber ich hatte es ausprobieren müssen. Ich hatte sehen müssen, was ich fühlte. Und was Lee fühlte.

Die Antwort war … verstörend.

Ich schüttelte den Kopf. „Ich laufe nach Hause", sagte ich, während ich die Fahrertür öffnete. Die kühle Luft auf meinem Gesicht war wie eine Dosis Realität. Ich lief die Einfahrt hinunter und nach Hause. Am liebsten hätte ich mich umgedreht, wollte einen Blick über meine Schulter werfen, um zu sehen, ob Lee mir nachschaute, aber ich traute mich nicht. Denn wenn er es täte, würde ich zurücklaufen wollen, und wenn er es nicht täte, würde mein Herz ein wenig brechen.

Beim Abendessen mit der Familie sprach Emma ohne Unterlass von ihren Pfadfinderinnen. Dad war auf dem Grünkohltrip. Mom wollte wissen, ob ich für den Winterball eines von Allisons Kleidern tragen würde. Danach stürzte ich mich auf meine Hausaufgaben und krabbelte kurz vor Mitternacht unter meine Decke und schaltete das Licht aus.

Kurz nachdem ich die Augen geschlossen hatte, hörte ich mein Handy summen.

Eine Nachricht von Lee. **Du fehlst mir.**

Ich setzte mich auf und zog unter der Decke die Knie an die Brust. Meine Hände krallten sich in mein Nachthemd. Meine Gefühle fuhren Achterbahn. Was wollte er von mir? Ein Teil von mir war wütend, dass er diese Gefühle in mir auslösen konnte, während ein anderer Teil mehr wollte. Mehr Leidenschaft, mehr Leben, mehr Lee.

Ein Lichtblitz fiel mir ins Auge, während ich auf das Telefon starrte. Kein Blitz und kein Mondlicht und ganz sicher keine Straßenlaterne. Er kam vom Baum unseres Nachbarn. Das Baumhaus. Lee.

Ich tippte seine Nummer ein und wartete darauf, dass die Verbindung aufgebaut wurde. Dabei fragte ich mich: Was würde ich ihm sagen?

Ich vermisse dich.

Ich will dich.

Ich lie…

Er ging ran, seine Stimme war leise und etwas heiser.

„Liest du mir etwas vor?“, fragte ich.

Ich hörte, wie er sich räusperte. „Als wir unseren unerschrockenen Fotografen Peter Parker das letzte Mal gesehen haben“, verkündete er wie ein Nachrichtensprecher, „war er mit seiner Kamera auf der Jagd nach einem kriminellen Superhirn.“ Das Rascheln von Papier, der Wind, der durch die Löcher in dem Baumhaus pfiff. „Hier sehen wir Peter Parker in seiner Alltagskleidung“, sagte Lee mit normaler Stimme. „Und Mann, was für ein Trottel! Als wenn Mary-Jane ihn jemals Spider-Man vorziehen würde. Ich meine, komm schon …“

Während er weiterlas, fielen mir langsam die Augen zu. Ich legte meinen Kopf auf das Kissen und stellte mir vor, es wäre seine Brust und meine Knie würden auf seinem Schoß liegen.

Am Morgen wachte ich vom Vibrieren meines Handys in meiner Hand auf. Das musste Lee sein.

„Hey, du!“, sagte ich mit einem Lächeln in der Stimme.

„Middie? Hi! Ich bin’s!“

Oh mein Gott. Es war Nate. Mir wäre beinahe das Herz aus der Brust gesprungen. „Nate! Oh mein … oh mein …“ Ich hatte das Gefühl, zu hyperventilieren. „Wo bist du? Was …?“

„Ich bin auf dem Weg nach Hause.“ Die Verbindung war klar, ganz anders als bei unserem letzten Gespräch, als er noch in Honduras gewesen war, aber er klang trotzdem ganz weit weg. „Ich bin wahrscheinlich morgen zu Hause.“ Er hustete ins Telefon, ein schreckliches Geräusch, als wäre seine Lunge mit Flüssigkeit gefüllt.

Nates Mom übernahm den Hörer. „Hey, Süße. Nate wollte sich nur schnell bei dir melden, aber er muss sich noch ausruhen. Wir sind im Moment in San Diego und sollten morgen zurück sein. Ganz liebe Grüße an deine Familie, ja?“

Der Anruf brach ab, und ich starrte das Handy in meiner Hand an. Es war real. Er war real.

19. KAPITEL

Es brauchte nicht lange, bis die Ankunftszeit von Nates Flug in der ganzen Stadt bekannt war. Das Wort machte schnell die Runde, und am frühen Nachmittag war das Haus der Binghams voll mit Freunden und Verwandten, die es kaum erwarten konnten, ihn willkommen zu heißen. Irgendwann waren alle Zimmer im Erdgeschoss so vollgepackt, dass ich mich kaum noch umdrehen konnte.

„Middie!“ Ich hörte Haley meinen Namen aus dem Flur rufen. Sie drängte sich durch die Menge und streckte die Hände nach mir aus. Ich nahm ihre Finger und zog sie daran aus der Gruppe, als würde ich sie aus Treibsand befreien.

„Das ist verrückt“, sagte Haley und drehte sich auf der Stelle, um sich umzusehen. Meine Schwester und ich hatten ein Schild aufgehängt, auf dem in großen Buchstaben stand: WILLKOMMEN ZU HAUSE, NATE. Wir hatten auch alle Blumen und Pflanzen, die die Leute geschickt hatten, auf der Fensterbank arrangiert, sodass sie im Sonnenschein aussahen wie ein kleiner Blumengarten. Ich fand, dass es alles richtig schön aussah.

Von allen Seiten rückten die Menschen näher an uns heran, weil immer mehr Gäste ins Haus kamen. Haley lachte, als ihr Kinn gegen meine Schulter stieß. „Das ist lustig. Ein bisschen wie ein Moshpit, nur ohne die ganzen tanzenden, schwitzenden Leute.“

Sie hatte recht. Das Haus summte nur so vor Energie: Scotty und die Zwillinge waren zurück von ihren Großeltern und liefen schreiend und lachend mit ihren Freunden durch das Haus, während meine Eltern es genossen, in der sehr schönen Küche der Binghams Gastgeber zu spielen.

Plötzlich ertönte ein spitzer Schrei und die Haustür flog auf. „Er ist da!“, rief jemand. Die Menge setzte sich in Bewegung, und ich verlor Haley aus den Augen.

Mein Herz fing an zu rasen, aber viel zu viele Leute verstellten mir den Blick, sodass ich nichts sehen konnte! Und mich auf die Zehenspitzen zu stellen, wie Haley es immer tat, reichte nicht.

Dann, als vor der Haustür Rufe zu hören waren ...

„Nate! Du bist hier!"

„Oh mein Gott, Nate!"

„Nate! Kumpel! Das ist super!"

... spürte ich, wie jemand meine Hand ergriff und mich einen Schritt nach hinten zog.

„Was zum ..." Ich wirbelte herum und stand Lee gegenüber. Er packte meine Finger fester, während er über meinen Kopf hinweg zur Tür schaute.

„Was machst du hier?", fragte ich und hörte die Eifersucht in meiner Stimme. Was sollte das? Nate war Lees bester Freund; natürlich war er auch hier.

„Ich bin nur gekommen, um nach Rocky zu sehen und sicherzugehen, dass er gefüttert wurde." Er sah mich nicht an, während er sprach, sondern blickte zur Tür.

„Ach so! Doch, ich glaube, Rocky wurde gut versorgt."

Lee drückte seine Hand an meinen Rücken; ich spürte, wie die Luft zwischen uns knisterte, und hätte mich gern an ihn gelehnt, aber wagte es nicht, der Versuchung nachzugeben. Dann schoben Nates Eltern Nate in einem Rollstuhl ins Haus, und die Gäste machten für sie Platz. Ich erhaschte erst einen Blick auf den Rollstuhl und dann auf Nates Füße in Turnschuhen. Mein Blick wanderte an seinen Beinen hinauf, zu seiner Hüfte, seinen Händen, die auf den Armlehnen ruhten. Er sah aus, als würde er in seiner Jeans und dem T-Shirt ertrinken – er war so dünn und zerbrechlich. Und dann sah ich sein Gesicht und erschrak. Er war richtig ausgemergelt nach den Wochen, die er krank im Dschungel verbracht hatte. Seine Haare waren erst kürzlich ganz kurz geschnitten worden, sodass sie über seinen Ohren seltsam abstanden. Seine Augen waren eingesunken und hohl wie bei einem geschnitzten Kürbis. Er wirkte überwältigt von der Menge an Menschen im Haus, brachte aber trotzdem ein schwaches Lächeln zustande.

Und dann sah er mich, und seine Augen leuchteten auf. Mein Name lag auf seinen Lippen, und er streckte die Hand nach mir aus. Ich ließ Lees Hand los und eilte zu ihm, warf meine Arme um Nates Schultern, wobei ich darauf achtete, ihn nicht zu zerquetschen. Ich hörte aufbrandenden Applaus und ein paar Pfiffe, als wir uns küssten. Selbst Nates Lippen waren zerbrechlich: dünner als früher, spröde und aufgeplatzt.

„Ich kann es noch gar nicht glauben, dass du wirklich hier bist", flüsterte ich ihm zu. „Du lebst. Du bist wirklich noch am Leben." Vorsichtig vergrub ich meinen Kopf an seinem Hals und atmete ihn ein. Er roch wie Nate, so, wie er immer gerochen hatte. Das gleiche Deo, der gleiche Rasierschaum und das gleiche Shampoo. Dieser Duft brachte eine Flut an Erinnerungen mit sich, und es war plötzlich, als wäre er nie fort gewesen.

„Middie, mein Gott, ich habe dich so vermisst." Seine Stimme war leise, aber stark und klar. Mit seiner knochigen Hand fasste er nach meinen Handgelenken, und sein Blick fand meinen.

„Ich dich auch", sagte ich und wandte schnell den Blick ab. Ich hatte ihn wirklich vermisst, aber es fühlte sich schrecklich an, das zu sagen. Allison hatte recht: Ich war eine fürchterliche Person. Aber ich würde es wiedergutmachen.

„Ich störe euch nur ungern bei eurer Turtelei", sagte Mr. Bingham grinsend. „Aber wir sollten Nate zur Couch bringen, damit er endlich aus dieser Metallfalle herauskommt."

„Oh! Sorry!" Ich trat einen Schritt zurück, damit Nates Dad ihn ins Wohnzimmer schieben konnte. Eigentlich hatte ich gedacht, dass Lee noch immer hinter mir stand, doch als ich mich umdrehte, war er fort. Aber ich hatte keine Zeit, mich zu fragen, wo er wohl war, weil Mr. Bingham mit Nate Hilfe brauchte. Ich sprang ein, um ihn zu unterstützen, und erntete ein dankbares Nicken. Das war das Mindeste, was ich tun konnte.

Sobald Nate auf der Couch saß, boten mindestens fünf Leute an, ihm etwas zu trinken, ein Kissen, etwas zu essen zu holen, und Nate lächelte jeden an und bedankte sich. Er klopfte auf den Platz neben sich, und ich setzte mich, wobei ich mich fühlte wie die Königin, die neben ihrem siegreichen, aber kriegsmüden König residiert. Ich nahm eine seiner Hände in meine beiden. Es fühlte sich so vertraut an, ihn neben mir zu haben – Schulter an Schulter, seine Hüfte an meiner.

Er war wirklich wieder zu Hause. Sanft drückte ich seine Hand, und er erwiderte den Druck. Leise lächelnd sah er mich an.

„Nate!“, rief ihm einer seiner Basketballfreunde zu. „Erzählst du uns, wie du denen da unten in den Arsch getreten hast, oder müssen wir warten, bis der Film darüber in die Kinos kommt?“

Alle lachten, einschließlich Nate, aber ich spürte, wie sie gespannt auf Nates Geschichte warteten. Genau wie ich! Je mehr wir darüber wussten, wie er es geschafft hatte, zu überleben, desto realer würde es werden, ihn wieder zu Hause zu haben.

Aber Nates Mutter schritt ein. „Nate kann noch nicht so viel sprechen. Er wird schnell müde, also nicht zu viele Fragen, okay?“

Die Gäste grummelten gutmütig, aber sie akzeptierten Mrs. Binghams Bitte.

Nate nippte an dem Glas Wasser, das ihm jemand gereicht hatte, und räusperte sich dann. „Ich dachte, ich wäre tot“, sagte er. „Das Feuer, die Schüsse … Aber das Schlimmste waren die

Schreie. Kinder, die nach ihren Eltern riefen; Mütter und Väter, die die Namen ihrer Kinder brüllten. Es war … es war schrecklich." Er hielt inne, als hörte er die Stimmen erneut.

Im Zimmer wurde es ganz still, als Nate weitererzählte. „Sie dachten, dass ich auch tot wäre. Aber ich hatte mir nur ein Bein gebrochen, als eine Mauer zusammengestürzt ist." Er zögerte erneut, und es war deutlich, dass er die Szene noch einmal durchlebte. Ich wünschte, ich könnte ihn aufhalten, ihm sagen, dass er all diese fürchterlichen Erlebnisse vergessen sollte, denn jetzt war er zu Hause und in Sicherheit, aber ich wollte zu gerne wissen, was passiert war. „Ich habe es geschafft, meinen Rucksack zu schnappen und zu fliehen, nachdem sie meine Hütte verlassen hatten. Ungefähr eine halbe Meile lang waren noch zwei Männer bei mir, aber sie, äh, haben es nicht geschafft." Er senkte den Kopf.

„Wo bist du dann hin?", fragte Nates Cousin Brad. Er hockte auf der Armlehne neben Nate und hing an seinen Lippen. „Wie weit bist du gelaufen?"

Nate schaute auf seinen Schoß. „Ich glaube … ich glaube, am Ende waren es über fünfundzwanzig Meilen. Irgendwas in der Art. Es war ziemlich weit", sagte er lachend. „Mein Bein hat mich fast umgebracht!" Er klopfte mit der flachen Hand auf seinen linken Oberschenkel. „Dieses hier. Ich habe mir den Oberschenkel gebrochen."

„Autsch", sagte einer seiner Freunde. „Den Oberschenkel? Das ist echt ätzend, Mann."

„Brutal", stimmte Nate zu. „Ich hätte verbluten können, wenn die Oberschenkelarterie gerissen wäre."

„Doktor Nate, heilen Sie sich selbst!", rief jemand, und einige lachten.

„Tja, noch nicht", sagte er reumütig. „Die Ärzte meinen, dass ich vielleicht für den Rest meines Lebens humpeln werde." Er sah mich lächelnd an, ein Blick, der mir sagte, dass nichts ihn aufhalten würde. „Ich glaube ihnen nicht. Ich will in null Komma nichts wieder morgens mit Middie laufen gehen.“ Er beugte sich vor und gab mir einen Kuss auf die Wange. Die Menschen im Wohnzimmer seufzten.

Doch die kurze Erzählung hatte Nate bereits vollkommen erschöpft. Mrs. Bingham segelte herbei wie eine Glucke und fing an, alle in die Küche oder nach draußen zu scheuchen. Sie öffnete die Hand ihres Sohnes und ließ ein halbes Dutzend Tabletten hineinfallen: Betäubungsmittel gegen die Schmerzen und Antibiotika. Er schluckte sie mit etwas Wasser und lehnte sich dann auf der Couch zurück.

Viele der Besucher brachen auf, weil sie erkannten, dass Nate sich ausruhen musste. Ich fragte mich, ob ich auch gehen sollte, aber Nate hielt meinen Arm fest.

„Ich werde nirgendwohingehen“, sagte ich und lehnte meinen Kopf an seine Schulter.

„Ich auch nicht“, sagte er. „Nie wieder.“

„Emma wird sich freuen, das zu hören. Sie hat mir gesagt, sie hätte sich gewünscht, das alles wäre nie passiert, und jetzt, wo du wieder da bist, glaubt sie, ihr Wunsch wäre in Erfüllung gegangen.“

„Das ist süß“, erwiderte Nate. „Glaube ich zumindest.“

„Ich denke, sie will dich heiraten“, zog ich ihn auf.

Nate zog eine Augenbraue hoch. „Ist sie inzwischen schon eine Pfadfinderin?“

„Noch nicht.“

„Dann sag ihr, dass sie warten muss, bis sie Pfadfinderin ist, und dann heirate ich sie.“ Er fing an zu kichern, und ich erkannte, dass die Schmerzmittel bereits wirkten. Seine Augen fielen zu, und sein Kopf sackte nach vorne. Sein Lachen war ansteckend. Bald hatten wir beide Seitenstechen vom Lachen aus keinem besonderen Grund, aber es fühlte sich gut an, zu lachen, mit Nate normal zu sein.

„Hey, Mann, wo bist du gewesen?", hörten wir auf einmal. Lee stand vor uns, die Hände tief in den Taschen seiner Jeans vergraben.

„Alter!", sagte Nate. „Was geht ab?" Er klang angeschickert, als hätte er getrunken, und blinzelte langsam. Dann griff er mit beiden Händen nach Lee und versuchte, ihn in seine Arme zu ziehen, aber er stellte sich dabei ungeschickt an, und Lee stolperte nach vorne und landete praktisch mit seinem Kopf in meinem Schoß. Ich spürte, dass ich errötete, und hoffte, dass Nate es nicht bemerkte. Lee wich meinem Blick aus, als er eine Entschuldigung murmelte und sich wieder aufrichtete.

„Oh, sorry, Mann, alles okay?", lallte Nate mit halb geschlossenen Augen.

Lee nickte. „Ja, alles gut. Wie geht es dir?"

Ich beobachtete diese Unterhaltung wie eine Fliege an der Wand eines geheimen Jungsclubs. Sie alberten miteinander herum, machten Witze über Nates lahmes Bein und seinen schlechten Haarschnitt. „Womit haben sie das geschnitten? Mit einer Sense? Du siehst scheiße aus."

Nates Grinsen war schief und albern, und er nahm den Spott mit Humor. „Ich glaube, ich lasse mir meine Haare in Zukunft nur noch von Friseuren aus Honduras schneiden. Für immer und immer." Er lachte geräuschlos, was Lee und mich veranlasste, einen Blick zu tauschen, bevor wir ebenfalls loslachten.

Schließlich nickte Nate weg, und seine Schultern sackten nach vorne. Seine Hand wurde in meiner ganz schlaff, und ich wusste, dass er eingeschlafen war.

Lee starrte Nate eine ganze Weile an, und dann verschwand das Lächeln von seinem Gesicht. „Wir sehen uns." Er drehte sich auf dem Absatz um und ging zur Tür. Ich sah ihm nach und verspürte einen stechenden Schmerz in meinem Magen.

„Middie?", murmelte Nate. Seine Lider flatterten ein paar Mal auf und zu.

„Hmm? Ich bin hier, Nate.“

Es folgte eine lange Pause. „Middie, ich liebe dich.“

Ich presste meine Lippen an Nates Stirn. „Ich liebe dich auch.“

Später, als ich versuchte zu schlafen, kämpften in meinem Kopf Bilder von Nate in seinem Rollstuhl mit Bildern von Lee, und ein Gedanke kam mir wieder und wieder: *Er ist zu Hause. Er ist wirklich zu Hause.*

Mit Nates Rückkehr nahm mein Leben auf einmal Fahrt auf, und ich hatte alle Hände voll zu tun – aber das war gut, denn es gab mir Zeit, Nate zu helfen und meine Gedanken von Lee abzulenken.

Drei Nachmittage pro Woche brachte ich Nate zu seiner Physiotherapie. Die anderen beiden verbrachte ich in Vorbereitungskursen zum SAT-Test. Die Nachprüfung kam immer näher, und ich war noch nicht ansatzweise genug vorbereitet. Nate bot an, mir als Gegenleistung für meine Fahrdienste zu helfen, was ich dankend annahm.

Nate im Rollstuhl zu sehen war für mich das Schwerste. Er hatte im Dschungel fast zehn Kilo abgenommen, und fast alles davon waren Muskeln. Ich wusste, in seinem Inneren war er immer noch der Nate, den ich kannte, aber äußerlich war er eine andere Person. Ein anderer Freund. Beim Üben für den SAT-Test zog er mich hin und wieder mit meinem mangelnden Wortschatz auf und griff dann Sekunden später meinen Arm mit beiden Händen, um aufzustehen.

Ich fühlte mich mit ihm so hilflos. Nate war immer ein starker, selbstbewusster Typ gewesen. Er hatte alles: gutes Aussehen und sportliches Talent, einen klugen Kopf und charmante Bescheidenheit. Er würde vermutlich immer optimistisch sein – das lag in seiner Natur –, aber im Moment schwebte über allem ein Schatten der Angst. Und es war diese Angst, deretwegen ich mir Sorgen sowohl um seine mentale als auch um seine körperliche Gesundheit machte. Mehr als einmal versuchte er, mich zu umarmen, aber ich wahrte Distanz, weil ich ihn nicht verletzen wollte. Ein kleiner Kuss auf die Lippen hier, eine sanfte Umarmung dort … Ich redete mir ein, dass irgendwann zwischen uns wieder alles normal sein würde, wie früher. Der alte Nate und die alte Middie.

Wenn es Zeit für seine Physiotherapie war, durfte ich mitkommen und ihn anfeuern. Nachdem ich eine Woche zugeschaut hatte, zeigte mir sein Therapeut, wie ich ihn stützen musste, wenn er zwischen den Barrenstangen ging und Gewichte hob. Es war eine Herausforderung für Nate, weil er so viel Muskelmasse verloren hatte, aber wir blieben dran.

„So ist es gut, Nate! Noch einmal!“, rief ich ihm zu, wenn er seine Oberschenkelmuskeln trainierte, indem er mit den Füßen Gewichte hob. „Acht, neun, zehn, fertig.“

Wenn er sich ausruhte, war ich mit dem Training fürs SAT dran. „Okay, vervollständige diesen Satz.“

Ich hockte mit Stift und Papier auf einem Gymnastikball. „Schieß los.“

Nate las mir eine Beispielfrage vor. „‚Es gibt keinen Zweifel, dass Larry ein echter … ist. Er ist hervorragend darin, Geschichten zu erzählen, die seine Zuhörer fesseln.‘“ Er zeigte auf mich. „Ist Larry ein Renommist, ein Delinquent, ein Hypokrit oder ein Fabulant?“

„Hmm … wer ist Larry? Ein Freund von dir aus dem Basketballteam?“

Nate grinste. „Seit wann bist du so lustig?“

„Ich? Lustig?“

„Hör auf auszuweichen und beantworte die Frage.“ Er nahm eine Hantel in die Hand und machte ein paar Bizepsübungen.

„Okay, Larry ist ein … Hypokrit?“

„Falsche Antwort! Er ist ein Fabulant. Ein Hypokrit ist ein Heuchler."

„Ein Heuchler erzählt auch Geschichten."

Nate machte noch ein halbes Dutzend weitere Wiederholungen, bevor er erwiderte: „Ja, ich schätze schon, aber es ist trotzdem die falsche Antwort."

Ich warf Stift und Papier auf den Boden und half Nate, zu einem anderen Gerät zu wechseln. „Deshalb werde ich wieder durch den SAT-Test rasseln."

„Wirst du nicht." Er schaute mich ernst an. „Ich helfe dir."

Das war der alte Nate, der Wir-schaffen-das-Nate, der Nate, der entschlossen war, seinen Weg zu gehen – unseren Weg. Das konnte ich ihm nicht verwehren. Er hatte so viel durchgemacht. Ich schluckte meine Zweifel hinunter und nickte. „Richtig. Ich werde nicht durchfallen."

Nate hatte Ausdauer und einen eisernen Willen. Auch wenn er schnell müde wurde, was an den Nachwirkungen des Denguefiebers lag, das er sich im Dschungel zugezogen hatte, war er immer fröhlich und selbstbewusst. Er machte seine Übungen, ohne zu murren. Er nahm seine Medikamente und legte regelmäßig kleine Nickerchen ein. Er beantwortete Tonnen von E-Mails und Anrufen von Menschen, die ihm alles Gute wünschen wollten. Er hatte sogar eine E-Mail von einem Professor am Lewis & Clark bekommen, der ihn einlud, bei einer außerschulischen Veranstaltung vor einer Gruppe von Studenten zu sprechen.

Wenn es zu viel wurde, ließ er sich immer auf eine der Hantelbänke zurückfallen und schloss die Augen. „Middie, erzähl mir etwas. Irgendetwas."

Dann holte ich immer mein Handy heraus und las ihm die SMS vor, die ich versucht hatte, ihm zu schicken. „Diese hier besteht nur aus x und o. Du weißt schon, wie bei ‚Vier gewinnt'."

Er lachte. „Du bist echt albern, Middie."
„Zu albern?"
„Gerade richtig albern."
Aber ich achtete sehr darauf, was ich ihm zeigte. Wenn Nate mir Fotos von Honduras zeigte, zeigte ich ihm Emma in ihrer Uniform oder meine Selfies mit Haley an unserem ersten Schultag. Meine Fotos von Wasserfällen und Badeteichen und Baumhäusern existierten nicht, genau wie seine Fotos von den Dorfkindern und den Ärzten, die gestorben waren, nicht existierten. Wir beide hatten Geheimnisse, die wir lieber für uns behielten.

Wenn ich ihm so zusah, wie hart er trainierte, so entschlossen und konzentriert und leidenschaftlich, konnte ich nicht *nicht* hart arbeiten. Wenn ich nicht bei Nate war, stürzte ich mich in meinen Stoff und lernte jede Nacht. Aber um eines kümmerte ich mich immer noch nicht: meine Bewerbung für Lewis & Clark. Nate war so sicher, dass wir gemeinsam dort studieren würden, aber ich … war es nicht. Nicht mehr.

Drei Wochen nach Beginn der Reha hatte Nate schon vier Kilo zugenommen und war nicht länger so hager und schwach wie bei seiner Heimkehr. Er konnte alleine gehen und benutzte nur wenn er müde war einen Stock. Aber er humpelte immer noch. Der Therapeut sagte ihm, dass sie das Training nun auf zwei Mal pro Woche herunterfahren würden und er den Rest der Zeit zu Hause trainieren könnte.

„Nate, das ist doch super!", erklärte ich auf der Heimfahrt. „Keine tägliche Physio mehr."

Doch Nate war überhaupt nicht glücklich darüber. „Das ist alles Mist", sagte er und schwieg den Rest der Fahrt über. Bei ihm zu Hause schlug er meine Hilfe aus, warf die Autotür fest ins Schloss und ging alleine den Weg zur Haustür hinauf.

Ich bot an, ihm etwas zu essen zu machen, aber er zickte mich an. „Ich brauche dein Mitleid nicht." Er warf den Stock auf den Boden und humpelte in die Küche, wo er die Kühlschranktür öffnete und sich schwer atmend dagegenlehnte.

„Warum bist du so wütend?“ Ich konnte mich nicht erinnern, Nate jemals so verärgert gesehen zu haben. Er war immer so besonnen, dass mir diese Szene vorkam wie ein Vulkanausbruch.

Er antwortete, ohne mich anzusehen. Sein Blick glitt über die Fächer des Kühlschranks. „Du hast doch gehört, was der Therapeut gesagt hat.“

Hatte ich was verpasst? „Er fährt die Stunden runter. Das ist doch gut, oder nicht?“

„Nein, ist es nicht. Und es ist auch nicht *super*“, erwiderte er sarkastisch. „Es bedeutet, er hat getan, was er tun kann, und das war's. Zwei Mal die Woche wird mir nicht helfen, besser zu werden.“

Ich war verwirrt und stand einfach mit hängenden Armen da. „Zwei Mal die Woche ist …“

„Drei Tage weniger, als nötig wäre.“ Er knallte die Kühlschranktür zu, die jedoch nur mit einem leisen *Wusch* zufiel. „Wie kann ich wieder so werden, wie ich war, wenn ich nicht jeden verdammten Tag zur Therapie gehe? Ich will nicht aufhören, bis ich nicht vollkommen wiederhergestellt bin.“

„Das bist du!“ Ich zeigte mit dem Finger auf ihn. „Du kannst wieder laufen!“

„Das ist nicht das Gleiche! *Ich* bin nicht der Gleiche!“ Er drehte sich um und starrte mich an, und auch wenn seine Wangen dank der Kochkünste seiner Mom etwas voller geworden waren, sahen seine Augen immer noch gehetzt aus, immer noch verängstigt, immer noch uneins mit dem alten Nate.

„Was interessiert es dich überhaupt? Du hattest mich doch auch aufgegeben.“

Ich war so geschockt, dass ich kein Wort über die Lippen brachte. *Was soll das heißen?*

„Das einzige Mal, dass du mich seit meiner Rückkehr berührt hast, war, als mein Dad mich am ersten Tag ins Haus geschoben hat.“ Seine Stimme wurde immer leiser und rauer. „Du hast mich weder umarmt noch geküsst. Wirklich geküsst.“ Er schaute über die Schulter zum Fenster. Die Sonne ging über dem Garten unter, und es wurde langsam kalt, aber Scotty und die Zwillinge spielten fröhlich mit Mrs. Bingham auf der Schaukel.

Ich hatte keine Ahnung, was ich dazu sagen sollte. Das hier war eine sehr neue, sehr verletzliche Seite an Nate, die ich nie zuvor gesehen hatte. „Ich … ich wollte dir nicht wehtun“, sagte ich.

Er drehte sich wieder zu mir um. „Ich werde schon nicht zerbrechen.“

„Ich weiß.“ Mit einem Mal war ich entsetzlich schüchtern. Ich lehnte mich gegen die Kochinsel und war mir der Distanz zwischen Nate und mir nur zu bewusst. Die wenigen Schritte vom einen Ende der Küche zum anderen fühlten sich an wie die Meilen zwischen Zentralamerika und Roseburg.

Die Angst, die ich in seiner Stimme gehört hatte, sah ich jetzt in den Falten in seinem Gesicht. Sosehr wir auch glauben wollten, dass sich nichts verändert hatte, einige Dinge waren anders geworden – Nates Humpeln und sein Herzschmerz.

Nate bei seiner Physiotherapie zu helfen, ihn zu unterstützen und zu ermutigen, war nicht genug. All das könnte er auch von seinen Freunden und Verwandten bekommen; es war nicht die Art Fürsorge, die er von *mir* brauchte.

Ich durchquerte die Küche mit schnellen Schritten und schlang meine Arme von hinten um Nates Taille. So standen wir eine Weile da. Ich spürte sein knochiges Rückgrat unter meiner Wange, die Umrisse seiner Rippen unter meinen Händen. Schließlich drehte er sich zu mir um und nahm mein Gesicht in beide Hände. Dann hob er mein Kinn, bevor er seine Lippen auf meine drückte.

Ich schloss die Augen und fühlte, wie der Sommer zurückkehrte. Mit jedem Kuss wurde ein weiterer Tag ausradiert. Mit jeder Berührung wurde eine weitere schmerzhafte Erinnerung gelöscht. Seine Hände schoben mir das Haar aus dem Nacken und glitten dann über meinen Rücken zu meinen Hüften, die sich an seine drängten.

Nate, mein Nate … Er war fünf Jahre lang die Liebe meines Lebens und zehn Jahre lang mein Freund gewesen. Ich kannte ihn besser als jeden anderen, besser sogar, als ich mich kannte.

„Ich will, dass alles wieder so wird, wie es war", sagte er leise.

Ich nickte. „Das will ich auch. Genauso, wie es war."

Erleichterung breitete sich auf Nates Gesicht aus. *Genau wie in alten Zeiten*, las ich in seinen Augen.

Ich fragte mich, was er in meinen Augen lesen konnte. Ich wollte die Dinge, die ich damals gewollt hatte – wenn ich nur die Erinnerungen an das ausradieren könnte, was dazwischen passiert war.

20. KAPITEL

Es war erstaunlich leicht, in den Rhythmus zu verfallen, den Nate und ich vor seiner Abreise gehabt hatten. Innerhalb eines Monats war mein Alltag wieder geprägt von der früheren Routine aus Schule, Nate, lernen und schlafen. Es gab keinen Platz für irgendwen oder irgendetwas anderes.

Nate wollte alles wieder so haben wie zuvor und nahm so schnell er konnte seine ehrenamtliche Arbeit auf der Farm wieder auf. Sein Fanclub war begeistert, als er eines Freitagnachmittags dort auftauchte und schnell dabei war, Tipps für die besten Gehstöcke zu geben und wie man aus dem Bett kam, ohne hinzufallen.

Ich versuchte, mitzumachen, aber Nate zeigte ernst mit dem Finger auf meinen Rucksack. „Höre ich da nicht den SAT-Test rufen?"

Während die anderen Freiwilligen ihn mit Geschichten über Kürbisse unterhielten, die aussahen wie die Köpfe ehemaliger Präsidenten, lernte ich. Ab und zu schaute Nate zu mir herüber und lächelte, und nicht ein einziges Mal wirkte er irgendwie ungeduldig oder sauer. Es gab überhaupt kein Anzeichen der Verletzlichkeit, die ich vor ein paar Tagen bei ihm zu Hause erlebt hatte. Es überraschte mich, wie sehr er sich von Lee unterschied, der seine Unsicherheiten eher hinter Albernheiten und ungeschickten Witzen verbarg.

Auf dem Heimweg fragte Nate mich Vokabeln ab.

„Anachronistisch."

„Äh … falsche zeitliche Einordnung?"

„Korrekt. Sagazität?"

Ich versuchte, das Wort zu seiner Wurzel zurückzuverfolgen. War „Saga" das Grundwort? „Lang?"

„Nein."

„Langweilig?"

„Nein, es ist …“

„Warte! Ich hab’s. Groß?“

„Middie, du errätst es nicht“, sagte er seufzend.

„Was … warum nicht? Glaubst du, ich bin nicht schlau genug?“

Nate schüttelte schnell den Kopf. „Ich meinte nur, dass du auf der falschen Spur bist. Du denkst an ‚Saga‘.“

Ich schaute ihn scharf an. „Woher wusstest du das?“

Er lachte. „Wie lange kennen wir uns schon? Ich habe es dir am Gesicht angesehen.“

„Du hast ‚Saga‘ in meinem Gesicht gesehen?“ Ich musste lächeln. „Wie sah das aus?“

Nate zog die Nase kraus und die Augenbrauen zusammen.

„So habe ich nicht geguckt!“

„Nein, ich mache nur Witze.“ Er nahm meine rechte Hand vom Lenkrad und streichelte meine Handfläche und die Finger. „Ich kenne dich nur so gut. Ich weiß, was du denkst.“ Er küsste meine Hand, als wäre er mein Prinz. „Während ich nicht wusste, wo ich war, habe ich die ganze Zeit an dich gedacht.“ Seine Stimme wurde ganz weich. „Jede Nacht im Dschungel habe ich mir vorgestellt, du wärst da. Ich habe uns hier gesehen. Wie wir gemeinsam laufen. Reden. Und *andere* Dinge tun“, fügte er an, woraufhin ich errötete.

„Ach ja?“

„Ja.“

Vor uns kam ein Stoppschild, und ich erkannte auf einmal, wo wir uns befanden. Wenn ich links abbiegen würde, kämen wir zu Lees Haus. Nach rechts ging es zu Nate. Als ich das letzte Mal hier gewesen war, an dieser Weggabelung, hatte ich mich anders entschieden als jetzt. Jetzt setzte ich den Blinker, um zu Nate zu fahren.

„Du kommst doch morgen mit uns zum Abendessen, oder? So wie immer?“, fragte er, als ich auf seine Einfahrt fuhr. Nates Familie feierte Heiligabend jedes Jahr in einem Restaurant, und dann gingen wir nach Hause, um das Haus auf den Besuch von Santa Claus vorzubereiten, der in der Nacht zum ersten Weihnachtstag die Geschenke brachte. In den letzten fünf Jahren war ich immer eingeladen gewesen. „Wir probieren ein neues italienisches Restaurant aus."

„Klingt lecker." Natürlich musste ich mitgehen. Das war Tradition.

Als ich auf die Straße zurücksetzte, nachdem Nate ausgestiegen war, sah ich im Rückspiegel einen blauen Fleck und schaute auf. Ein Roller – Lees Vespa. Mein Herz fing an zu klopfen. Ich wollte warten, um zu sehen, wohin er fuhr, ob er an mir vorbeifuhr, mir folgte, mich ignorierte. Aber dann überholte ihn ein anderes Auto, und der Fahrer drückte auf die Hupe, weil ich so langsam fuhr.

Ich hatte ihn seit der Party in Nates Haus nicht mehr gesehen. Keine SMS, keine Anrufe, keine Einladungen, etwas Verrücktes zusammen zu unternehmen … Es war, als hätte unsere Beziehung – wenn es denn eine Beziehung gewesen war – für ihn nie existiert. Ich setzte meinen Blinker und hielt am Straßenrand, bis der ungeduldige Fahrer an mir vorbei war, dann schaute ich in den Seitenspiegel.

Lee war weg. War er zu Nate gefahren, um ihn zu besuchen? Nate und er waren schließlich befreundet.

Und was sind wir? Was könnten Lee und ich füreinander noch sein, jetzt, wo Nate zurück war? Das hatten wir noch nicht herausgefunden.

In dieser Nacht schlief ich umgeben von meinen Büchern und meinem Laptop ein, aber gegen drei Uhr morgens schreckte ich schweißgebadet und in Panik hoch. Die Angst zu versagen war plötzlich riesengroß: in der Schule, beim SAT-Test und bei Nate. Ich holte mein Handy aus der Tasche, um die Nachricht zu lesen, die ich jetzt so dringend brauchte.

Atme.

Das Weihnachtsdinner fand in einem kleinen italienischen Restaurant in der Stadt statt. Nates Familie hatte sich in Schale geschmissen, selbst Scotty trug Jackett und Krawatte. Aber der ganze schicke Aufzug konnte die Feiertagsenergie, die die Kinder mit sich brachten, nicht verbergen. Das Einzige, was sie auf ihren Stühlen hielt, war das Versprechen, dass Santa Claus nur kommen würde, wenn sie brav waren.

Nachdem man uns an den Tisch geführt hatte, kamen der Kellner und der Manager des Restaurants freudestrahlend zu uns. Beide Männer waren um die vierzig, schnurrbärtige Brüder mit makellos weißen Hemden und schwarzen Hosen mit scharfer Bügelfalte.

„Wir haben den Namen auf der Reservierungsliste gesehen." Der Manager streckte Nate seine Hand hin. „Du bist Nate Bingham, oder?" Nate konnte kaum nicken, bevor der Mann breit grinste. „Mein Junge, du bist ein Held." Sein Bruder, der direkt neben ihm stand, nickte zustimmend.

Nate zögerte, obwohl seine Eltern ihm die Schultern tätschelten und ihm ermutigend zuflüsterten. „Aber ich habe nichts gemacht. Helden retten Menschenleben", sagte er schließlich.

„Du hast *dich* gerettet", sagte der Manager. „Das Essen geht heute Abend auf mich."

„Auf *uns*", fügte der Bruder hinzu.

„Ich bestehe darauf …"

„*Wir* bestehen darauf."

„Vielen Dank", sagte Nates Mutter. „Das ist sehr freundlich von Ihnen."

Einen Augenblick später brachten die Brüder Cola und eine Flasche Wein an unseren Tisch. „Aufs Haus."

Nates Dad lächelte die beiden herzlich an. „Sie sind sehr großzügig, vielen Dank", sagte er.

„Wow, ganz umsonst", sagte Scotty und schenkte sich Cola

ein. Mrs. Bingham goss den Zwillingen einen kleinen Schluck in ihre Gläser, während Mr. Bingham die anderen Gläser mit Wein füllte.

„Für mich nicht", sagte ich. „Ich muss noch fahren."

„Du kannst was von meiner Limo haben", sagte Scotty. „Die war umsonst."

Ich lachte und dankte ihm für die Cola. „Bist du etwa wegen Santa Claus so nett?"

Scotty kniff die Augen ein wenig zusammen und sah mich an. „Middie, es gibt keinen …"

„Scotty! Hey, warum verrätst du mir nicht, was du essen willst?", sagte Mrs. Bingham schnell, bevor er sich verplappern konnte.

Die ganze Familie war bester Stimmung: Nates Eltern waren glücklich, dass ihr ältester Sohn an Weihnachten zu Hause war. Sie konnten den Blick nicht von ihm nehmen und mussten ihn auch immer wieder berühren. Mrs. Bingham strich ständig über seine Wange und seine Stirn, prüfte, ob er Fieber hatte. Mr. Bingham warf ihm verstohlene Blicke zu, als hätte er Angst, dass Nate plötzlich wieder verschwinden würde. Und während des gesamten Essens fühlte ich Nates Hand auf meiner, spürte, wie seine Finger nach meinen suchten als Bestätigung, dass er wirklich wieder hier war.

Gegen neun sammelten Nates Eltern die Kinder ein und fuhren mit ihnen nach Hause, um das Wohnzimmer für den Besuch von Santa Claus vorzubereiten. Ich hob mein Cola-Glas, um sie daran zu erinnern, dass ich Nate nach Hause fahren würde, sobald wir mit dem Nachtisch fertig waren.

„Lasst euch Zeit", sagte Mr. Bingham. „Wir müssen noch ein paar Kekse für Santa backen."

Kurz nachdem sie gegangen waren, brachte der Manager ein älteres Paar an unseren Tisch und stellte sie als Stammgäste vor, die von Nate gehört hatten und ihm sagen wollten, wie stolz sie auf ihn waren. Nate dankte den beiden so anmutig, wie es seine Eltern für das Essen getan hatten, und hielt sich zurück, bis sie wieder gegangen waren. „Ich habe nicht unser Land verteidigt“, sagte er zu mir, als sie außer Hörweite waren. Er lallte ein wenig; mir war gar nicht aufgefallen, wie viel er getrunken hatte. „Ich habe nicht mal eine Katze aus einem brennenden Gebäude gerettet.“ Er hielt meinen Blick fest. „Ich hatte einfach nur Glück. Ich habe es geschafft, mich tot zu stellen, und dann bin ich geflohen, als niemand hingeschaut hat.“

„Das war nicht nur Glück ...“

„War es wohl! Diese Kerle haben viele Menschen umgebracht, aber sie waren nicht die Hellsten, weißt du? Sie waren dumm. Das habe ich ausgenutzt und bin weggelaufen.“ Er blinzelte die Tränen zurück. „Ich habe niemanden gerettet. Sie waren alle tot. Ich habe gar nichts getan.“

„Du konntest auch nichts tun“, sagte ich. „Es war ja nicht so, als ob du dich freiwillig dagegen entschieden hättest, zu helfen.“

„Ich weiß, aber ...“

„Aber was?“ Ich griff über den Tisch und nahm seine Hand. „Nate, du hattest Glück, dass du überhaupt überlebt hast. Und du kannst über deine Erlebnisse sprechen, und vielleicht hilft das anderen Menschen irgendwie. Vielleicht könntest du auch ein Buch darüber schreiben.“

Er drückte meine Hand. Eine Träne rollte ihm über die Wange, und er wischte sie mit der Leinenserviette fort, die einen Soßenfleck hatte, der aussah wie ein Kuss mit rotem Lippenstift. „Ich will nirgendwo mehr hin“, sagte er und umklammerte meine Finger.

„Du meinst das College? Oder die Uni?“

„Ich meine, ich will nicht mehr für Global Outreach arbeiten. Ich will hier bei dir bleiben. Und ich will, dass alles wieder so ist, wie es vorher war.“ Er klang ein wenig wie Emma mit ihren Wünschen. „Wir haben doch immer noch unsere Pläne, oder?" Er beugte sich über den Tisch und nahm meine andere Hand. „Du und ich? College und Medizinstudium und heiraten und Familie?"

Ich lachte. „Das Medizinstudium aber nur für dich, nicht für mich."

Aber er blieb ernst. „Wir haben unser ganzes Leben lang darüber gesprochen, dass wir unsere Zukunft zusammen gestalten wollen."

„Natürlich", hörte ich mich automatisch sagen. „Absolut und zu einhundert Prozent."

Er küsste meine Hände, und ich spürte eine weitere Träne von seiner Wange auf meine Finger fallen. Er war so optimistisch, was uns betraf. Selbst nach allem, was er durchgemacht hatte, wollte er immer noch mit mir zusammen sein.

Auf der Heimfahrt fuhr Nate das Fenster herunter und ließ sich die kalte Luft ins Gesicht wehen, während er meine Hand hielt. Bei seinem Haus angekommen, blieben wir noch ein wenig im Auto sitzen; die Arme fest umeinandergeschlungen, flüsterten und lachten wir, bis die Scheiben beschlugen. Mit einer trägen Geste malte Nate mit dem Zeigefinger etwas in die beschlagene Windschutzscheibe: *NM4eva.*

Er legte den Kopf in meinen Schoß und schaute mich an. „Du bist mein Fels, Middie. Du warst das Einzige, woran ich mich festhalten konnte, als ich im Delirium im Dschungel lag."

„Wirklich?" Mein Herz schlug schneller. Während er von mir geträumt hatte, hatte ich ihn im Stich gelassen. Ich schämte mich und wünschte, ich könnte das alles zurücknehmen, alles ungeschehen machen, genau, wie Emma es sich gewünscht hatte. Ich wünschte, es könnte alles wieder so werden, wie es einmal gewesen war.

Nate zog mich an sich, legte seine Hand an meinen Nacken und gab mir einen tiefen, leidenschaftlichen Kuss.

Lee.

Ich riss die Augen auf und zog mich von Nate zurück. *Wow, was zum Teufel war das?*

Fragend schaute Nate mich an. „Middie? Alles in Ordnung?"

„Äh, ja … ja." Ich schloss die Augen und verdrängte das Bild von Lee – von seinem Duft, seiner Stimme, seinem Geschmack – aus meinem Kopf und konzentrierte mich auf Nate. Ich ließ mich erneut von ihm küssen. Seine Zunge kitzelte meine, seine Lippen ruhten auf meinem Hals, meinem Ohrläppchen, meinen Wangen und meinem Kinn.

Lee, dachte ich erneut, und dieses Mal setzte ich mich auf und machte eine Bestandsaufnahme. Was zum Teufel war hier los?

Nate richtete sich ebenfalls auf, behielt aber seine Arme um mich gelegt. „Schlechte Pasta?"

„Äh, ja, vielleicht." Mir war nicht schlecht, aber irgendetwas stimmte mit mir nicht. Es war nicht richtig, dass ich an Lee dachte, während Nate mich küsste.

Nate legte seinen Handrücken an meine Stirn. „Du fühlst dich ein wenig warm an. Vielleicht solltest du nach Hause fahren und ein bisschen schlafen."

Ich nickte. „Okay." Als er ausstieg, öffnete ich auch meine Tür, aber er hielt mich zurück.

„Ich bin schon ein großer Junge, ich kann alleine gehen."

„Bist du sicher?"

„Ja, bin ich." Er kam zu meiner Seite herum und beugte sich vor, um mich durch das offene Fenster zu küssen. Nur ein kurzer Schmatzer auf die Lippen. „Frohe Weihnachten. Ich hoffe, Santa bringt Emma alles, was sie sich wünscht."

Ich wartete, während er langsam den Weg zur Haustür hinaufging und von drinnen das Verandalicht ausschaltete. Dann setzte ich auf die Straße zurück und fuhr nach Hause. Ich ließ die Fenster unten und steckte meinen Kopf hinaus, wie ein Hund, dessen Ohren im Wind flatterten.

Lee stahl sich wieder in meine Gedanken, in meine Welt, und ich musste ihn irgendwie aufhalten. Nate liebte mich, und ich wollte diese Liebe erwidern. Ich konnte nicht weiter unsere gemeinsame Zukunft planen, wenn meine Gegenwart total durcheinander war.

Kurz bevor ich ins Bett ging, holte ich mein Handy heraus und suchte Lees letzte Nachricht an mich. Ich atmete tief ein und drückte auf Antworten.

Ich bin's, Meredith. Frohe Weihnachten.

Ich hielt inne. Ich wollte ihm eine Nachricht schicken, auf die er einfach antworten musste. Wenn er es täte, wüsste ich … irgendetwas. Und wenn er es nicht täte … wüsste ich es auch.

Ich gehe zum Zirkus. Kommst du mit?

In Eile geschickt, in Ruhe bedauert? Ich drückte auf Senden und steckte das Handy schnell wieder in meine Tasche. Dann zog ich mich aus. Fünf Minuten später hatte ich immer noch keine Antwort von Lee.

Zwanzig Minuten später auch nicht.

Eine Stunde danach – immer noch nichts.

Als ich am Morgen erwachte, sah ich auf meinem Handy nur ein winziges Wort. *Gesendet.* Er hatte sie erhalten.

Und ich hatte meine Antwort.

21. KAPITEL

Als ich nichts von Lee hörte, war ich irgendwie erleichtert. Denn Lees Anwesenheit in meinem Leben war unbeständig, eine Unbekannte – und wer brauchte das schon? Mit Nate wusste ich genau, worauf wir zusteuerten und was ich tun musste. Und wenn ich es mal nicht wusste, gab es genügend Leute, die mich daran erinnerten.

Wir hatten Weihnachtsferien, und es waren nur noch zwei Tage bis Silvester, als Haley bei einem Treffen im Matchbox, dem Coffeeshop in der Nähe der Schule, anfing, Partypläne zu schmieden.

„Es gibt mindestens drei, von denen ich weiß“, erklärte sie Katrina, Debra und mir bei heißem Kakao mit selbst gemachten Marshmallows. Es war unsere jährliche Tradition, uns in dem kleinen Café zu treffen und Weihnachtsgeschenke auszutauschen. Der Coffeeshop war vor allem im Winter eine ruhige Oase mit der leisen Hintergrundmusik aus Espressobohnen, die gemahlen wurden, und dem Röcheln des Milchaufschäumers. Heute sahen wir zu, wie vor den Bleiglasfenstern der feuchte Schnee leicht zu Boden fiel. Die dicken Flocken schmolzen sofort, sobald sie auf den Bürgersteig trafen.

„Eine ist superedel“, sagte Haley. „Eine ist von meinen Eltern.“ Sie verdrehte die Augen. „Und eine ist …“

„Meine!“, sagte Katrina und hob grinsend die Hand.

„Nicht komplett deine“, widersprach Haley. „Sie findet doch bei deiner Schwester statt, oder?“

Katrina nickte. „Ja, aber sie und ihr Mann sind echt cool. Sie meinten, wir können sogar was trinken, wenn wir danach nirgendwo mehr hingehen.“

„Oh, Champagner?“, fragte Haley.

„Nur, wenn du welchen mitbringst.“ Katrina lachte.

Debra tippte abwesend mit dem Löffel auf den Tisch. „Wer

kommt denn da so? Ich meine, Jungs in ihrem Alter oder in unserem?“

„Macht das einen Unterschied?“

„Äh, ja? Ich will mir nicht ein neues Outfit kaufen, wenn da nur Jungs sind, die wir schon kennen.“

„Es werden vermutlich mehr Collegejungs sein als normale Typen“, sagte Katrina und schaute zur Decke des Cafés, als würde sie im Kopf das Alter der Partygäste durchgehen.

„Und wie viele von uns? Ich meine, wie ist das Verhältnis?“

Fragend zog Katrina eine Augenbraue hoch. „Willst du die Party etwa mathematisch berechnen?“

Debra schaute erstaunt auf ihre Hände und Arme. „Äh, ja, ich glaube, das will ich“, sagte sie, und wir lachten alle.

Haley warf mir einen Blick zu. „Was ist mit dir, Middie? Feierst du dieses Jahr mit uns?“

„Nun …“

„Die letzte Silvesterparty auf der Highschool“, zog sie mich auf.

„Oh mein Gott, bitte komm mit! Wir werden so viel Spaß haben!“, sagte Debra und fügte dann hinzu: „Du kannst gerne wieder mein Kleid tragen wie schon an Halloween.“

Ich lachte. „Das war ein Kostüm.“

„Du kannst ein sexy Kleid daraus machen“, warf Katrina ein. „Ich würde nur nicht wieder das grüne Make-up auflegen.“

„Du kannst anziehen, was du willst“, meinte Haley. „Und Nate auch.“

Nate. Ich versuchte, ihn mir auf einer großen Silvesterparty vorzustellen, und schüttelte den Kopf. „Das ist, glaube ich, noch zu früh. Er ist gerade erst zurück und wird noch sehr schnell müde.“

„Oh, stimmt ja“, sagte Debra schnell. „Ihr müsst natürlich das machen, was er möchte. Immerhin ist er derjenige, der so lange weg war.“

Der so lange weg war. „Ich denke, wir werden einfach bei ihm zu Hause abhängen, wie die letzten Jahre auch."

Katrina lehnte sich gegen meine Schulter. „Und im Fernsehen angucken, wie der Ball am Times Square fällt?", fragte sie lachend.

„Ja, genau das."

„Puh, wie langweilig."

„Aber romantisch", wandte Haley ein. „Ich finde das süß – nur ihr beide."

„Nicht *nur* wir beide. Seine Eltern sind auch da."

„Tja, wenn ihr eure Meinung ändern solltet, es gibt drei Partys, zu denen ihr hingehen könnt." Haley hielt inne und schüttelte den Kopf. „Hm, eher nur zwei. Ich werde nicht zu einer superschicken Party gehen, wo ich ein Ballkleid anziehen muss."

„Und *ich* werde nicht zu der Party deiner Eltern gehen", sagte Debra.

„Dann bleibt ja nur *meine* Party." Katrina strahlte vor Freude. „Party! Party! Party!"

Die Mädchen johlten und erfüllten das kleine Café mit Lachen, und ich konnte nicht anders, als einzustimmen. Party, Party, Party, dachte ich. Das klang nach Spaß. Ich fragte mich, ob ich Nate überzeugen könnte hinzugehen.

„Ah, Middie, das tut mir leid", sagte Nate, als ich an Silvester bei ihm zu Hause ankam. „Ich glaube echt nicht, dass ich auf eine Party gehen will. Können wir heute nicht einfach zu Hause bleiben – nur du und ich?"

Auch wenn ich gewusst hatte, dass er so reagieren würde, hatte ich mich ein wenig schicker angezogen als üblich, nur für den Fall … Ich trug einen langen Spitzenrock zu schwarzen Stiefeln und ein schwarz-weiß besticktes Top mit V-Ausschnitt. Ja, ich war ein wenig enttäuscht. Nicht, dass ich den Abend nicht mit ihm verbringen wollte, aber mit seinen Eltern und Scotty und den Zwillingen waren wir eben nicht wirklich allein.

Trotzdem nickte ich lächelnd. „Klar, kein Problem."

„Die anderen gehen früh ins Bett", sagte er und grinste schelmisch. Dann zog er mich zu sich aufs Sofa.

„Hast du gerade meine Gedanken gelesen?" Ich errötete, als er mich in die Arme nahm.

Nate streifte mit seinen Lippen meine Wange. Sein Blick hielt meinen fest, als wollte er beweisen, dass seine innere Kraft größer war als seine körperlichen Beeinträchtigungen.

„Ich will das wiederhaben", sagte er und sah mich erwartungsvoll an. „Ich will alles wieder so haben, wie es war."

„Ich auch", flüsterte ich.

Er beugte sich vor und gab mir einen Kuss auf den Mund. Seine Hände lagen an meinem Nacken, seine Finger hatte er in meinen Haaren vergraben. Gerade als es zwischen uns heiß wurde, hörten wir Stimmen aus der Küche.

„Kann ich bis Mitternacht aufbleiben?", fragte Scotty.

„Wenn er das darf, wollen wir auch!", rief eine der Zwillinge entrüstet.

„Niemand bleibt bis Mitternacht auf", erwiderte Mr. Bingham.

„Warum nicht? Nate und Middie machen das auch."

Mrs. Binghams Stimme erhob sich über die anderen. „Wenn ihr zwölf seid, dürft ihr bis zwölf aufbleiben."

„Und was dürfen wir, solange wir noch nicht zwölf sind?", wollte Scotty wissen.

„Popcorn machen."

„Ich bin so froh, dass wir schon älter als zwölf sind", flüsterte ich Nate zu.

Dann sagte eines der Mädchen: „Können wir mit Nate und Middie fernsehgucken?"

Nate schaute mich an. „Gucken wir fern?"

„Fragt die beiden erst“, sagte Mr. Bingham.

„Nate!“, riefen die Zwillinge. „Können wir mit euch fernsehen?“

Nate und ich tauschten einen Blick und zuckten mit den Schultern.

„Macht es dir was aus?“, fragte er.

Ich schüttelte den Kopf. „Natürlich nicht.“

Als die Zwillinge hereingehüpft kamen, setzte ich mich anders hin und zog meinen Rock von Nates Beinen. Schick gemacht, um nirgendwohin zu gehen, dachte ich.

Aber stimmte das? War das hier nirgendwo?

Die nächsten drei Stunden spielten wir mit den Mädchen Monopoly und Videospiele auf Scottys Xbox. Wir aßen Popcorn und Schokopralinen und sahen zu, wie um neun Uhr Westküstenzeit der Ball am Times Square fiel, was der Kompromiss war, den Nates Eltern mit den Kindern geschlossen hatten. Nachdem wir mit prickelndem Cidre angestoßen und eine weitere Runde Monopoly gespielt hatten, schafften Scotty und die Mädchen es, noch eine Stunde hinauszuschinden, bevor sie ins Bett geschickt wurden. Um kurz vor Mitternacht ließen uns dann auch Mr. und Mrs. Bingham endlich allein.

Wir waren beide erledigt. Müde grinsend lehnte Nate sich auf der Couch zurück. „Normal zu sein macht mich fertig. Ich hoffe, das wird bald besser.“

Ich lehnte meinen Kopf an seine Schulter. „Es wird jeden Tag ein bisschen besser, bis es *dir* besser geht.“

„Glaubst du?“

„Ich weiß es.“ Ich drehte den Kopf, um ihn anzusehen. Er hatte einen kleinen Schokoladenfleck am Kinn. Ich wischte ihn weg und leckte mir den Daumen ab. Plötzlich griff Nate nach mir, dann war sein Mund auf meinem, seine Zunge schoss hervor, um die Schokolade auf meinen Lippen zu schmecken. Seine Hände lagen an meiner Taille, und er zog mich auf seinen

Schoß und beugte sich dann über mich. Ich streckte meine Beine auf dem Sofa aus und spürte, wie Nate dasselbe tat und seine Hüfte und Beine mit meinen ausrichtete. Ich hörte, wie er meinen Namen flüsterte, ein süßes, melancholisches Seufzen, kurz bevor er eine sanfte Spur über meinen Hals küsste.

Ah, so müde ist er wohl doch nicht, dachte ich zufrieden und strich mit meinen Händen über seine Schultern, seinen Rücken, seine Taille und seine Hüfte. Endlich fühlte es sich wieder so ähnlich an wie früher. Ich seufzte ebenfalls. „Nate …“

Ich wollte, dass Nates Küsse mich alles vergessen ließen, dafür sorgten, dass ich mich ihm hingeben konnte und nie mehr auftauchen musste. Ich war kurz davor, als es an der Tür klingelte. Nate schaute mich an. „Es ist fast Mitternacht. Wer kann das sein?“

„Keine Ahnung.“

Die Tür ging auf. „Hallo! Frohes neues Jahr.“

Ich schoss hoch, doch Nate grinste nur. „Lee, Alter, komm rein.“

Lee? Angespannt warf ich Nate einen Blick zu. „Hast du ihn erwartet?“

Er zuckte mit den Schultern. „Bei Lee kann man nie wissen.“

Ein Teil von mir wollte aufstehen, als er hineinkam – ihn umarmen? Ein Kuss auf die Wange? Wie begrüßten sich Freunde wie wir? Meine Gedanken rasten bei dem Versuch, mich daran zu erinnern, wie es gewesen war, bevor Nate verschwand. Wir hatten kaum gewusst, wer der andere war – würde es jetzt wieder so sein? *Sollte* es wieder so sein?

Lee löste mein Dilemma, indem er am Rand des Teppichs stehen blieb und die Hände in die Taschen seiner zerrissenen Jeans steckte. Trotz der Kälte draußen trug er nur eine dünne Windjacke über einem T-Shirt und dazu seine bemalten Turnschuhe.

„Hey, Lee“, sagte ich lächelnd. „Frohes neues Jahr.“ Nate

verschränkte seine Finger mit meinen, und ich spürte seine Solidarität mit mir. Wir waren ein Paar. Lee war das fünfte Rad am Wagen. Wenn überhaupt, sollte er mir leidtun. „Willst du ein Glas Cidre?"

Lees braune Augen huschten nur kurz in meine Richtung, bevor er seinen Blick auf Nate richtete. „Hey, du bist ja gar nicht auf einer Party."

Nate beugte sich vor und legte einen Arm um meine Schultern. „Du auch nicht."

Lee öffnete seine Jacke und zeigte uns die Flasche Bier, die er darunter verborgen hatte. Ich erkannte die Marke, und mir wurde ganz warm, als ich mich daran erinnerte, wie ich es mit ihm zusammen getrunken hatte. „Ich nehme meine Partys überall mit hin."

„Sehr stilvoll", sagte ich, aber Lee ignorierte mich weiter.

Er schlug die andere Seite der Jacke zurück. Noch ein Bier. „Auf dem hier steht dein Name. Komm, gehen wir."

„Wir wollten eigentlich hierbleiben", sagte ich. „Allein."

„Ich bringe ihn bis Mitternacht zurück, Yoko. Reg dich nicht auf."

„Es ist fast Mitternacht." Ich hörte selbst, wie scharf meine Stimme klang.

„Tja, sicher, wenn man in dieser Zeitzone feiert."

Ich drehte mich zu Nate um, aber der sah nicht mich an, sondern Lee. „Was hast du im Sinn?"

Lees Augen funkelten. „Vielleicht eine kleine Spritztour?"

Nate klatschte in die Hände. „Ja!" Er stand etwas unbeholfen auf, lehnte meine Hilfe aber ab.

„Du gehst jetzt mit? Wirklich?"

„Nur ein paar Minuten." Er gab mir einen Kuss auf die Wange und fing an, den Raum zu durchqueren. „Ich hole mir nur einen Pullover. Du kannst solange Lee unterhalten."

Mein Gesicht war inzwischen knallrot angelaufen, und ich

schaute auf meine Füße. „Bist du sicher? Ich kann den auch holen …"

Er legte eine Hand auf meinen Arm. „Du musst nicht alles für mich machen. Ich bin in zwei Sekunden wieder da." Er ging, und ich erwartete …

Was, Middie? Was könnte wohl passieren?

Ich hatte Lee seit Nates Party nicht mehr gesehen und war nicht sicher, was ich erwartet hatte, aber nicht das hier. Er sprach nicht mit mir, sah mich nicht an, tat nicht einmal so, als würde er meine Anwesenheit bemerken.

Idiot, dachte ich. Wenn er auf cool machen wollte – das konnte ich auch.

„Wie läuft die Arbeit?", fragte ich. „Hast du gut zu tun?" Das war nett, dachte ich. Eine nette, lockere Bemerkung.

Ich hörte das Knistern von Pralinenpapier. *Unhöflicher Idiot. Pft, mir doch egal.*

„Ich schätze, im Moment wollen nicht allzu viele Leute wandern gehen, was?"

Er übertönte den letzten Teil meines Satzes mit noch mehr Papiergeraschel.

Das ist echt nervig. Ich drehte mich zu ihm um und wollte ihm gerade seine Unhöflichkeit vorwerfen – da trafen sich unsere Blicke. Plötzlich waren alle meine Nerven gespannt. Ich spürte jedes Wort in meinem Mund, als wäre es eine fremde Sprache, die ich nie zuvor gesprochen hatte.

Der Raum fühlte sich aufgeladen an, die Luft wie elektrisiert. Und doch war das einzige Wort, das mir einfiel, um Lees Laune zu beschreiben, „gelangweilt". Er kaute auf der Praline herum, als wäre sie aus Pappe. Es gab keinerlei Anzeichen in seinem Gesicht, dass er engagiert, interessiert oder auch nur anwesend war.

Ich schaute kurz an mir hinunter – war ich die Einzige, die das fühlte? War Lee komplett immun gegen die Energie zwischen uns? Das konnte nicht sein.

Aber sein Blick war so leer, so abwesend. Er huschte kurz über mich hinweg, bevor Lee das Stanniolpapier zusammenrollte und es über meinen Kopf hinweg in eine leere Tasse auf dem Couchtisch warf.

„Zwei Punkte!“, rief Nate von der Treppe aus. Lee und ich drehten uns zu ihm um.

„Ich hätte Profi werden sollen“, sagte Lee und grinste schief.

„Du hättest in der Juniorliga spielen sollen“, erwiderte Nate.

„Ach was, Highschool-Basketball wird total überschätzt.“

Nate öffnete die Haustür, und ein kalter Wind wehte durch den Flur. Er schaute auf die Auffahrt hinaus und strahlte übers ganze Gesicht. „Ist er das?“

Der Mustang.

„Das ist er“, bestätigte Lee stolz. Dann schlug er Nate auf den Rücken. „Ich habe dir doch gesagt, dass er in null Komma nichts fertig ist.“

„Ich fass’ es nicht, er sieht echt super aus.“

„Na, dann komm, lass uns eine Runde drehen.“

Meine Hand fest in Nates, schnappte ich mir meine Jacke und wollte ihnen nach draußen folgen, als Lee mich aufhielt. „Äh-äh, nur wir beide, Yoko.“

„Aber … wir sind doch Freunde, oder nicht? Wir alle drei?“, fragte ich. Ich spürte, wie mein Herz hinter den Rippen schlug, während ich auf die Antwort wartete. *Freunde, wir sind Freunde.*

„Ja, klar sind wir Freunde“, erwiderte Nate nüchtern.

Wir schauten beide Lee an, der widerstrebend mit den Schultern zuckte. „Freunde, klar. Superhappy Freundezeit, mir egal. Können wir jetzt los, Kumpel?“

„Also …?“ Ich schaute Nate an, der hin- und hergerissen wirkte. Aber ich konnte sehen, dass er eigentlich nichts lieber wollte, als mit dem Auto zu fahren.

„Das wird vermutlich kein großer Spaß“, sagte er. „Ich meine, für dich nicht, weil du ja keine manuelle Schaltung fahren kannst.“

„Ich kann …“, begann ich, brach dann aber ab und schaute Lee direkt an. Sein Blick verriet nichts. In dem Moment fühlte ich mich, als könnte ich vor Nate die ganze Bombe platzen lassen – über Lee, über mich, über uns – und es würde Lee überhaupt nicht interessieren. Weil ich ein Nichts für ihn war.

„Was wolltest du sagen?“, fragte Nate.

„Äh, nichts.“ Ich schüttelte den Kopf und lächelte mit zusammengepressten Lippen.

Nate schien meine Enttäuschung zu spüren. „Vielleicht sollte ich doch lieber hierbleiben.“

„Nein, geh nur.“ Ich scheuchte ihn weg. „Viel Spaß in dem … was ist es noch mal für ein Auto?“

„Ein Mustang. Von 1966“, erwiderte er, und seine Aufregung war in seiner Stimme zu hören. Fort war die Erschöpfung von einem Abend mit der Familie, und an ihre Stelle war die kindliche Freude darüber getreten, in einen Sportwagen zu steigen und schnell zu fahren. „Warte, bis du ihn bei Tageslicht siehst, Middie. Oh Mann, der ist so cool.“

„Klar.“ Ich bemühte mich um einen lockeren Tonfall. „Ein andermal.“

Nate klatschte mit Lee ab und erhielt ein lässiges Lächeln als Antwort. „Komm, Kumpel, fahren wir.“

„Ich bin für den Kuss um Mitternacht zurück“, rief Nate mir zu, als Lee ihn die Treppe hinunterdrängte.

Ich hörte sie johlen, als sie zum Mustang liefen.

Dann schloss ich die Tür und lehnte mich schwer dagegen. Das Bild von Lee und Nate in dem frisch restaurierten Wagen kam mir in den Kopf und wollte nicht wieder verschwinden. Ich dachte daran, wie Lee mich „Yoko“ genannt hatte. *Ich* war das fünfte Rad am Wagen, nicht Lee.

22. KAPITEL

In der ersten Woche des neuen Jahres vergrub ich mich in meinen Büchern und sah wenig von Nate. Aber eines Morgens überraschte er mich um Viertel nach fünf mit einem Anruf – unsere übliche Zeit für die morgendliche Laufrunde. „Wir treffen uns in zehn Minuten vor der Tür", sagte er. „Zieh dich für Regenwetter an."

Das tat ich und schlich mich dann auf Zehenspitzen zur Haustür, wo ich Nate langsam die Auffahrt hoch- und runterjoggen sah. Ich lief zu ihm und erdrückte ihn beinahe mit meiner Umarmung. „Du warst laufen!"

„Nun ja, nicht laufen, aber ein wenig joggen und gehen und viele Pausen machen", sagte er ein wenig atemlos. Sein Gesicht war vor Freude über seinen Erfolg gerötet. „Ich muss aufpassen, nicht auf einen Stein oder in ein Schlagloch zu treten, aber bisher läuft es ganz gut."

„Das ist toll!" Ich schaute auf Nates Beine. „Ich wusste, dass du das schaffst."

„Mit *deiner* Hilfe." Er küsste mich auf die Lippen, als wäre das hier ein ganz normaler Morgenlauf und nicht eine monumentale Leistung. „Komm, gehen wir."

Der leichte Morgennebel strich über meine Wangen, als wir uns in gemütlichem Tempo in Richtung Straße begaben. Wir liefen nicht schnell genug, um ins Schwitzen zu kommen, aber es war trotzdem spannend, Nates Fortschritte zu sehen. Er setzte seine Schritte vorsichtig, jedoch ohne Angst, und alle hundert Meter oder so wurde er langsamer und ging eine Weile, wobei er seinen Oberkörper hin- und herdrehte und tief durchatmete. Ich joggte neben ihm her, um warm zu bleiben.

Wir schwiegen während des Laufens, damit Nate genug Kraft zum Laufen hatte. Um diese frühe Uhrzeit kam die Sonne gerade erst über den Horizont. Sie wirkte grau durch den dünnen Wolkenschleier am Himmel, der aber mit Sicherheit weg sein würde, wenn ich später zur Schule ging. In der Ferne hörte ich ein paar Trucks, eine Hupe, ein Flugzeug, aber auf dieser Nebenstraße waren wir allein und umgeben von Kiefern, die sich hoch in den Himmel reckten.

Nicht weit von Nates Haus entfernt wurden wir immer langsamer und blieben schließlich stehen. Nate beugte sich vor und stützte sich mit beiden Händen auf den Knien ab.

„Alles okay?“, fragte ich und berührte seinen Nacken, der feucht war von Schweiß und Regen.

Er nickte, während er tief Luft holte und sie dann hörbar ausstieß. „Mir geht es gut. Auch wenn das hier mit einem Auto wesentlich einfacher wäre. Zum Beispiel mit einem lässigen Mustang“, fügte er hinzu.

„Oh, stimmt, cool.“ Ich fragte mich, wie viel ich über dieses Auto wissen konnte, abgesehen von dem, was ich an Silvester gesehen hatte.

„Der gehört uns, weißt du“, sagte er stolz. „Lee und ich haben ihn zusammen restauriert.“

Lee und ich haben ihn zusammen restauriert. Ich versuchte, meine Stimme neutral zu halten. „Davon hast du nie etwas erzählt.“

„Es sollte eine Überraschung sein“, sagte er. „Ich werde dir irgendwann mal zeigen, wie man ihn fährt. Er hat eine manuelle Schaltung.“

„Okay.“ Ich senkte den Blick auf meine Schuhe und sah dann wieder Nate an. „Bist du bereit, weiterzulaufen?“

Der Nebel hatte sich aufgelöst, aber es hing immer noch Feuchtigkeit in der Luft. Meine Jacke und meine Jogginghose klebten an meinem Rücken und meinen Beinen, und mein Pferdeschwanz blieb ständig an meinen Wangen hängen, wenn der Wind ihn mir ins Gesicht blies. Ich hatte ein Schweißband über den Ohren, um sie warm zu halten, wünschte mir aber, ich hätte außerdem einen Schal.

Nate streckte seine Unterschenkel und joggte wieder los. „Jetzt, wo ich zurück bin, kannst du dich wieder auf die Schule konzentrieren.“ Er warf mir einen Seitenblick zu, als wir losliefen. „Du bewirbst dich doch immer noch für das Lewis & Clark, oder?“

„Äh, natürlich tue ich das“, sagte ich leicht genervt. „Warum fragst du?“

„Nur so.“

Ein paar Minuten joggten wir schweigend, aber die Geräusche des Morgens stahlen sich in unsere stille Blase. Vögel, Hunde, Menschen – ihre Klänge überzogen die Landschaft wie Farbtupfer eine Leinwand.

„Middie …“

Ich blieb stehen und drehte mich um. Nate war ein paar Dutzend Schritte zurückgefallen. Irgendwie war ich an ihm vorbeigelaufen, ohne es zu bemerken. Ich joggte zu ihm zurück.

„Du schaffst das“, sagte er. „Zusammen schaffen wir das – du und ich. Wenn wir auf unserem Weg bleiben, auf dem, den wir schon seit Jahren wollen, wird alles gut.“

„Aber was, wenn ich …“ *Nicht weiß, was ich will?*

Nate nahm meinen Arm und zog mich an sich. Er hielt mich an der Taille fest. Sein Atem strich über meinen Hals. „Ich liebe dich seit unserem ersten Date.“

Ich wollte ihn nicht im Stich lassen – wie könnte ich ihm das antun? Wärme breitete sich in mir aus, als er mich umarmte, seine Lippen auf meine presste. Ich kannte ihn so gut, ich konnte die Lider schließen und jedes Detail seines Gesichts vor mir sehen, wie die einzelne Sommersprosse über seinem linken Auge und das winzige Fältchen, das immer an seiner Schläfe auftauchte, wenn er tief in Gedanken versunken war.

„Ich hatte Angst, dass ich mich für immer verirrt hatte, dass ich nie wieder nach Hause finden würde. Aber dein Bild war in meinem Kopf, und das hat mich beruhigt." Seine Stimme war nur noch ein Flüstern. „Dein Gesicht, deine Hände, dein Körper …" Er strich mit den Händen über meine Taille und Hüfte. „Und ich sah die Zukunft, unsere Zukunft. Ich wusste, wenn es mir gelingen würde, hierher zurückzukommen, dann hätte mein Leben eine Bedeutung."

Hätte mein Leben eine Bedeutung. Selbst in den schlimmsten Momenten seines Lebens dachte Nate an andere.

Meine Hände begannen zu zittern, und meine Augen füllten sich mit Tränen. „Ich liebe dich auch." Ich lehnte meinen Kopf gegen seine Brust und lauschte dem steten Klopfen seines Herzens. So standen wir eine ganze Weile, wiegten uns sanft hin und her, intim und doch behaglich, wie es immer zwischen uns gewesen war. Schließlich brach Nate das Schweigen.

„Ich sage dir was … Heute schreibst du deinen Aufsatz für das College …"

Ich stöhnte laut auf und schüttelte den Kopf. „Neiiiin …"

„… und ich schreibe meine Rede, und dann gehen wir ins Kino", sagte er. „Ich lade dich ein."

Ich hielt ihn auf Armeslänge von mir und schaute ihn an. „Wirklich?"

„Ja."

„Mit Popcorn?"

„Und extra Butter."

„Und M&Ms?"

„Hmmm …" Er tat, als denke er darüber nach. „Vielleicht."

Ich reckte hochmütig das Kinn. „M&Ms – oder wir haben keinen Deal."

Er lachte. „Okay, dann ist es ein Ja. Mit M&Ms."

Ich gab ihm einen lauten Schmatzer auf den Mund. „Abgemacht."

„Gut." Sanft drehte er mich herum in die Richtung, aus der wir gekommen waren. „Und jetzt geh. Lerne. Mach deine Bewerbung endlich fertig."

Ich salutierte. „Aye, aye, Captain." Ich lief nach Hause, während die Sonne langsam höher stieg. Es war der Anfang eines wunderschönen Tages.

Erzähle uns von einem Erlebnis, das dich geprägt hat.

Tief in meinem Herzen wusste ich, dass Nates befürchteter Tod in Honduras ein einschneidender Moment in meinem Leben gewesen war, aber hatte das jetzt, wo er zurück war, immer noch die gleiche Bedeutung?

Als er abgereist war, hatte ich mich verloren gefühlt – und als ich dachte, er wäre gestorben, war ich vollkommen hilflos gewesen. Jeder Plan, den ich gehabt hatte, hatte sich aufgelöst wie der Morgennebel bei Sonnenaufgang. Ich konnte weder essen noch trinken und schon gar nicht klar denken. Und war Lee in die Arme gefallen, als es aussah, als hätte ich keine andere Wahl.

Keine andere Wahl? Das ist ein bisschen hart, Middie.

Ich starrte die Bewerbung auf meinem Computer an. Kein College wollte irgendetwas über mein Liebesleben lesen. Kein Zulassungsbeauftragter würde einen Aufsatz darüber zu schätzen wissen, warum ich glaubte, es wäre in Ordnung, einen anderen Jungen zu küssen.

Wie war das SAT-Wort noch mal? „Extrapoliert". Ich musste die Bedeutung aus dieser Erfahrung ableiten. Ich musste den Grund dafür finden und ihn auf mein Leben und meine Umstände übertragen.

Es hatte einen kurzen Moment gegeben, in dem ich eine alternative Zukunft für mich gesehen hatte, eine, die nicht voll mit der Bedeutung war, die jemand anders ihr verliehen hatte. Ich hatte über meine Freunde und Familie hinaus gesucht, über Haley und Emma und Allison, über Nates ehrenamtliche Arbeit und seine morgendlichen Laufrunden, über Nate selbst ... und es hatte mir gefallen. Es war furchteinflößend und unbekannt gewesen und etwas, das ich noch nie zuvor getan hatte.

Und es hatte Lee mit eingeschlossen.

Wenn das Leben dir Zitronen reicht, mach Limonade daraus.

Guter Gott, das war respektlos.

Die Welt, wie ich sie kannte, ist an einem Tag im September zusammengebrochen.

Oh nein, das würde die Zulassungsstelle bestimmt falsch verstehen.

Ich scrollte die Bewerbung hoch und runter, strich träge mit dem Zeigefinger über das Touchpad, aber mir wollte einfach nichts für den Aufsatz einfallen.

Vielleicht hatte ich nichts zu sagen.

Ich hatte ein bisschen Angst, dass Nate mich wegen des Aufsatzes fragen würde, doch das war unnötig: Er war vollkommen mit seiner Rede beschäftigt, die er vor den Studenten halten sollte, die ins Ausland reisen wollten. Als er kam, um mich mit seinem alten Truck zum Kino abzuholen, war er gerade mitten im Satz, als ich die Beifahrertür öffnete.

„Ergibt es Sinn, damit anzufangen, wie ich überhaupt zu Global Outreach gekommen bin?“, fragte er mich, als ich mich zu ihm beugte, um ihm zur Begrüßung einen Kuss zu geben.

„Äh, ja, ich schätze schon. Warum nicht?“

Gedankenverloren lenkte er den Truck die Einfahrt hinunter. „Ist das nicht langweilig?“ Der Truck rumpelte über das kiesbedeckte Ende der Auffahrt, wo diese in die Straße überging. Nate hielt an und schaute nach links und rechts, bevor er weiterfuhr.

„Es widerstrebt mir irgendwie, das zu sagen, aber ich glaube, die Leute wollen wirklich lieber die schrecklichen Einzelheiten hören.“

Nate umfasste das Lenkrad fester, und sein Blick wurde hart. „Ich weiß. Ich bin nur noch nicht … bereit, darüber zu reden.“

„Nicht einmal mit mir?“

Er seufzte. „Tut mir leid, Middie, aber ich will dich damit nicht belasten.“

„Das ist keine Belastung“, sagte ich schnell. „Ich *will* dir zuhören.“

Aber er schüttelte nur den Kopf. Ich versuchte, mir meinen Frust nicht anmerken zu lassen, aber ich hatte das Gefühl, dass er mich ausschloss. Wenn wir beste Freunde waren, warum wollte er mir dann nicht alles erzählen?

Als wir zum Kino kamen, parkte Nate auf dem hinteren Parkplatz in der Nähe des Müllcontainers, wo Lee und ich uns hineingeschlichen hatten. Ich verspürte einen Anflug von Melancholie; es war aufregend gewesen, damit durchzukommen.

Die Seitentür des Kinos wurde geöffnet, und etwas Pinkes fiel mir ins Auge. Das kleine Mädchen mit dem großen Mund und den bunten Haaren brachte zwei Mülltüten raus. Der perfekte Moment, um sich hineinzuschleichen. Ich zupfte an Nates Ärmel und flüsterte: „Komm mit.“

Nate stolperte vorwärts, als ich ihn mit mir zog. „Hm?“

„Wir schleichen uns rein“, sagte ich leise und zeigte auf die offene Tür. Das Mädchen war nur wenige Schritte vom Müllcontainer entfernt; wenn wir nicht *sofort* losliefen, würde sie sich umdrehen und uns sehen.

„Reinschleichen? Aber warum?“, wollte Nate wissen. „Ich habe bereits online Karten gekauft.“

Ich zog ihn mit mir, aber sein kaputtes Bein blieb an einem Riss im Asphalt hängen und er musste es ausschütteln. Ich warf einen Blick über meine Schulter – noch zehn Sekunden, und das pinkhaarige Mädchen wäre fertig und die Chance vertan. „Nate, komm schon", drängte ich. „Das wird lustig."

„Aber die Karten." Die Verwirrung war ihm deutlich anzusehen. „Ich verstehe das nicht."

Ich hörte den dumpfen Aufprall des Deckels, als der Müllcontainer geschlossen wurde, und sah aus dem Augenwinkel etwas Pinkes. Sie war fertig. Es war zu spät. Das Mädchen warf mir einen sauren Blick zu, als es an uns vorbeiging, der besagte: *Ich beobachte dich*.

Nate sah mich an. „Wollen wir reingehen? So wie normale Menschen?" Ich ließ mich von ihm zum vorderen Eingang des Kinos führen. „Lee hat immer versucht, mich zu überreden, mich reinzuschleichen. Der Kerl legt es immer wieder drauf an, bei irgendwas erwischt zu werden."

Ich spürte, wie meine Wangen warm wurden. „Ja, es ist ein Risiko."

Wir stellten uns am Abholschalter an, und Nate hielt mich von hinten umarmt, während wir warteten. „Was hast du da eigentlich an?", fragte er und schaute über meine Schulter an mir hinunter. Ich hatte mir ein weiteres von Allisons Boho-Outfits zusammengestellt, einen mehrlagigen, fließenden Rock und ein langärmliges Oberteil, das an den Handgelenken und unter der Brust zusammengebunden wurde.

„Gefällt es dir?" Ich drehte mich vor ihm hin und her und erwartete, dass er grinsen würde, doch er blieb unbeteiligt.

„Nicht das, was ich erwartet hätte, aber du siehst immer hübsch aus", sagte er und gab mir einen Kuss auf die Wange.

Ich schaute die Bluse und den Rock an und fragte mich, ob ich einen Fehler gemacht hatte. Vielleicht hatte Allison diesen Look aus einem bestimmten Grund aufgegeben.

Sobald wir an der Einlasskontrolle vorbei waren, reichte Nate mir meinen Kartenabriss. „Ich stelle mich beim Popcorn an und du dich für einen guten Platz."

„Bist du sicher?"

„Heute geht alles auf mich, weißt du noch?" Dann nahm er sein Handy heraus und gab es mir. „Hier, du kannst solange Fruit Ninja spielen, während du wartest."

Ich nahm das Handy und die Eintrittskarte und schaute mich nach unserem Kinosaal um. Fruit Ninja war nicht gerade mein Lieblingsspiel, aber es war okay, um sich die Zeit zu vertreiben. Ich wischte mit meinem Finger über ein paar Ananas und Kokosnüsse, öffnete sie mit einem *Wusch*, aber genauso schnell erwischte ich ein paar Bomben, und das Spiel war vorbei. Seufzend tippte ich aufs Display.

Nates Kontaktliste war gleich ganz oben. Seine Mutter, sein Vater, ich … und Lee.

Sofort errötete ich, und meine Handflächen wurden schweißnass. Ich fühlte mich nackt, durchsichtig, als wenn jeder, der mich anschaute, meinen Puls rasen sehen könnte. Konnte Nate es?

Ich schaute zur anderen Seite der Lobby und sah, dass er sich mit ein paar Jungs von der Highschool unterhielt. Er würde vermutlich noch eine Weile aufgehalten werden.

Ruf ihn an.

Konnte ich das einfach so machen?

Ruf ihn an.

Lee war mein Freund. Wir waren alle miteinander befreundet, oder nicht? Darauf hatten wir uns an Silvester geeinigt. Lee und Nate und ich. Freunde konnten ihre Freunde anrufen.

Ich schlüpfte aus der Schlange und entfernte mich ein paar Schritte von den anderen, bevor ich Lees Nummer aufrief und auf Wählen drückte. Meine Finger zitterten, und ich nahm das Handy von einer Hand in die andere. Es gab ein rauschendes Geräusch in meinem Ohr, als wenn eine Windböe durch das Kino gefahren wäre. Für jedes Klingeln schlug mein Herz drei Mal.

„Hey, Kumpel, wo bist du?"

Meine Kehle wurde ganz trocken; ich öffnete den Mund, brachte aber kein Wort heraus.

„Nate?" Lees Stimme klang angespannt, beinahe panisch. „Brauchst du Hilfe?"

„Ich … ich bin's, Meredith." Meine Stimme brach bei meinem Namen.

„Meredith?"

„Ja. Hi."

„Wo ist Nate? Geht es ihm gut?"

„Oh ja, ja, es geht ihm gut." Ich wickelte mir eine Haarsträhne um den Finger. „Er steht gerade für Popcorn an."

Es entstand eine lange Pause. „Ihr seid im Kino?"

„Äh, ja."

„Und du hast mich angerufen?"

„Tja. Ja", sagte ich und lachte kurz auf. „Du wirst das lustig finden …"

„Meredith."

„Als wir hier ankamen, hat das pinkhaarige Mädchen gerade den Müll rausgebracht …"

„Meredith."

„Und sie hat die Tür offen stehen lassen, weißt du?" Ich sprach immer schneller, übertönte seine Worte. „Also habe ich Nate gesagt, wir sollten uns reinschleichen, so wie du und ich es gemacht haben, und wir waren direkt an der Tür, aber dann ist Nate stehen geblieben, weißt du, und das Mädchen hat sich umgedreht und kam zurück und hat mich direkt angesehen, als wüsste sie total, was wir vorhätten, und natürlich haben wir es dann nicht gemacht." Ich hielt inne, war am Ende meiner Geschichte angelangt, am Ende meiner Energie. Mein Puls raste, und mir war schwindelig. Wussten die Leute um mich herum, dass ich mit Lee telefonierte? Dass mein Freund am anderen Ende des Raumes stand? Dass ich mit einem Jungen sprach, mit dem ich geschlafen hatte, obwohl er nicht mein Freund war?

„Meredith."

„Ist keine große Sache, oder? Ich habe nur angerufen, weil ich das lustig fand." Ich zwirbelte die Strähne noch fester um meinen Finger und zog daran. „Ich dachte, du würdest es auch lustig finden."

„Meredith."

„Was? Was! Wieso wiederholst du ständig meinen Namen?"

„Ruf mich nicht an."

„Wie bitte?"

„Ruf mich nicht an."

„Aber …"

„Und benutz nicht Nates Handy. Mein Gott."

Die Gedanken rasten durch meinen Kopf. Wir waren Freunde. Er hatte gesagt, wir wären Freunde und dass es okay wäre, wenn ich ihn anriefe. Was hatte er für ein Problem? „Es war lustig", sagte ich zum hundertsten Mal. „Das Mädchen mit den pinken Haaren … wie sie mich angeschaut hat …"

Ich hörte Lee am anderen Ende der Leitung atmen.

„Lee, ich …"

„Ruf mich nicht an. Tu es einfach nicht."

Und dann war er weg. Ich nahm das Telefon vom Ohr und starrte auf das Display. Es sagte nicht *Verbindung unterbrochen* oder *Kein Signal*.

Es sagte *Anruf beendet*. Lee hatte einfach aufgelegt.

Ich hatte ihm doch nur eine lustige Geschichte erzählen wollen. Ich konnte nicht anders, ich wählte noch einmal seine Nummer und wartete. Der Anruf wurde sofort auf die Mailbox weitergeleitet. „Yo, hier ist Lee. Hinterlass eine Nachricht."

War das alles, was ich von ihm wollte? Nein. Ich wollte – nein, ich *musste* – mit ihm sprechen. Über uns. Über das, was zwischen uns passiert war.

Aber wir waren keine Freunde. Lee und Nate waren Freunde. Lee und ich nicht. Meine Wangen wurden ganz heiß, und in meinen Augen brannten Tränen. Wie dumm konnte man sein? Lee anzurufen? Und noch dazu von Nates Handy? Gott, ich war so eine Idiotin! Ich starrte das Telefon in meiner Hand an, als hätte ich noch nie zuvor ein Handy gesehen.

Plötzlich war alles um mich herum voll mit Menschen, die mich aus meiner Starre rissen. Die Besucher der vorherigen Vorstellungen verließen das Kino, ihre Stimmen wurden lauter, als sie in die Lobby schwärmten. Sie lachten und johlten und pfiffen einander zu. Sie waren in Gruppen oder als Paare unterwegs, checkten ihre Handys und machten Selfies vor den Filmplakaten.

Ich sah, wie Nate am anderen Ende des Foyers den Getränkestand verließ, die Arme voller Süßigkeiten. Schnell löschte ich die letzten beiden Anrufe aus seiner Anrufliste und steckte das Telefon in meine Tasche.

Ich fühlte mich so allein. Ausgeschlossen von Nate, ausgeschlossen von Lee. Was hatte ich? Und was wollte ich?

23. KAPITEL

Unser Winterball war mehr „sportlich“ als „formell“. Die Mädchen trugen wadenlange Kleider statt bodenlange, die Jungs trugen Jacketts und Krawatten, keine Smokings. Er fand in unserer Schule in der geschmückten Turnhalle statt und war ein bisschen wie ein Abschlussball – und es gab das traditionelle Büfett und eine Liveband. Das Motto des diesjährigen Balls waren die 80er, aber auf keinen Fall würde eine von uns toupierte Haare oder ein Kleid mit riesigen Schulterpolstern tragen.

Haleys Date war Brett Miller, ein schüchterner Footballspieler, der sie per SMS gefragt hatte, ob sie mit ihm zum Ball gehen würde.

„Ist das schlecht? Das ist doch nicht schlecht, oder?“ Haley hatte mich eine Woche vor dem Ball abends angerufen. Es war eine willkommene Unterbrechung vom Lernen gewesen.

„Er ist ein netter Kerl, glaube ich. Magst du ihn?“

„Ja. Er ist süß, ich mag seinen blonden Kurzhaarschnitt und seine Sommersprossen.“ Haley lachte in den Hörer. „Und er sagt, er tanzt gerne. Und du weißt, wie supergerne ich tanze.“

„Wäre er was für einen festen Freund?“

Ich sah förmlich vor mir, wie sie mit den Schultern zuckte. „Vielleicht. Ich weiß es nicht. Können wir mit dir und Nate zusammen hingehen?“

„Bist du sicher? Es ist euer erstes Date.“

„Ich weiß! Vielleicht sollten wir einen Probelauf machen.“

Ich lachte. „Das wird schon alles gut.“

„Weißt du schon, was du anziehst?“

Ich ging mit dem Handy am Ohr zu meinem Kleiderschrank und fand das Kleid, das ich letztes Jahr getragen hatte, als Nate in der Abschlussklasse gewesen war. Es war aus waldgrünem Satin, knielang, und hatte einen U-Boot-Ausschnitt und angeschnittene Ärmel. Ich hatte dazu grüne Satinballerinas getragen, obwohl es an dem Tag geregnet hatte, also hatte ich die Schuhe in einer Tasche mitgenommen und auf dem Weg dahin Stiefel getragen. Nate hatte das Kleid sehr gefallen; es war schlicht und elegant. Vermutlich würde es ihm nichts ausmachen, wenn ich es dieses Jahr noch einmal anziehen würde.

Aber *mir* würde es etwas ausmachen.

„... dicke Korkenzieherlocken mit dem Lockenstab", sagte Haley gerade. „Corey Sanchez meinte, sie würde mir ihren leihen."

„Ich bin sicher, dass du mit Locken fabelhaft aussehen wirst."

„Das hoffe ich." Haley klang ein bisschen unsicher, was vollkommen untypisch für sie war. „Ich will für mein *Date* gut aussehen", sagte sie und lachte nervös. „Ahhh! Ein Date!"

„Das wird sicher schön", sagte ich noch einmal. „Wir sind ja auch da."

„Ihr müsst gute Vorbilder sein!", sagte sie.

„Für Brett?"

„Für mich!"

Um sieben Uhr am Samstagabend hatte sich die Sporthalle in ein Winterwunderland verwandelt, komplett mit Discokugel und Tanzfläche, einer Liveband auf der Bühne und einem Büfetttisch unter einem der Basketballkörbe.

Sobald wir ankamen, wurde Nate von Fans und Freunden umringt, Schülern und Lehrern und sogar ein paar der Aufsichtspersonen. Alle wollten seine Aufmerksamkeit. Alle wollten seine Geschichte hören.

Ich suchte uns Plätze an einem Tisch nicht weit von der Tanzfläche entfernt und nahm dann Haley mit, um Essen und Getränke für uns alle zu holen.

„Ist das nicht ein bisschen klischeehaft?", fragte sie mich, als wir pinkfarbene Bowle aus einer Schüssel in Pappbecher gaben. „Die Mädchen, die den Jungs das Essen holen?"

„Nate wird immer noch schnell müde, also dachte ich, ich übernehme das mal."

„Oh, dann bist du nicht das Dienstpersonal, sondern einfach nur nett. Das ist etwas anderes."

Ich schaute den Teller in meinen Händen an. Ich hatte ihn mit Nates Lieblingsessen gefüllt: Doritos und Ranchdip, Spareribs, Chicken Nuggets und scharfem Senf. *Kein Klischee, oder? Sondern einfach nur nett …*

Ich füllte noch etwas mehr auf den Teller und schaute mich dann nach Haley um, um mit ihr zusammen zum Tisch zurückzugehen, aber sie stand jetzt mit Katrina und Debra am Eingang der Sporthalle. Meine drei Freundinnen verglichen ihre Kleider und Schuhe, machten Fotos und lachten. Sie winkten mir zu und wollten, dass ich dazukam. Ich schaute zu Nate hinüber, aber er war ganz in ein Gespräch mit einer der Aufsichtspersonen vertieft, also ging ich hinüber zu den Mädchen.

„Middie, komm in die Mitte!", rief Haley.

„Hey, das reimt sich ja fast", sagte Debra mit einem leicht angeschickerten Kichern. Sie lehnte sich gegen Katrina, und die beiden fingen an zu lachen.

„Kommt dicht zusammen." Haley hielt ihr Handy hoch, und wir alle drückten unsere Köpfe zusammen. „Sagt cheese!"

„Nackter Cheese!", sagte ich, und sofort brachen die Mädchen in Gelächter aus. Ich schlug mir die Hand vor den Mund. Das war Lees Spruch; er hatte ihn bei unserem Nacktbadeausflug gesagt. Ich hatte keine Ahnung, wieso er mir über die Lippen gekommen war, aber …

„Fuß-Selfie!", sagte Debra, und wir hielten alle unsere Füße nebeneinander, damit Haley ein Foto machen konnte.

„Lippen-Selfie!", rief Katrina, und wir drückten unsere Münder aneinander.

„Booty-Selfie!", johlte Haley. Wir vier wackelten mit unseren Hintern nebeneinander, und irgendjemand – nicht Haley – machte ein Foto oder auch zehn.

Inzwischen hatten die anderen uns bemerkt und ebenfalls ihre Handys herausgeholt, um uns zu fotografieren. Haley hielt eine Hand vor ihren Po. „Bitte, respektiert die Privatsphäre unserer Popos“, sagte sie und begann hysterisch zu lachen.

Ich hielt meine Hände auch vor ihren Hintern. „Keine Fotos mehr, bitte.“ Und dann versuchten wir alle, uns gegenseitig mit Armen, Schultern, Rücken und Beinen abzuschirmen und konnten nicht aufhören zu lachen über das ganze Durcheinander. Es war dumm und albern, und vielleicht würden diese Bilder auf irgendeinem Instagram-Account auftauchen, aber wen interessierte das schon? Es war unser Abschlussjahr, und das hier war der Winterball, und den gab es für uns nur noch einmal, also warum sollten wir keinen Spaß haben?

Ich schaute auf und fing quer durch den Raum Nates Blick auf. Er beobachtete mich eindringlich, also winkte ich und warf ihm eine Kusshand zu in der Erwartung, dass er wenigstens lächeln würde, aber er runzelte nur die Stirn und kehrte zu seiner Unterhaltung zurück. Ich spürte, wie mein Enthusiasmus ein wenig verebbte.

Tja, dann …

„… muss ein Albtraum gewesen sein“, hörte ich den Aufpasser zu Nate sagen, als ich mit dem Teller voller Snacks zum Tisch zurückkehrte. Er hatte einen Fuß auf den Stuhl gestützt und beugte sich zu Nate vor. „Verdammt, mein Junge, du hattest Glück, dass der Teufel nur ein Auge geöffnet hatte.“

„Ja, Sir, das war ziemlich grauenvoll“, sagte Nate. Wie üblich wirkte er selbstbewusst und ungezwungen in der Gegenwart seiner Fans – ob jung oder alt.

„Vielleicht sollte ich mich zu …“, fing ich an, aber Nate zog mich auf den Stuhl neben sich.

„Setz dich, Middie. Ich will heute Abend nur mit dir zusammen sein."

Irgendwann machte der Aufpasser den Basketballspielern Platz, von denen einige während seines Abschlussjahres mit Nate zusammen gespielt hatten. Die Unterhaltung wurde lebhafter, und Nate entspannte sich langsam.

„Der Spielzug war *nicht* meine Idee", erklärte er einem ehemaligen Teamkollegen. „Glaubst du, ich würde jemals Jake in die Mitte schicken – du erinnerst dich an die Größe des Point Guards! Er war riesig!"

Die Gruppe lachte, aber ich war rastlos und gelangweilt. Ich sah, dass Haley mit Brett auf der Tanzfläche war. Nicht weit von ihr entfernt tanzten Debra und Katrina mit Jungs, die ich nicht kannte. Die Band spielte Coverversionen von 80er-Jahre-Hits von Madonna und Michael Jackson, Culture Club und The Police.

Die Haut der Mädchen glänzte vor Schweiß, und ihr Lächeln erhellte die kleine Tanzfläche. Ich spürte ihre Energie und sehnte mich danach, mitzumachen. Ich wandte mich an Nate und erhob mich halb vom Stuhl. „Würdest du einen Tanz mit mir schaffen?"

„Oh, ich glaube nicht, Middie", sagte er. „Das ist nicht so mein Ding, das weißt du doch."

Ja, das wusste ich, aber das war die Vergangenheit, so, wie es immer gewesen war. Konnten wir nicht mal etwas Neues ausprobieren, etwas, das ein bisschen mehr Spaß machte, als nur an der Seitenlinie zu sitzen und zuzuschauen? „Aber du hast gesagt, du willst heute Abend bei mir sein."

Nates Blick huschte über meine Schulter. „Vielleicht tanzt Lee ja mit dir?"

„Lee?" Mein Kopf schoss herum, und ich sah Lee auf unseren Tisch zukommen. Was machte er hier? Ehemalige Schüler kamen nicht zu den Bällen, aber vielleicht war Lee von einer

Schülerin eingeladen worden? Ich suchte den Raum hinter ihm ab, konnte Liza aber nirgendwo entdecken und wandte mich wieder an Nate. „Ich glaube eher nicht."

„Lee? Hey, Kumpel, willst du mit Middie tanzen?", rief Nate ihm zu.

Ich hob abwehrend meine Hände, als wenn ich Lee so aufhalten könnte. Ich wollte ihm nicht mal in die Augen sehen. „Alles gut. Ich kann auch alleine tanzen."

Lee blieb kurz vor dem Tisch stehen. Er war vollkommen unangemessen angezogen, als wenn er auf ein Konzert wollte, anstatt auf einen Ball: ein hellblaues Captain-America-T-Shirt unter einem schiefergrauen Jackett und dazu natürlich Jeans und Turnschuhe.

Er nippte an einem Pappbecher, der in seinen Händen unglaublich klein aussah, als wäre er ein Riese in einem Land der Kleinwüchsigen. Aber das lag nur daran, dass es ein kleiner Becher war und kein normaler. Er bemerkte, dass ich den Becher anschaute. „Sie hatten keine normalen mehr", erklärte er. „Und jetzt bin ich Gulliver in Liliput."

Ich lächelte. Das waren genau meine Gedanken gewesen. Ich wollte gerade etwas sagen, da sah ich den leeren Ausdruck in seinem Gesicht und in seinen Augen – dieses hohle, ausdruckslose Starren, das mir verriet, dass ihn meine Meinung nicht im Geringsten interessierte. Ich spürte, wie mein Grinsen mir aus dem Gesicht rutschte.

So standen wir eine gute Minute da, es war unbehaglich und seltsam. Er schwankte ein wenig, und ich war nicht sicher, ob er ein paar Bier gehabt hatte oder tanzen wollte.

Ich hatte Lee noch nie tanzen sehen. Ich hatte keine Ahnung, ob er das konnte. Oder wollte.

Haley und Brett kamen hüpfend und herumalbernd zu uns. Sie sahen beide so lächerlich aus, aber amüsierten sich so prächtig, dass ich nicht aufhören konnte zu lachen. Lee neben mir konnte auch nicht widerstehen; der Hauch eines Grinsens durchbrach seine starre Hülle. Haley und Brett schnappten uns, zogen uns mit sich auf die Tanzfläche, und dann, wie durch ein Wunder, tanzte ich mit Lee.

Oder so in der Art. Er tanzte nicht wirklich, sondern tippte mehr von einem Fuß auf den anderen und schwang dabei die Arme an seinen Seiten. Wir tanzten ungefähr einen Meter auseinander, unsere Aufmerksamkeit überall, nur nicht beieinander: Haley, Brett, die Band, die Discokugel, die Leute am Büfett.

Als das Lied zu Ende war, riefen meine Freunde johlend nach mehr.

„Wir haben noch ein paar Songs für euch, bevor wir eine Pause machen", sagte der Sänger der Band in sein Mikro. Er sah selbst ein wenig nach 80er-Jahren aus: stachelig hochgegelte Haare, ein übergroßes glänzendes Sportsakko mit hochgeschobenen Ärmeln und dazu schwarze Skinny-Jeans und Turnschuhe. „Also warum fahren wir es nicht eine Stufe runter, Kids?"

Kids? Hatte er wirklich *Kids* gesagt? Igitt. Ich rollte mit den Augen.

„Eins, zwei, drei, vier ...", sagte er vom Mikro abgewandt, und dann fing die Band an, eine sanfte Ballade zu spielen.

Gerade als Brett und Haley einander in die Arme fielen, schaute ich zu Lee, der meinen Blick auffing und dann schnell wegschaute. Mein Stichwort, die Tanzfläche zu verlassen. Aber die Menge ließ mich nicht; plötzlich wimmelte es nur so von sich langsam wiegenden Pärchen, die mich an Ort und Stelle gefangen hielten. Mein Rücken war gegen Brett gepresst und vor mir ...

„Entschuldigung", sagte Lee über meine Schulter hinweg, als er versuchte, sich an mir vorbeizudrücken, aber das war beinahe unmöglich. Die Pärchen drängten sich immer dichter und schoben uns so zusammen, dass unsere Hüften und Oberschenkel sich berührten. Mein Gesicht war nur wenige Zentimeter vom Aufschlag seines Jacketts entfernt, der leicht ausgefranste Rand kitzelte meine Nase und Wangen, wenn ich einatmete. Ich roch Schweiß vermischt mit Deo, Rasierschaum vermischt mit Bier, und die eklige Süße der Bowle auf seinen Lippen.

Dann spürte ich seine Hände an meinen Ellbogen, als er meine Arme langsam um seine Taille legte, wobei sein Blick irgendwo weit in die Ferne hinter mir und der Tanzfläche gerichtet war. Ich war überrascht. Nach allem, was er am Telefon gesagt hatte? Innerhalb eines Herzschlags berührten sich unsere Knie, schoben sich unsere Beine zwischeneinander, wiegten sich unsere Hüften im gleichen Rhythmus. Die Hitze zwischen uns war nicht zu leugnen.

„*I know this much is true …*“

Ich schaute mich unter den Paaren auf der Tanzfläche um: Alle waren versunken in dem sternenartigen Licht, das sie umgab; sie flüsterten und kicherten, einige grinsten albern, andere schauten selig und verträumt. Niemand küsste sich – das war ein absolutes No-go, genau, wie sich aneinander zu reiben oder alle anderen vulgären Zurschaustellungen –, aber ich spürte, dass sie einander küssen *wollten* und sich danach *sehnten*, geküsst zu werden. Es war wie ein Virus, der von Pärchen zu Pärchen übersprang. Ich fragte mich, ob er auch Lee und mich anstecken würde.

„*I know this much is true …*“

Ich verschränkte meine Finger unter Lees Jackett an seinem Rücken. Ich spürte sein Herz hinter den Rippen schlagen; es vibrierte seine gesamte Wirbelsäule hinunter. Mein eigener Puls raste im Einklang mit seinem, und meine Haut kribbelte und zitterte, als er seine Hände an meine Taille drückte. Vom Hals an abwärts hätten wir nicht näher oder intimer verbunden sein können, aber …

Plötzlich wand er sich aus meinen Armen und verschwand. So dünn, wie er war, gelang es ihm problemlos, sich zwischen den Pärchen hindurchzuschlängeln, bis er den Rand der Tanzfläche erreicht hatte.

Warte, Lee! dachte ich, doch ich konnte ihn nicht rufen, konnte nicht seinen Namen sagen.

Also eilte ich hinter ihm her.

Natürlich versuchte ich, keine Aufmerksamkeit zu erregen, nicht so zu wirken, als liefe ich ihm hinterher. Aber ich folgte ihm am Büfett vorbei durch die Saaltür und zum Haupteingang der Schule.

Sobald wir draußen vor der Tür waren, rief ich seinen Namen. Er blieb stehen, drehte sich aber nicht um. Seine Arme hingen schlaff herunter, und er schaute in Richtung Parkplatz. *Die perfekte Flucht nur um wenige Sekunden verpasst*, schien seine Körpersprache zu sagen.

Ich ging zu ihm, blieb aber in einiger Entfernung stehen. Nebel wirbelte wie Rauchschwaden um den Saum meines Kleides. „Lee, ich ..."

Seine Wangen waren erhitzt und seine Augen gerötet. „Lass mich in Ruhe, Meredith. Lass. Mich. In. Ruhe."

„Aber wir haben doch nur getanzt ..."

„Hör einfach auf, okay? Rede dir ein, was zum Teufel du dir auch immer einreden willst, aber du hast nicht nur mit mir getanzt." Er schnaubte und schüttelte den Kopf. Seine Hände zuckten und zitterten.

„Ich? *Du* warst es doch, der ..."

„Soll ich Nate erzählen, dass du ihn betrogen hast?" Seine Stimme klang gemein und seine Worte abgehackt.

Mein Magen zog sich zusammen. „Ich habe ihn nie betrogen. Wir dachten beide, er ..."

„Und nachdem er zurück war, nachdem wir *wussten*, dass er in Sicherheit ist", sagte Lee, „was war da? Was war das mit deinen Anrufen und Nachrichten *seitdem*?" Er zog sein Handy heraus und hielt es hoch.

„Ich habe ihn nicht betrogen", sagte ich leise und wandte meinen Blick von dem Handy, von dem Beweis ab. Mein Blick folgte den Nebelschwaden, die um meine Beine und Füße wirbelten und sich am Spitzensaum meines Kleides verfingen.

„Doch, das hast du – und du tust es immer noch", erwiderte Lee.

„Du irrst dich. Ich liebe Nate."

Lee zeigte mit der Hand zwischen uns hin und her. „Was ist das hier dann? Hm? Was zum Teufel machst du?"

„Ich …" Ich hatte keine Ahnung. Ich hatte die Worte „Ich liebe Nate" gehört und wusste, dass sie wahr waren …

I know this much is …

… aber ich wusste auch, wie ich mich fühlte, wenn ich mit Lee zusammen war. Und ich wusste, dass er es auch fühlte. Ich hob meinen Blick vom Boden und fand seinen. Für den Bruchteil einer Sekunde sah ich Angst und Verletzlichkeit hinter seiner Wut. „Lee …"

Genauso schnell verschloss er sich wieder. „Du darfst nicht bei mir sein", sagte er kühl. „Verstehst du das nicht? Die Zukunft gehört dir und Nate. Also los, geh weiter auf diesem Weg. Das ist es doch, was du willst, oder nicht?"

Ich ging auf ihn zu, hob meine Hände zu seiner Brust, aber er sprang zurück, als stünde ich in Flammen. Dann wirbelte er herum und war außer Reichweite. Ich kam mir idiotisch vor, ihm zu folgen, aber er irrte sich auf so viele Arten.

„Nicht, Middie. Bring mich nicht dazu, es Nate zu erzählen." Lee schüttelte den Kopf und entfernte sich rückwärts von mir und der Auffahrt. „Ich kann ihm nicht so wehtun. Er ist der beste Freund, den ich auf der Welt habe."

„Das kann nicht nur einseitig sein. Das geht einfach nicht", sagte ich leise.

„Ich liebe dich nicht“, sagte er. „Du hast mir leidgetan. Nate ist derjenige, der dich liebt. Er. Nicht ich. *Er.*“

„Was machst du dann hier, hm? Warum bist du zu einem Ball gekommen, obwohl du nicht eingeladen warst? Sprengst du immer einfach so irgendwelche Highschoolpartys?“ Ich stemmte die Fäuste in die Hüften. „Oh ja, stimmt. Du bist auch zu unserer Kick-off-Party zum Abschlussjahr gekommen. Ich schätze, du bist nur ein Loser, der nichts Besseres zu tun hat.“

Ohne ein weiteres Wort drehte er sich um und ging zu seiner Vespa, die auf dem Parkplatz stand.

„Warte, Lee. Das habe ich nicht so gemeint!“ Ich sah ihm nach, wollte nicht glauben, dass er seine Meinung nicht ändern würde, dass er nicht wenigstens einen Blick zurückwerfen würde, aber er tat es nicht. Der Roller verschwand, und seine Rücklichter verglommen schnell in der nebligen Nacht.

Ich wusste nicht, wie lange ich dort stand, aber lange genug, dass der Nebel die Stelle vereinnahmte, an der Lee eben noch gestanden hatte, seinen Platz füllte, als wäre er nie hier gewesen. Ich schlang meine Arme um meine Taille, weil ich auf einmal die Kälte spürte, und drehte mich zum Schuleingang um.

Mein Atem stockte, als ich Nate auf der obersten Stufe stehen sah. Er lehnte an der offenen Tür. Wir starrten einander schweigend an.

Mit jedem Schritt, den ich machte, klopfte mein Herz schwerer und schwerer. *Wann ist Nate nach draußen gekommen? Was hat er gehört oder gesehen?* Meine Gedanken rasten, und mir schwirrte der Kopf.

Endlich erreichte ich die Treppe und sah ihn an. Er sagte nichts, sondern trat nur zur Seite und hielt mir die Tür auf. Unsere Arme streiften einander leicht, als ich an ihm vorbeiging.

Er weiß es.

24. KAPITEL

Er weiß es.

Wir kehrten zum Ball zurück, zu unserem Tisch, und nicht lange danach gingen wir. Während ich fuhr, lachten Haley und Brett auf dem Rücksitz herum und küssten sich. Nachdem ich sie bei Haleys Haus abgesetzt hatte, brachte ich Nate nach Hause. Ich versuchte, das Lenkrad nicht zu fest zu umklammern, während ich lenkte, versuchte, mein rasendes Herz zu beruhigen, aber das war unmöglich. Die Spannung im Auto war so dicht wie der Nebel draußen.

Worauf wartest du? wollte ich Nate anschreien. *Sag doch etwas!*

Als ich endlich in Nates Einfahrt einbog, hatte ich das Gefühl, dass eine Ewigkeit vergangen war, seit wir Haley abgesetzt hatten. Mit jeder Straßenkurve hatte ich gedacht, dass etwas sich in ihm regen, ihn zum Leben erwecken würde, aber er hatte geschwiegen.

Der Wagen kam zum Halten, und Nate hob langsam ein Bein nach dem anderen aus der Tür. Ich spürte, dass er körperliche Schmerzen hatte, dass er müde war von dem langen Abend, und als er endlich stand, seufzte er tief. Ich wollte ebenfalls aussteigen, aber er hielt mich zurück.

„Mir geht es gut“, sagte er schnell. „Wir reden morgen.“

Aber, aber, aber …

Die Worte *Es tut mir leid* lagen mir auf der Zunge, aber ich konnte sie nicht laut aussprechen. Es fühlte sich an, als stecke etwas in meiner Kehle fest, und ich konnte nicht atmen. Als Nate die Stufen zu seinem Haus hinaufging, sah ich ihn wieder vor mir, wie er an der Schule gestanden hatte, den Blick auf mich gerichtet, während ich mich von Lee wegdrehte. Dieses Bild hatte sich mir ins Gehirn gebrannt und wollte einfach nicht verschwinden.

Selbst nachdem ich schon Stunden zu Hause war, nachdem ich meinen Eltern eine gute Nacht gewünscht, Allisons Kleid sorgfältig aufgehängt und mich abgeschminkt hatte, bekam ich das Bild von Nate nicht aus dem Kopf.

Als ich endlich im Bett lag, rollte ich mich zusammen, vergrub mein Gesicht in den Kissen und verfluchte mich für das, was ich getan hatte, während mir die Tränen übers Gesicht liefen.

Ich hatte alles vermasselt. Alles. Ich hatte den besten Freund der Welt gehabt, und ich hatte ihn weggeworfen. Und für was? Für wen?

Das Schlimmste war, dass Nate gesehen hatte, was für ein schrecklicher Mensch ich war, wie falsch ich sein konnte. Ich hatte ihn verletzt, und ich hatte uns verletzt. Ich könnte es ihm nicht verübeln, wenn er mich für immer hasste.

Den Rest des Wochenendes schaute ich wohl hundert Mal pro Stunde auf mein Telefon, aber Nate rief mich nicht an und schickte mir auch keine Nachrichten. Ich ging das Szenario wieder und wieder in Gedanken durch, überlegte, wann Lee gegangen war, wie nah Nate zu dem Zeitpunkt gewesen war, wie schnell er nach draußen gekommen sein konnte und wie viel der Unterhaltung er mitgehört hatte. Jedes Mal kam ich zu einem anderen Ergebnis. Es war wie im Fegefeuer.

Deshalb war es ein ziemlicher Schock, als ich am Montagmorgen zur üblichen Zeit einen Anruf von Nate erhielt. „Bist du bereit?“, fragte er, als wäre nichts passiert.

Ich eilte nach draußen, und wir trafen uns auf der Straße, bevor er an meiner Haustür ankam. Dienstag und Mittwoch war es das Gleiche, aber Nate verlor kein einziges Wort über den Ball. Er sprach über die Rede, die er in ein paar Wochen halten würde, über meine Noten, meinen Aufsatz. Wir machten Witze über Emma und ihre Brownie-Truppe. Wir fragten uns, wie lange sie ihn wohl noch vergöttern würde.

War ich am Samstagabend in einem Paralleluniversum gewesen?

Dauernd hatte ich das Gefühl, auf dünnem Eis zu laufen, als wenn ich jeden Moment ausrutschen und ins eiskalte Wasser fallen könnte, weil ich immer erwartete, dass Nate mich nach Lee fragen würde.

Wie wäre es mit heute?

Oder heute?

Und wann hätte ich den Mut, es ihm zu sagen?

Nie.

Ich musste es. Aber ich konnte es nicht. Und das fraß jeden einzelnen Tag an mir. Mein Magen zog sich jedes Mal zusammen, wenn mein Handy klingelte, und entspannte sich erst wieder, wenn ich sehr viel später unter der Dusche stand oder auf dem Weg zur Schule war.

„Erde an Middie!", rief Haley mir am Freitagmorgen zu und klopfte laut an meine Spindtür. „Bist du schon wach?"

„Ja, ich bin wach." Ich kramte in meinem Spind herum und suchte nach einem frischen Collegeblock und Stiften, die nicht klecksten. Es stimmte, ich war ein wenig müde und ganz sicher abgelenkt, aber sie auch. Denn eine Minute, nachdem sie an meinem Spind aufgetaucht war, erschien Brett hinter ihr.

Sie lachte, als er ihr die Augen zuhielt. „Äh, Ryan Gosling?"

„Äh-äh."

„Justin Bieber?"

„Igitt, das ist ja eklig, nein!" Brett schüttelte sich und ließ sie los. Sie stolperte rückwärts in seine Arme, und er gab ihr einen Kuss auf die Lippen.

Ich beschäftigte mich mit meinem Schrank, summte vor mich hin und blendete die beiden aus. Ihre öffentlich zur Schau gestellten Zärtlichkeiten irritierten mich. Ich wollte einfach keine anderen Pärchen zusammen sehen.

Einen Moment später klopfte Haley erneut gegen die Metalltür des Spindes – sie war wieder allein. „Ich musste jahrelang das Rumgeknutsche von dir und Nate ertragen.“

„Du hast recht“, sagte ich. „Es tut mir leid. Er ist echt ein netter Kerl.“

„Und er ist ein guter Küsser, der seine Zunge genau richtig einsetzt.“

„Gut. Das freut mich, glaube ich.“

Haley lachte. „Ich weiß nicht, ob er, du weißt schon, *der Eine* ist. Nicht so, wie Nate es für dich ist. Aber ich bin gern mit ihm zusammen.“

Ich wich dem Blick meiner besten Freundin aus. „Ja, klar.“

„Ich meine, niemand ist wie Nate.“

Mein Herz und mein Gehirn zuckten, als sie seinen Namen sagte. Ich wünschte, ich könnte ihr von Nate erzählen, aber dann müsste ich das mit Lee zugeben, und das würde ich auf keinen Fall tun. Also schloss ich einfach meinen Spind ab, und wir gingen untergehakt den Flur hinunter.

„Der Winterball ist vorbei, Middie! Nur noch ein paar Monate bis zu unserem Abschluss.“

Ich nickte, aber in Gedanken war ich immer noch bei Nate und Lee.

„Hey“, sagte Haley besorgt. „Geht es dir gut? Willst du über irgendetwas reden?“

Ich hoffte, dass sie mir die ganze Geschichte nicht vom Gesicht ablesen konnte, und schüttelte den Kopf, wobei ich versuchte, zu lächeln. „Es ist im Moment alles so verrückt, weißt du? Einfach … verrückt. Nate und der Abschluss und …“

„Woo-hoo!“ Haleys Augen strahlten. „Abschlussjahr!“

Wir kamen an unserem Klassenzimmer an, und Haley und ich alberten ein wenig herum und versuchten, uns nebeneinander durch die Türöffnung zu quetschen. „Du wirst mir fehlen, wenn du mit Nate auf dem College bist“, sagte sie mit einer Stimme, die für Haleys Verhältnisse sehr leise war. „Ich hatte das Gefühl, langsam eine andere Seite von dir kennenzulernen.“

Ich beugte mich zu ihr. „Ja, ich auch.“

Bis Samstagabend hatte ich mich schon auf eine Million Arten bei Nate entschuldigt, aber immer nur in meiner Vorstellung. Er holte mich mit seinem Truck ab, ohne mir zu verraten, wohin wir fuhren, ich wusste nur, dass es sich um ein schickes Restaurant handelte. Ich hatte mich für eines von Allisons schönen Kleidern entschieden; es hatte einen mit Blumen bedruckten Rock, der um meine Knie wirbelte. Dazu trug ich schwarze Stiefeletten und ließ die Haare offen über meine Schultern fallen.

Heute Abend mussten wir über Lee sprechen. Ich war nicht sicher, ob ich überhaupt etwas essen könnte, bevor wir das nicht aus dem Weg geräumt hatten.

Wir fuhren zu einem Fischrestaurant, das bekannt dafür war, Unmengen an Fisch und Pasta zu servieren, deren Reste die Gäste in Styroporverpackungen mit nach Hause nahmen. Nate und ich saßen neben einem der vielen Aquarien. Das blubbernde Wasser war wie die Hintergrundmusik zu unserem Essen.

Während wir aßen, spürte ich, dass irgendetwas in der Luft lag. Etwas Schlimmes. Die Frage war, ob ich warten wollte, bis Nate es zur Sprache brachte, oder mich zusammenreißen und es selbst ansprechen?

„Middie, ich wollte mit dir reden.“

Zu spät. Das war's. Er hat eine Woche gehabt, um darüber nachzudenken; vielleicht hat er sogar mit Lee gesprochen. Der Knoten in meinem Magen wurde fester.

Er griff unter seinen Stuhl und holte eine Plastiktüte heraus, die er mir gab. „Hier, nimm.“

Ich öffnete die Tüte und sah das wunderschöne Holzkästchen, das ich ihm geschenkt hatte. Die Beleuchtung im Restaurant betonte die zarten Schnörkel und die handgefertigten Metallscharniere.

„Du hast es noch!“, sagte ich nach Luft schnappend. „Das ist ja unglaublich.“ Das Holz war hier und da ein wenig abgesplittert und der Boden ein wenig durchgebogen, aber ansonsten war es noch in gutem Zustand.

„Es war in meinem Rucksack, und den hätte ich beinahe stehen lassen, als wir geflohen sind“, sagte er, als wäre er selbst erstaunt, das Kästchen noch zu haben. „Aber ich habe ihn mir im Rauslaufen geschnappt und hatte ihn immer noch bei mir, als ich … gefunden wurde.“ Er schüttelte den Kopf. „Verrückt, oder?“

Ich strich mit den Fingern über das Muster, fühlte die Wirbel und Vertiefungen, als wären sie Brailleschrift.

„Mach es auf.“

„Hm?“

„Mach es auf.“ Nates Augen leuchteten.

Vorsichtig öffnete ich den Verschluss und benutzte einen Fingernagel, um den Deckel anzuheben. Das Samtfutter war gerissen und das Kästchen selbst leer. Ich lächelte, als ich mich an all die Dinge erinnerte, die ich dort hineingelegt hatte. „Ist alles weg?“

„Ja, das meiste.“

Ich spürte den Verlust der Dinge in dem Kästchen, als wären sie meine eigenen, doch dann fiel mir das Geheimversteck im Boden der Kiste ein. „Hast du es gefunden?“, fragte ich. Falls ja, würde er wissen, was ich meinte.

Listig grinsend holte er sein Portemonnaie heraus und klappte es auf, um es mir zu zeigen. Neben ein paar Zehn- und Zwanzigdollarscheinen steckte ein dreieckiges Stück Papier, das alle „Football“ nannten: blau liniertes Schreibpapier, das zu einem steifen Dreieck gefaltet war, dessen Enden eingeklappt waren. Es war ein „Football", weil ein Kind seine Finger an der Tischkante hochhielt, als wären sie ein Tor beim Football, und ein anderes versuchte, das Papier darüberzuschnippen.

Aber wir benutzten es auch, um kleine Nachrichten weiterzugeben. Einer schrieb etwas auf das Papier, faltete es zusammen, schnipste es auf den Tisch von jemand anderem, der wieder etwas daraufschrieb, es erneut zusammenfaltete und weiter zur nächsten Person schnipste. Das hier war ein Football von mir und Nate, der über drei Jahre alt war. Eine echte Nachricht auf Papier zu bekommen war irgendwie aufregender, als eine SMS zu erhalten. Es war persönlicher, intimer, das Papier in den Händen zu halten; Papier, das wir beide berührt hatten. Ich hatte eines davon für Nate in das Geheimfach gesteckt.

Ich nahm es aus seinem Portemonnaie und faltete es auf. Sofort stiegen Tränen in mir auf. Die Worte in schwarzer und blauer Tinte und Bleistift begannen vor meinen Augen zu verschwimmen.

Du siehst in diesem Pullover supergut aus.
Ich kam deinetwegen zu spät in den Unterricht!
Wann geht der Kinofilm heute Abend los?
Du fehlst mir!!!

„Wie lange haben wir uns die hin- und hergeschickt?", fragte er mich. „Erinnerst du dich noch?"

Ich schüttelte den Kopf. „Eine Woche? Unsere Schrift wird immer kleiner und kleiner, um noch aufs Papier zu passen."

„Und das Dreieck wurde immer weicher", sagte er.

Ich schaute von dem Zettel auf und hielt Nates sanften Blick fest. „Du hast es behalten."

„Tja, um ehrlich zu sein, ich habe es erst gefunden, als ich wieder in der Stadt war." Nate grinste verlegen. „Du hast es ziemlich gut versteckt."

Darauf war ich albernerweise stolz. „Danke."

„Gern geschehen. Und jetzt bist du dran, hineinzugucken."

„Das habe ich schon. Es ist leer."

„Wirklich?"

Das Geheimfach. Ich riss die Augen auf, als ich sah, was darin lag.

Ein Ring.

Ich starrte ihn mit offenem Mund an.

„Es ist nicht, was du denkst!" Nate hob schnell eine Hand. „Es ist ein Versprechen. Von mir an dich. Und hoffentlich von dir an mich."

Der Ring war nicht ausgefallen, nur ein schlichter Reif aus Weißgold mit einem kleinen Brillanten, der von drei Smaragden umgeben war. Nates Großmutter hatte ihn ihm gegeben, bevor sie vor zwei Jahren gestorben war. Ich wusste, dass sie den Ring für mich vorgesehen gehabt hatte – sie hatte mich von unserem ersten Treffen an gemocht –, aber ich bezweifelte, dass sie geahnt hatte, dass ich ihn vor meinem achtzehnten Geburtstag bekommen würde.

Ich nahm den Ring und hielt ihn hoch, brachte es aber nicht über mich, ihn auf meinen Finger zu stecken. *Winterball.* Meine Gedanken rasten zurück zur Schule, zu Rücklichtern einer Vespa, die im Nebel verschwanden, zu Nate, der an der Eingangstür stand. Ich musste etwas sagen. Ich legte den Ring auf den Tisch. „Nate, ich muss dir etwas sagen."

Er lehnte sich auf seinem Stuhl zurück und sah mich an. „Es ist vorbei, oder?"

„Es ist … was?" Panik schnürte mein Herz zusammen.

„Du und Lee?"

„Du hast es gewusst?"

„Lee hat es mir erzählt."

Ich erschrak. „Wann hat er … Was hat er dir erzählt?"

Nate schüttelte abwehrend den Kopf. „Hör mal, ihr beide habt gedacht, ich wäre tot. Ich dachte das auch."

„Aber …" Wusste er, dass wir uns geschrieben hatten? Dass ich Lee angerufen hatte? Dass ich immer noch an ihn denken musste?

„Lee hat mir gesagt, dass es vorbei ist. Er meinte, er hätte jetzt eine andere Freundin. Ein Mädchen namens Liza? Ich weiß es nicht. Sie arbeiten zusammen oder so."

Mein Herz wurde schwer. „Er … das hat er gesagt? Ja, gut. Gut, dass er dir das erzählt hat. Wann genau war das?"

„Nach dem Ball."

Nate hatte den Ring in die Hand genommen und drehte ihn hin und her. „Ist schon gut. Ich verstehe das. Du dachtest, ich wäre für immer weg. Middie, ich war selbst nicht mal sicher, ob ich noch am Leben war. Aber jetzt bin ich zurück und … bitte, Middie … bitte nimm den Ring."

Das hier war meine zweite Chance mit Nate. Ich hatte es vermasselt, aber jetzt konnte ich es wiedergutmachen. Ich musste nur den Ring nehmen. Das war doch das Richtige, oder?

„Du und ich", sagte Nate. „So, wie wir es immer geplant hatten."

Ich zog mich zurück und sah ihm in die Augen. „Bist du sicher, dass du das willst?"

„Das habe ich schon immer gewollt", sagte er. „Du nicht? Siehst du uns nicht zusammen?"

Ich konnte uns zusammen sehen. Ich hatte uns immer zusammen gesehen. Aber tat ich es immer noch?

Nate zeigte auf die Schattenbox auf dem Tisch. „Das hat es mir bewiesen", sagte er. „Das hat gezeigt, wie perfekt wir zusammen sind."

Perfekt. Ich spürte die Erwartung wie ein Gewicht auf meinen Schultern. Ich wollte Nate nicht enttäuschen. Wie könnte ich auch, nach allem, was er durchgemacht hatte? Er liebte mich immer noch. Er wollte immer noch mit mir zusammen sein. Ich wäre eine Idiotin, wenn ich ihn abweisen würde.

Und außerdem ist Lee mit einem anderen Mädchen zusammen. Er liebt mich nicht. Er hat mich nie geliebt.

Meine Wangen wurden rot, und meine Lippen zitterten. Hatte ich diese Worte gerade wirklich gedacht? Lee hatte mit dem hier nichts zu tun. Es ging nur um Nate und mich.

„Middie?", sagte Nate leise, und ich hörte die Hoffnung in seiner Stimme.

Ich nahm den Ring aus seiner Hand und steckte ihn auf den Ringfinger meiner rechten Hand. „Ja", sagte ich. „Ja, ich verspreche es."

25. KAPITEL

Klick!

„Ich werde das so was von ins Internet stellen", sagte Haley, als sie mit ihrem iPhone ein Foto von meinem Ring machte. Wir saßen am Montagnachmittag an einem Ecktisch im Matchbox und tranken riesige Becher schaumigen Cappuccinos.

„Das ist nicht wirklich was zum Feiern", hatte ich gesagt, als ich ihr am Morgen an unseren Spinden den Ring gezeigt hatte. Ich wollte kein Aufhebens. „Ich trage ihn nicht einmal an meiner linken Hand."

Sie zielte mit ihrem Handy auf meine Hand und betrachtete das Display aus zusammengekniffenen Augen. „Nicht bewegen. Das ist perfekt."

Klick! Mehr Getippe. Ein weiteres Foto, das in den Äther hinausgeschickt wurde.

Sie sah meinen misstrauischen Blick und winkte ab. „Das geht nur an ein paar Freunde, nicht an die ganze Welt. Habt ihr schon ein Datum festgelegt?" Sie lehnte sich auf ihrem Stuhl zurück und überschlug ihre langen, muskulösen Beine vor sich, während sie an ihrem Kaffee nippte.

„Ich habe dir doch gesagt, es ist nichts Offizielles! Wir sind nicht verlobt."

Haleys Handy vibrierte auf dem Tisch, und sie grinste. „Einen Moment. Eine SMS. Von Corey. Und noch eine von Katrina. Oh, und eine dritte von Debra. Kann ich ihnen sagen, dass wir hier sind?", fragte sie, während sie schon eine Antwort tippte. „Katrina meint, du sollst nichts sagen, bis sie hier ist. Okay?"

„Aber es gibt nichts …"

„Ah! Stopp!" Sie hob eine Hand und tippte mit der anderen weiter. „Sie sind in fünf Minuten hier. Lass uns solange einfach schweigend hier sitzen."

„Keine Fotos mehr?"

„Keine Fotos mehr."

Ich spreizte die Finger meiner rechten Hand auf dem Tisch und drehte den Ring so, dass der Brillant und die Smaragde perfekt ausgerichtet waren. Ich fühlte mich unsagbar glücklich: Nate hatte mir und Lee vergeben. Jede einzelne meiner Freundinnen würde sofort mit mir tauschen wollen. Es war verrückt, dass er ausgerechnet *mich* wollte.

„Was schenkst du Nate zum Valentinstag?", wollte Haley wissen.

„Oh Gott, ich habe keine Ahnung", sagte ich.

„Es sollte etwas Besonderes sein, nachdem er dir das Bling-Bling geschenkt hat."

Ich drehte den Ring an meinem Finger, als mein Handy eine neue Nachricht ankündigte. Allison. **OMG! Xoxoxox**

Ich lächelte, als ich die Nachricht las. Dann kam gleich noch eine: **Bester Kerl aller Zeiten! Du Glückliche!**

Ja, ich war das glücklichste Mädchen auf Erden.

Dann fragte ich mich, wer noch alles Haleys Fotos gesehen hatte.

Zwischen den Abschlussprüfungen und dem zweiten Anlauf des SAT-Tests flog der Januar nur so dahin. Aber ich schaffte es, das perfekte Valentinsgeschenk für Nate zu finden, und konnte es kaum erwarten, es ihm zu geben.

Ungefähr eine Stunde, bevor Nate kommen würde, um mich abzuholen, schlenderte Emma mit einem verpackten Geschenk in der Hand in mein Zimmer und krabbelte auf mein Bett. „Das ist nicht für dich", sagte sie. „Das ist für Nate. Kann ich es ihm heute Abend geben?"

„Du willst mit auf unser Date kommen?"

Sie verdrehte die Augen, als wäre ich dumm. „Er kommt doch erst hierher. Dann will ich es ihm geben. *Bevor* du ihm deins gibst."

Grinsend gab ich ihr das Geschenk zurück und scheuchte sie vom Bett. „Klar. Und jetzt verzieh dich, damit ich mich für *mein Date* fertig machen kann."

„Okay, okay", grummelte sie und schlich zur Tür. „Du und Nate, ihr heiratet jetzt, oder?"

„Wie kommst du darauf?"

„Wegen des Rings. Allison hat gesagt, das ist ein Verlobungsring."

„Tja, nicht wirklich, aber …"

„Wenn du und Nate nicht heiratet, kann ich ihn dann heiraten?"

„Ob du …?"

„Nicht jetzt", sagte sie. „Jetzt bin ich noch nicht alt genug. Meine Güte."

„Vielleicht solltest du lieber Nate fragen und nicht mich."

„Oh. Okay." Sie zuckte mit den Schultern und verließ mein Zimmer.

Neun Jahre alt, dachte ich. *Erst neun, und sie hat schon ihr ganzes Leben geplant. Erst wird sie die Brownies erobern, dann die Pfadfinderinnen und dann Nate. Wenn sie zehn Jahre älter wäre, wäre sie vermutlich wirklich eine gute Partie für ihn.* Ich lachte.

Als Nate ankam und noch bevor er einen Fuß ins Wohnzimmer setzen konnte, streckte Emma ihm ihr Geschenk hin. „Fröhlichen Valentinstag! Das hier ist von mir, nicht von Middie."

Nate nahm das Geschenk natürlich freundlich an und gab Emma als Dank sogar einen Kuss auf die Wange. Sie hatte ihm ein kompliziertes Freundschaftsband in den sehr männlichen Farben Braun und Marineblau gemacht, das er sich sofort umlegte.

„Okay, Middie, jetzt bist du dran", sagte sie.

Ich warf Nate einen Blick zu. „Tja, ich dachte, ich gebe dir mein Geschenk, wenn wir alleine sind."

„Aber es macht dir doch nichts aus, es jetzt zu tun, oder?“, fragte er.

„Äh, nein, gar nicht.“ Ich holte eine flache Schachtel aus dem Esszimmer und reichte sie ihm. Ich konnte es kaum erwarten, seine Miene zu sehen, wenn er sah, was ich ihm gekauft hatte.

Emma hing über Nates Schulter, als er das Papier vorsichtig öffnete. „Reiß es auf!“, rief sie. „Sei nicht so ordentlich!“

Er grinste sie an und dann mich. „Du klingst genau wie deine Schwester.“

Wie üblich ließ Nate sich Zeit. Er hielt sogar zwischendurch inne, um das Papier mit den Fingern glatt zu streichen und ordentlich zusammenzufalten, bevor er es beiseitelegte. Schließlich öffnete er den Deckel der Schachtel.

Unter dem Seidenpapier lag eine nagelneue Schattenbox als Ersatz für die, die im Dschungel beschädigt worden war. Nates Augen leuchteten auf. „Middie! Die ist perfekt.“

Ich lächelte und war glücklich, dass sie ihm gefiel. „Sie ist nicht ganz so schön wie die andere …“

„Doch, sie ist toll.“

„Und sie ist nicht gefüllt, wie es die andere …“

„Wir füllen sie gemeinsam.“ Er beugte sich vor und gab mir einen schnellen Kuss auf die Lippen. „Und jetzt musst du dein Geschenk aufmachen.“ Er reichte mir eine wesentlich größere Schachtel, die ebenfalls flach und fachmännisch in rot-weißes Valentinspapier eingewickelt war.

Ganz vorsichtig schüttelte ich die Kiste und hielt sie dann hoch, als wenn ich durch die Unterseite des Geschenkpapiers hindurchsehen könnte. Anders als Nate riss ich dann aber das Geschenkband und das Papier auf und warf es wie Konfetti in die Luft. Emma klatschte in die Hände. Im Inneren der Schachtel, unter einer Lage aus weißem Seidenpapier, lag ein Kleid.

Ein blaues Kleid.

Ein schlichtes blaues Kleid.

Ich stand auf und hielt es mir an. Es war sehr konservativ geschnitten und hatte Ärmel mit Manschetten sowie mit Stoff überzogene Knöpfe, einen dünnen Gürtel um die Taille und einen steifen, spitzen Kragen. Das Kleid war aus weichem Twill, und der Saum fiel bis zu meinen Knien.

Es war hässlich. Es war langweilig.

Es war … nicht ich.

Nicht *mehr* ich.

„Ich mag es!“, rief Emma.

Nate sah mich gespannt an; er wartete auf meine Reaktion. Ich …

Ich finde das Kleid furchtbar.

„Das ist schick“, sagte ich.

Nate stieß den angehaltenen Atem aus. „Allison hat mir geholfen, es auszusuchen. Ich wollte dir etwas Neues kaufen, damit du nicht mehr ihre Sachen tragen musst.“

„Ihre Sachen?“

„Ja, die sind ganz nett, aber sie sind nicht *du*.“ Nates Augen leuchteten. „Du kannst es nächste Woche zum Campus tragen. Allison meinte, es würde gut zu meinem Anzug passen.“

„Oh, kann ich mitkommen?“, fragte Emma. „Ich will sehen, wie du deine Rede hältst.“

Und in dem Augenblick sah ich mein Leben vor mir – so schlicht wie das Kleid in meinen Händen: Keine Überraschungen, keine Herausforderungen, keine Veränderungen waren gestattet. Unser Leben würde so adrett sein wie das Stück Geschenkpapier, das Nate auf dem Tisch zurückgelassen hatte. Unsere Kleidung wäre aufeinander abgestimmt. Unsere Unis wären aufeinander abgestimmt. Unsere Terminpläne wären aufeinander abgestimmt. Unsere Leben wären aufeinander abgestimmt.

Nate wollte zu der Sicherheit zurückkehren, die er vor seiner Reise gehabt hatte.

Ich wollte die Unsicherheit, die ich nach seiner Abreise erlebt hatte.

Er wollte Bequemlichkeit und schlichte Farben.

Ich wollte Spitze und hochhackige Stiefel und schwingende Röcke.

Sorgfältig faltete ich das Kleid zusammen, legte es in die Schachtel zurück und klappte den Deckel zu. Dann legte ich es auf den Wohnzimmertisch.

„Middie? Hat es die falsche Größe?“, fragte Nate. „Willst du es umtauschen?“

Ich schaute die Schachtel an und sagte nichts. Aber irgendetwas an meiner Körpersprache musste Emma verraten haben, dass ich etwas Privatsphäre mit Nate brauchte, denn sie rannte die Treppe zu ihrem Zimmer hinauf und ließ uns allein. Ich ging zum Kamin und nahm ein Foto von uns allen und Nate in die Hand, das vor sieben Jahren auf einem Barbecue gemacht worden war. Nate war damals schon ein Teil unseres Lebens gewesen, wenn auch nur als Freund, und Emma noch ein Krabbelkind, das sich an Nates Beinen festhielt.

Er war nur ein Freund. *Er ist nur ein Freund.*

Ich zog den Ring von meinem Finger, wandte mich vom Kamin ab und hielt Nate meine ausgestreckte Hand mit dem Ring hin. „Ich kann den nicht annehmen.“

„Aber warum? Ich dachte, alles wäre wieder so wie früher?“

„Das ... ist es. Es ist alles wieder normal, und ich glaube ... ich glaube, ich will normal nicht.“ Die Objekte im Raum verschwammen vor meinen Augen – das Sofa, der Couchtisch, die Geschenke und das Geschenkpapier –, als wäre ich unter Wasser. Nate senkte den Blick auf den Ring seiner Großmutter.

„Ich verstehe das nicht. Ich liebe dich. Liebst du mich nicht mehr?“

„Ich liebe dich. Ich werde dich immer lieben, aber … Es tut mir leid, Nate“, flüsterte ich.

Nate würde nicht laut werden, das wusste ich. Er würde nicht mit Sachen um sich schmeißen oder ausflippen. Obwohl ich wünschte, er täte es. Das würde es wesentlich leichter machen, ihm Adieu zu sagen.

„Bist du … sicher?“, fragte er leise.

Ich nickte schnell, bevor ich komplett zusammenbrechen konnte. „Ja, das bin ich. Ich bin ein schrecklicher, schrecklicher Mensch.“

„Du könntest niemals schrecklich sein“, flüsterte er.

Ich schloss die Augen und spürte, wie die Tränen auf meine Wangen fielen.

Langsam stand er auf und steckte den Ring in seine Tasche. Er wirkte so verloren, dass ich ihm sagen wollte: *Warte! Ich habe mich geirrt. Ich habe mich so sehr geirrt. Ich hab's nicht so gemeint. Bitte, nimm mich zurück …*

Aber ich tat es nicht. Ich sah ihm nach, wie er ging und das Geschenk auf dem Tisch liegen ließ.

Ich hielt die Schattenbox und fühlte, wie sich die Jahre der Freundschaft, der Liebe, die Jahre von Nate und Middie für immer zwischen uns erstreckten. Wir waren füreinander so viele erste Male gewesen: Dates, Küsse. Wir waren zu Bällen und Poolpartys gegangen, zu Kirchenfeiern und Sommerbarbecues. Wir waren bei Paraden die Main Street hinuntermarschiert und hatten gemeinsam Erste-Hilfe-Kurse belegt. Schule und Familie und Freunde waren seit Jahren und Jahren und Jahren eng miteinander verwoben.

Ich liebte Nate. Ich liebte die Rolle, die er in meinem Leben spielte. Aber ich wollte *mehr* Erfahrungen in meinem Leben machen.

Erzähl uns von einem Erlebnis, das dein Leben geprägt hat.

Nate sollte nicht die Definition von mir sein.

Ich wollte weitere erste Male erleben und auch einige zweite und dritte Male.

Also ließ ich das Kästchen los. Ich ließ Nate los.

Bei Einbruch der Abenddämmerung erreichte ich Lees Haus, das verlassen wirkte; die Türen verschlossen, die Fenster dunkel. Ich konnte nirgendwo seine Vespa sehen, also nahm ich an, dass er mit Liza unterwegs war und den Valentinstag feierte.

Eigentlich wollte ich ihn gar nicht sehen, sondern ihm nur sein Sweatshirt zurückgeben, das er mir in der Nacht im Baumhaus geliehen hatte. Damit ich frei sein konnte von allen … Verstrickungen. Ich wollte endlich einfach nur ich sein, nur Middie.

Nein. *Meredith.* Ich war Meredith Daniels.

Gerade als ich die Plastiktüte mit dem Hoodie auf die Stufen vor Lees Haustür legte, hörte ich das Knirschen von Kies hinter mir und drehte mich um. Lee fuhr auf seiner Vespa vor. Allein. Er schwang sich von der Sitzbank und klappte den Ständer herunter. „Was machst du da?“, fragte er mit harter Stimme.

„Ich wollte gerade gehen.“

„Was ist das?“ Er nickte in Richtung der Tüte zu meinen Füßen.

„Deins.“

In wenigen langen Schritten war er bei mir und schnappte sich die Tüte von den Stufen. „Mein Sweatshirt.“

„Was hast du denn erwartet?“ Ich spürte, dass meine Stimme lauter wurde. Ich hätte mich zurückziehen sollen, als er näher gekommen war, aber ich war stehen geblieben. „Ich behalte nichts, was mir nicht gehört.“

Er starrte mich an. „Ich auch nicht."

„Wenn es mir nicht freiwillig gegeben wird, will ich es nicht."

„Ich auch nicht", wiederholte er.

Wir standen nur wenige Zentimeter voneinander entfernt, aber in Wahrheit waren wir Lichtjahre voneinander entfernt. Ein kühler, feuchter Wind blies um uns herum und zwischen uns hindurch. Schnee lag in der Luft.

„Ich muss gehen." Das sollte entschlossen, aber locker klingen. Lee brauchte nicht zu wissen, dass ich in seiner Nähe immer noch nervös war, dass meine Haut kribbelte, wenn er bei mir war, und mein Herzschlag in meinen Ohren dröhnte. Ich wollte um ihn herumgehen, aber er hielt mich auf.

„Weiß Nate, dass du hier bist?", fragte er. Ich schüttelte den Kopf, und er schnaubte abfällig. „War ja klar."

Wut brodelte in mir hoch. Ich ballte meine Hände zu Fäusten. „Ich habe ihn nie betrogen. Nate war weg. Du warst hier. Nate ist zurückgekommen. Du bist abgehauen." Ich beugte mich ein wenig vor. „Siehst du? Kein Betrügen."

Er lachte auf und machte einen Schritt auf mich zu. „Ach, bitte. Du wolltest mich immer noch, selbst als er wieder da war."

Ich verdrehte die Augen. „Dich? Also wirklich."

„Du hast immer noch angerufen, immer noch Nachrichten geschickt …"

„Und du hast immer noch Partys gecrasht, auf die du nicht eingeladen warst." Während wir uns stritten, bewegten wir uns immer weiter aufeinander zu, als würden wir uns gegenseitig magnetisch anziehen. Die Lücke zwischen uns schrumpfte auf wenige Zentimeter zusammen, bis uns nur noch die Kleidung trennte, die wir trugen. Ich spürte, wie meine Finger nach ihm greifen wollten, spürte, wie seine Hüften sich an meinen bewegten und sein Atem über den zarten Flaum auf meinen Wangen strich. Wir waren uns so nah, dass ich beinahe seinen Herzschlag hören konnte.

Seine Lippen berührten fast meine. „Warum bist du hier? Geh zurück zu Nate und fang an, deine alberne kleine Hochzeit zu planen."

„Du wusstest davon?", fragte ich.

„Ich bin auch in sozialen Medien unterwegs." Lees Augen flammten auf. „Und ich könnte dir niemals *so etwas* geben. Sorgfältig gemähter Rasen und Perfektion? Sieh dir mein Scheißleben an." Er zeigte mit der Hand auf das Haus, die abblätternde Farbe und die verzogenen Fensterläden. „Deshalb bin ich dein Plan B. Der Junge, den du dir warmgehalten hast, falls etwas passiert. Wie zum Beispiel, dass jemand *stirbt*. Ich werde aber nicht dein Plan B sein."

Ich wollte ihn ohrfeigen. „Sag mir, dass du mich nicht liebst", verlangte ich.

„Ich liebe dich nicht."

„Ich glaube dir nicht."

„Ich liebe dich *nicht*."

Er wandte sich zum Gehen.

„Aber ich liebe dich", platzte ich heraus. Er wirbelte herum und schaute mich an.

Schnaubend schüttelte ich den Kopf. „Du bist ein verdammter Idiot, weißt du das? Weißt du, was ich getan habe, Lee? Hm? Ich habe alles kaputtgemacht. Habe alles vermasselt. Ich habe alles weggeworfen. Die Perfektion, den sorgfältig gestutzten Scheiß. Es ist alles weg. Alles. Der ideale Mann, die perfekte Zukunft, die Marionettenwelt." Ich schnippte mit den Fingern. „Ich habe alles abgeschnitten. Ich habe *Nate* abgeschnitten."

Lee starrte mich an. Sein Mund öffnete und schloss sich.

„Und ich weiß nicht, was das zwischen uns war, aber ich weiß, dass es sich *richtig angefühlt* hat. Und das hat mir gereicht. Ich musste ehrlich sein – mit mir und mit Nate."

Lee war ganz blass, sagte aber nichts, also sprach ich weiter.

„Oh, und der Ring?" Ich hob beide Hände, drehte sie hin und her, um ihm zu zeigen, dass sie leer waren. „Ich habe ihn zurückgegeben. Und ich will auch keinen von *dir*. Ich will gar nichts von dir. Alles, was ich gewollt habe, alles, was mich in der Zeit, in der wir zusammen waren, interessiert hat, war, *dass du mich gesehen hast.*" Ich senkte meine Stimme zu einem Flüstern. „Du hast mich gesehen."

Ich wartete auf eine Reaktion von ihm. Seine Miene war ausdruckslos. Er war totenstill.

Ehrlich? Ich drehte mich auf dem Absatz um und stapfte davon.

Ich setzte mich hinter das Lenkrad im Wagen meiner Mom und versuchte, den Schlüssel ins Schloss zu stecken. Meine Finger zitterten, ließen den Schlüssel zu Boden fallen, und als ich den Kopf wieder hob, sah ich Lee, der sich mit beiden Händen auf die Motorhaube stützte.

Wir starrten einander durch die Windschutzscheibe an. Schneeflocken fielen wie Tränen, küssten das Glas. Ich beobachtete, wie Lee zur Fahrertür kam, sie öffnete und mich auf die Füße zog. Er schlang seine Arme um mich und presste seine Lippen auf meine.

Ich schmolz unter seiner Berührung dahin. Meine Hände glitten wie von selbst um ihn herum und unter seine Jacke. Ich spürte die Hitze seiner Haut durch das Shirt. Sie wärmte mich vom Kopf bis zu den Füßen.

„Ich sehe dich." Er klang rau und heiser. „Ich sehe nur dich."

Lee drängte mich gegen das Auto und hielt mich dort fest. Er stützte sich links und rechts neben mir ab. Ich konnte mich nicht bewegen, selbst wenn ich es gewollt hätte. „Und jetzt habe ich dich da, wo ich dich immer haben wollte." Er grinste frech.

Ich erwiderte das Grinsen. „Wer sagt, dass nicht *ich* dich da habe, wo ich dich immer haben wollte?"

„Touché, Meredith Daniels. Touché." Er senkte den Kopf zu meinem Hals. „Ich liebe dich", hörte ich ihn murmeln.

„Was war das?" Ich schaffte es, mich so weit zu befreien, dass ich ihn sanft von mir schieben konnte. „Hast du was gesagt?"

Er schüttelte den Kopf. „Das war wohl der Wind."

„Ach, wirklich? Ich hätte schwören können, du hast gesagt ‚Ich li...'"

Er küsste mich erneut, aber die Unterbrechung machte mir nichts aus. Schließlich hielt er inne und atmete ganz langsam aus. Er schaute zum Himmel und blinzelte. „Ist dir aufgefallen, dass es schneit?"

Ich legte meinen Kopf in den Nacken. Zarte Flocken setzten sich auf meine Nase und Wangen. „Ja, das tut es."

„Was sollen wir jetzt machen?"

Ich zuckte mit den Schultern. „Vielleicht zusammen weglaufen?"

Lee tat erstaunt. „Das ist aber schrecklich spontan. Als Nächstes sagst du mir womöglich noch, dass du dich dem Zirkus anschließen willst." Er gab mir einen Kuss auf den Mundwinkel, und ich lächelte.

„Ich kann einen tollen Zaubertrick", sagte ich. „Ich kann eine ganze Zukunft verschwinden lassen."

Er beugte sich vor. „Zeig mir alles."

Ich verschränkte meine Finger hinter seinem Nacken und zog ihn an mich. „Okay, das mach ich."

Erzähl uns von einem Ereignis, das dein Leben geprägt hat.

Von einem? Es gibt nicht nur ein Ereignis – einen Menschen, ein Erlebnis –, das mich prägt. Wie Walt Whitman einst geschrieben hat: „Ich bin viele." Das Leben ist chaotisch. Pläne werden gemacht und umgeschrieben, ver-

worfen und umgestoßen. Der einzige Weg, um herauszufinden, wer man wirklich ist, besteht darin, ein Risiko einzugehen, den Sprung zu wagen, unter einem Wasserfall zu laufen. Wenn man aufhört, sich darüber zu sorgen, dass man nichts hat, weiß man, dass man auf dem richtigen Weg ist.

DANKSAGUNGEN

Dieser Roman ist ein Werk der Fiktion – abgesehen von den Teilen, die von all den Jungs und Männern inspiriert wurden, die mir mein Herz gebrochen haben. Und den wenigen, denen ich das Herz gebrochen habe. Sie wissen alle, wer sie sind, auch wenn einige der Ersteren denken mögen, dass sie zu den Letzteren gehören. Ich danke euch.

Dieses Buch ist aber auch ein Werk der Liebe. Ein ganz besonderer Dank geht an meine Lektorin Kristen Pettit (die mich nie vergessen hat – danke!), der es nichts ausgemacht hat, ihre eigenen Geschichten über Herzschmerz und Verlust mit mir zu teilen; an meine Redaktionsleiterin Jen Klonsky und Redaktionsassistentin Elizabeth Lynch, die beide das Buch verteidigt und mir vom ersten Tag an ihre volle Unterstützung gewährt haben; an das Verkaufs- und Marketingteam von HarperCollins, an die Designerin des Originaltitelbilds, Michelle Taormina, und an meine Redakteurin Janet Robbins, deren Mischung aus Professionalität, Talent und Blick für das kleinste Detail mich so stolz macht, ein Teil ihrer Welt zu sein. Ich danke euch.

Ich bin auch Charlie Olsen von InkWell Management dankbar, meinem Manager und guten Freund Adam Peck von Synchronicity Management und allen meinen Schülern und Freunden für ihre Liebenswürdigkeit und Ermutigung. Befreundete Autoren sind besonders gut mit den Höhen und Tiefen vertraut und haben immer die richtigen Worte parat: Carrie Watson, Carol Tanzman, Liane Bonin und Sally Nemeth. Ich danke euch.

Auf meine Familie und meinen Ehemann kann ich sowohl in guten wie in schlechten Zeiten immer zählen, und es gibt nicht genügend Zeit und Raum, um sie wissen zu lassen, was sie mir bedeuten. Ich danke euch.